Nicola Förg
Dunkle Schluchten

AF197690

PIPER

Zu diesem Buch

»Wie ist der Ruf von Hubertus von Ebersheim, diesem ›Eierbaron‹, denn so in der Branche?«

»Man munkelt, dass seine Frau sich von ihm getrennt habe, weil sie mit seinem Geschäftsgebaren nicht einverstanden war. Offenbar hatte sie schon vor zwanzig Jahren begonnen, auf Bio umzustellen, er schien es mit dem Futter aber nicht so genau zu nehmen.«

»Aber schaut man so einem nicht besonders auf die Finger?«, fragte Kathi.

»Zu Beginn wahrscheinlich schon, aber das Ganze ist über zwanzig Jahre her. MyEi gilt als Leitbetrieb der Branche, ob Ebersheim heute immer noch rummauschelt, kann ich nicht sagen.«

Irmi sah sie an. Lange.

»Wenn du mich persönlich fragst, würde ich tippen, ja«, sagte Veronika schließlich. »Er ist nur besser im Vertuschen geworden.«

Nicola Förg, Bestsellerautorin und Journalistin, hat mittlerweile über zwanzig Kriminalromane verfasst, an zahlreichen Krimi-Anthologien mitgewirkt und Romane verschiedener Genres vorgelegt. Die gebürtige Oberallgäuerin, die in München Germanistik und Geografie studiert hat, lebt heute mit Familie sowie Ponys, Katzen und anderem Getier auf einem Hof in Prem am Lech.

Nicola Förg

Dunkle Schluchten

Ein Alpen-Krimi

Mehr über unsere Autorinnen, Autoren und Bücher:
www.piper.de

Wenn Ihnen dieser Alpen-Krimi gefallen hat, schreiben Sie uns unter Nennung des Titels »Dunkle Schluchten« an *empfehlungen@piper.de*, und wir empfehlen Ihnen gerne vergleichbare Bücher.

Von Nicola Förg liegen im Piper Verlag vor:
Alpen-Krimis

Band 1: Tod auf der Piste
Band 2: Mord im Bergwald
Band 3: Hüttengaudi
Band 4: Mordsviecher
Band 5: Platzhirsch
Band 6: Scheunenfest
Band 7: Das stille Gift
Band 8: Scharfe Hunde
Band 9: Rabenschwarze Beute
Band 10: Wütende Wölfe

Band 11: Flüsternde Wälder
Band 12: Böse Häuser
Band 13: Hohe Wogen
Band 14: Dunkle Schluchten
Band 15: Zornige Söhne
Band 16: Verdammte Weiber

Glück ist nichts für Feiglinge
Das Winterwunder von Dublin
Hintertristerweiher

Inhalte fremder Webseiten, auf die in diesem Buch (etwa durch Links) hingewiesen wird, macht sich der Verlag nicht zu eigen. Eine Haftung dafür übernimmt der Verlag nicht. Wir behalten uns eine Nutzung des Werks für Text und Data Mining im Sinne von § 44b UrhG vor.

Ungekürzte Taschenbuchausgabe
ISBN 978-3-492-32154-9
Februar 2025
© Piper Verlag GmbH, München 2023
Redaktion: Dr. Annika Krummacher
Umschlaggestaltung: u1 berlin / Patrizia Di Stefano
Umschlagabbildung: Helmut Hess / Getty Images
Satz: Satz für Satz, Wangen im Allgäu
Gesetzt aus der Adobe Caslon
Druck und Bindung: CPI books GmbH, Leck
Printed in the EU

Hast du die Scherben nicht gesehen,
Auf denen du weitergehst?

Juli, *Geile Zeit*

Für Margit

PROLOG

Es war einer dieser Hitzetage in einem jubilierenden Sommer. Im Tal war es extrem heiß, der Bergwind tat gut. Julian und Richard hatten sich die Räder geschnappt und waren früh aufgebrochen, denn sie wussten, was für ein Spektakel sich an solchen Tagen anbahnte. Zuerst einmal mussten sie selber ihre Räder hochschieben. Gut, dass die Straße noch im Schatten lag. Wobei Straße für diesen Weg ein wenig hoch gegriffen war, denn er war rutschig, voller Geröll und höllisch steil. Aber genau das war ja der Witz daran.

Oben angekommen legten sie die Räder in die Wiese und kletterten in den Hang. Der erste VW Käfer war schon unterwegs. Gab alles, röhrte und schnaufte und stank nach Benzin. Sie schubsten ihm einen größeren Stein in den Weg. Der Käfer stoppte. Und konnte dann nicht mehr anfahren. Was war das für ein Spaß, wenn die Käfer rückwärts wieder hinunter mussten! Wie sie schlingerten, wie hübsche Beifahrerinnen ihre Männer beschimpften. Manche stiegen auch aus und liefen davon. Im Lauf des Vormittags kamen immer mehr Autos. Manche von ihnen rutschten einfach ab, dafür mussten die beiden gar nichts weiter unternehmen.

Oben auf der Almwirtschaft wurde gebechert und musiziert. Julian war irgendwo verschwunden, Richard aber ging zu Maxl, dem kleinen Ziegenbock. Die Mutter hatte ihn nicht angenommen. Das war ein bisschen wie bei ihnen zu

Hause. Ihre Mutter wollte sie auch nicht so recht, und abgesehen davon war sie ständig krank. Es hatte immer irgendwelche Kindermädchen und Tanten gegeben, die sich kümmerten. Und der Vater hatte mit seiner Arbeit viel zu tun.

Auf den Maxl hätten die Bauern keinen Pfennig verwettet. »Der krepiert eh«, hatten sie gesagt. Anfangs hatte der kleine Ziegenbock gar nicht trinken wollen, war so schwach gewesen und hatte nur auf der Seite gelegen. So ein kleines, elendes Tierlein. Aber ihm, dem kleinen, etwas molligen Richard war es gelungen, den kleinen Maxl mit der Flasche großzuziehen. Und er hatte ihm in kürzester Zeit Zirkuskunststücke beigebracht. Maxl konnte Männchen machen und auf einen Fingerzeig überall hochspringen. Der Ziegenbock begriff schnell. Er war klug und behände und wurde ein richtiger kleiner Akrobat.

Doch die Sommerferien neigten sich dem Ende zu, und Richard wurde das Herz schwer, denn er würde Maxl nicht mitnehmen können. Er musste den Vater fragen, aber der würde ihn kaum ernst nehmen.

Er lief den Hang hinauf. »Maxl!«, rief er.

Richard bekam Antwort, aber nur von anderen aus der bunten Ziegenschar. Auf einmal sah er, wie Julian Maxl an einem Strick Richtung Klamm führte.

Er sauste hinterher. Holte ihn ein.

»Was machst du?«

»Wir müssen mehr Zirkustricks einüben. Damit verdienen wir Geld. Maxl muss über die Brücke balancieren.«

»Spinnst du? Was, wenn er abstürzt!«

»Er ist ein Ziegenbock. Der kann klettern. Das schaffen ja sogar wir.«

Das stimmte. Es war eine Mutprobe, auf dem Geländer der Brücke zu balancieren. Tief unten toste die Klamm böse und laut. Sie und auch die anderen Jungs hatten es immer geschafft. Sogar Georgina konnte das – und die war ein Mädchen.

Die Klamm führte nur wenig Wasser, der heiße Sommer forderte seinen Tribut.

»Hopp!«, rief Julian. Maxl sprang auf das Geländer, an dem er sich mit den Klauen festhalten konnte. Julian hatte ein paar Körner in der Hand, und Maxl ging los. Vorsichtig, tastend, aber leckeres Essen war eben doch ein Antrieb. Schritt für Schritt. Richard wollte gerade sagen, dass es nun aber reiche für ein erstes Mal, als es irgendwo sehr laut krachte. Maxl erschrak. Dann ging alles ganz schnell. Der Strick verfing sich am Geländer. Der kleine Ziegenbock baumelte über der Schlucht. Bis sie Maxl heraufziehen konnten, war es zu spät. Das fröhliche Ziegenkind war tot.

1

Sie waren früh dran. Erst zwei Autos standen auf dem kleinen Parkplatz. Sie gingen an der Kirche vorbei, die hoch aufragte in der engen Schlucht. Man war dauernd versucht, das Wort malerisch überzustrapazieren, nicht zuletzt beim Anblick der beiden alten Bogenbrücken aus Stein. Irmi ging über die größere von ihnen und stützte sich auf die kühlen Steinquader. Sie sah hinunter. Es war ein opulentes Farbenspiel – in der Mitte ein tiefes Türkis, außen eher Smaragdgrün, die Felsen schimmerten ockerfarben durch das glasklare Wasser hindurch. Am Rand befand sich ein Kiesstreifen, auf dem etwas lag, was so gar nicht in die Farbfamilie passen wollte: ein Körper in einer schreiend roten Jacke. Mitte März badete hier niemand. Und wenn, dann ganz sicher nicht in einer Jacke.

Irmi sah einen Hund, der zu der Gestalt lief. Im nächsten Moment hallte der gellende Schrei der Hundehalterin durch die Schlucht. Es war alles so weit unten. Wie eine Szene in einer Miniaturlandschaft. Irmi drehte sich zu Fridtjof, der neben ihr stand, und blickte ihm in die Augen. Es vergingen nur Bruchteile von Sekunden, und doch konnte sie alles darin lesen. Bitte nicht. Bitte nicht hier und jetzt! Und dann: Wir müssen hinunter.

Sie liefen die Brücke entlang und die Stufen hinab. Es waren viele, und sie bestanden aus Kopfsteinpflaster. Gottlob war es trocken. Bei Regenwetter waren sie sicher sehr glitschig. Das Blau des Wassers veränderte sich, je näher sie kamen, es wurde dunkler. Sie eilten über den feinen Kies zur Hundehalterin, die einfach nur dasaß und ins Leere starrte. Der Irish Setter hatte sich artig hingesetzt und betrachtete den Menschen in der roten Jacke. Es war ein Mann, der mit dem Gesicht im Kies lag. Sein Blut hatte den Untergrund ein klein wenig verfärbt. Die blonden Haarsträhnen trockneten bereits wieder. Bis zum Schulterbereich ruhte der Mann auf dem Kies, der restliche Körper lag im Wasser. Irmi fühlte die Halsschlagader, wie man es an einem Tatort eben tat. Auch wenn ihr klar war, dass der Mann tot sein musste. Man tat das, weil das der Job war, dabei hatte sie eigentlich Urlaub.

Der Hase redete leise auf die Frau ein, und es gelang ihm, sie zur Seite zu dirigieren, wo sie sich auf einen angeschwemmten Stamm setzte. Der Hund legte sich neben sein Frauchen und hatte den Blick immer noch unverwandt auf den Toten gerichtet. Von irgendwoher kam noch ein Pärchen in Outdoorbekleidung. Der Hase redete mit ihnen und zückte sein Handy.

Irmi betrachtete den toten Mann genauer. Er hatte eine Kopfverletzung im Schläfenbereich. Sie blickte hinauf zur Brücke. War er dort oben abgesprungen, hinunter ins Türkis? Die Kopfverletzung sprach dafür, dass er gegen die Felsen geprallt war, aber suchte man sich für einen Suizid einen so magisch schönen Platz aus? Mit dieser kleinen, hübschen Kirche im Hintergrund? War das nicht fast blasphemisch?

Der Mann war etwa dreißig, aus der Sicht einer über Sechzigjährigen sehr jung. Ein Alter für jubelnde Anfänge, für Karriere, Familiengründung, Frau, Kinder, Haus und Hund. Doch warum hatte er das ausgerechnet hier getan, wo Irmi seit Ewigkeiten ihren ersten echten Urlaub verbrachte!

Der Hase besaß ein Rustico am nördlichen Lago Maggiore. In Cavaglio, im Gebirge hinter Cannobio. Es gehörte seiner Familie schon seit gefühlten Ewigkeiten. Er war als Kind viele Sommer dort gewesen, als Student mit Freunden zum Wandern und Klettern, später mit seiner Familie. Dann lange nicht mehr, weil der Tod seines Sohnes zu traumatisch gewesen war. Robin hatte diesen Platz so sehr geliebt, und Cavaglio war untrennbar mit dem Schmerz verbunden gewesen. Seit einiger Zeit näherte sich der Hase dem Platz wieder an. Einen Großteil des Jahres war das Haus über eine Agentur vermietet und stand den Eigentümern nur in den Zeiten dazwischen zur Verfügung. Meist außerhalb der Saison, doch da war der Lago ohnehin viel schöner.

Irmi war eine Frau aus dem Gebirge, aber diese Straße ins Dorf hinauf war mehr als eine Herausforderung. Es war gut, dass der Hase »nur« einen kleinen Skoda besaß, denn die Kehren waren so eng, dass man mit einem längeren Auto und etwas mehr Wendekreis hätte zurücksetzen müssen. Lass keinen Gegenverkehr kommen, betete Irmi jedes Mal, wenn sie hochfuhren. Oben gab es eine Art Plateau, wo fast alle Autos parken mussten. Dort mussten sie den Wagen entladen, denn danach ging es zu Fuß weiter. Über das zentrale Plätzchen mit dem dürren frei stehenden Glockenturm durch schmale Gassen, wo die Häuser eng beieinanderstanden und immer wieder kleine Durchgänge abzweigten.

Wenn man höher und höher stieg, gelangte man schließlich zu einem Haus unterhalb einer winzigen Kapelle. Alles war hier winzig, dem Berg abgerungen, auch der Vorplatz des Hauses, das am Hang klebte. Innen war es gemütlicher, als von außen zu erwarten gewesen wäre. Bei ihrer Ankunft war es eiskalt gewesen, aber bald schon bullerte der Ofen. Der Hase hatte erst vor einigen Jahren begonnen, wieder an den Lago zu fahren. Und es war ein großer Liebesbeweis, dass Irmi mitdurfte und mitsollte. Ihr war klar, dass Cavaglio die höchste Stufe an Intimität bedeutete. Es war Fridtjofs innerster Verteidigungsring.

Am ersten Morgen war Irmi den Weg hinter dem Haus noch ein wenig höher gestiegen. Eine unglaubliche Morgenstimmung hatte sie sanft gestreichelt. Der Geruch des Südens, erdig und blumig zugleich. Der Himmel leuchtete blau und orange, eine Palme lieferte einen Schattenriss vor dem Farbspektakel. Es würde ein wunderschöner Tag werden.

An einer Ecke des Hauses hingen ein verrosteter kleiner Eimer und eine kleine Kinderschaufel an einem Haken. Irmi wusste, dass beides Robin gehört hatte. Irgendwann würde das Eimerchen zu Staub zerfallen, die Trauer seines Vaters aber nie.

Sie waren seit ein paar Tagen da – und Irmi beobachtete, wie der See den Hasen beflügelte. Das hier war sein Seelenort. Er passte sehr gut in sein helles Haus in Kohlgrub, er liebte »sein« Hörnle, aber in Cavaglio lebte er auf und wirkte lockerer als sonst. Was mit Sicherheit auch daran lag, dass man rund um den See so gut essen konnte, jeden Tag gab es eine kulinarische Steigerung. Irmi war weder Weinkennerin noch eine Gourmettempeljüngerin, aber der Hase zeigte ihr immer neue Orte des Genusses. Der Lago Maggiore machte auf Irmi auch einen ganz anderen Eindruck als der Gardasee. Dort gab es, zumindest am Nordufer, jenen Tourismus, wo bunte Fotos von Gerichten mit mehrsprachigen Beschreibungen in die Auslage geklebt wurden. Hier hingegen gab es versteckte Trattorien, die alten Mamas gehörten und der jungen Gastroszene. Die Qualität war sicher auch dem verwöhnten Gaumen der Mailänder und Tessiner geschuldet.

In Lunecco waren sie in der Trattoria da Ornella e Vinicio gewesen. Die Anfahrt war so kurvig, dass Irmi ganz schwindelig wurde. Die Trattoria lag unauffällig an der Durchfahrtsstraße und machte gar kein Aufhebens von sich. Ein Lokal der Einheimischen, wieder ein Ort aus Fridtjofs kulinarischem Schatzkästlein. Der Hase wurde frenetisch begrüßt, während andere Gäste längst nicht so begeistert gefeiert wurden. Eher im Gegenteil, das galt vor allem für zwei Schweizer, die sich über die Karte beschwerten, weil sie nicht das enthielt, was sie sich vorstellten.

Sie hatten schon viel gesehen, und der Hase war wie immer ein großartiger Fremdenführer. Er plante seine Touren so, dass Irmi nie das Gefühl hatte, er würde sie überfrachten. Die Tage waren eher wie ein sehr trockener Prosecco gewesen, prickelnd und anregend. Sie hatten Kreise und Ovale gelegt um Cannobio, und Irmi war wieder einmal fasziniert vom Weltwissen des Hasen. Zwei heilige Berge hatten sie besucht, und Irmi hatte gar nicht gewusst, dass die neun Kapellenanlagen im Piemont und in der Lombardei UNESCO-Kulturerbe waren. Und unabhängig von der

Frage, wie es um ihren persönlichen Glauben bestellt war, heiligten diese Orte eine ohnehin schon orchestrale Landschaft.

Einer dieser heiligen Berge lag in Varallo. Allein die aussichtsreiche Fahrt dorthin war ein Genuss gewesen. Irmi hatte aus dem Fenster gesehen und Fridtjof zugehört.

»Der Franziskanermönch Bernardino Caimi hatte die Idee, auf dem Felsen über der Stadt Varallo das Heilige Land in Miniaturausgabe zu errichten. Er ließ Kapellen errichten, die zunächst nur vergleichsweise einfache Bilder, Gemälde und Statuen enthielten. Ab Anfang des 16. Jahrhunderts stellte der Maler und Bildhauer Gaudenzio Ferrari für die Szenen dreidimensionale Figuren in Lebensgröße her, die mit farbiger Kleidung, Bärten und Haaren versehen waren. Quasi das heilige Drama mit damaligen Mitteln.«

Irmi lächelte. »Drama, Baby, Drama?«

»Im Prinzip ja. Jede Epoche hat ihre Art, Geschichten zu erzählen.«

Als Irmi durch das monumentale Eingangstor der Stadtmauer trat, war sie überwältigt von der Intensität der Darstellung. Jesus mit der Dornenkrone neben seinen Peinigern sah so echt aus, dass sie Unbehagen verspürte. Die Stadthäuser mit Arkaden und Säulen waren tatsächliche Stadthäuser, aber zugleich von Statuen und Gemälden bewohnt. Sie fand es verwirrend und fragte sich, wie das erst auf die Menschen des 16. und 17. Jahrhunderts gewirkt haben musste. Sie sprachen die ganze Zeit nicht miteinander, erst als sie wieder unten an der Sesia standen und ins Wasser sahen.

»Grappa?«, fragte der Hase.

»Ja, ich glaube, einen Doppelten. Dass der katholische Glaube wehtun muss, habe ich ja schon öfter gesagt, aber das ist schon sehr eindrucksvoll. Es wäre gelogen, wenn ich sagen würde, dass es schön war. Es hat mich verwirrt und erschüttert.«

»Das kann die Kunst. Das muss sie sogar.« Er lachte. »Schaffst du noch einen heiligen Berg?«

»Aber bitte keine Kreuzigung.«

Die blieb ihr am Sacro Monte d'Orta tatsächlich erspart. Auf dem Rundweg durch Gartenanlagen und kleine Haine erzählten zwanzig Kapellen aus dem Leben des heiligen Franziskus. Aber auch hier war sie ebenso fasziniert wie irritiert von den Gesichtern der lebensgroßen Terrakotta-figuren.

»Der braune Teufel mit dem Dreizack und dem Hühner-fuß ist mir gerade zu viel«, bemerkte sie lächelnd.

Der Hase nickte ernst. Die Darstellung des Teufels weckte ungute Erinnerungen. Sie hatten in ihrem letzten Fall am Starnberger See mit einer Toten zu tun gehabt, die von einem Fünfzack durchbohrt worden war. Irmi hatte den Eindruck, dass Bilder aus der Vergangenheit immer mehr Raum in ihr forderten.

Heute am frühen Morgen waren sie an der Heilquelle Acqua Carlina gewesen. Mitte des 18. Jahrhunderts war Cannobio für sein Heilwasser bekannt gewesen, das bis heute am Straßenrand frei sprudeln durfte. In der kurzen Zeitspanne, die sie dort verbrachten, waren zwei ältere Männer gekommen, die jeder eine ganze Armada von lee-ren Flaschen am Hahn gefüllt hatten. Auch Irmi füllte ihre

Flasche und benetzte mit dem Wasser die Augen. Konnte ja nicht schaden.

Hätte sie da schon gewusst, was sie bald darauf sehen würde, hätte sie womöglich auf das heilende Wasser verzichtet. Die wildromantische Schlucht Orrido di Sant'Anna, unweit der Stelle, wo der Fluss Cannobino in den Lago Maggiore mündete, war jetzt leider durch den Toten entweiht.

Oben auf der Brücke röhrte nun die *Polizia* heran, und man sah zwei Männer hinuntersteigen. Zügig, aber nicht überstürzt. Die italienischen Uniformen waren elegant und machten etwas her. Anders als bei der deutschen Polizei, deren früheres kakifarbenes Outfit sich jahrzehntelang in erster Linie durch Unförmigkeit ausgezeichnet hatte. Und auch in Blau wirkten die Deutschen weder schick noch ehrfurchtgebietend. Von den beiden italienischen Kollegen hatte der eine ein langes Gesicht und eine ebensolche Nase sowie stechend braune Augen. Der andere war klein, und alles an ihm war eher rundlich, weich, wie Pizzateig vor dem Backen.

Der Hase trat einen Schritt auf sie zu und begann zu sprechen. Der Größere stellte sich als der *Vice Ispettore* vor, der Teigige als *Ispettore*. Irmi kam seit jeher nicht ganz klar mit den vielen italienischen Polizeieinheiten. Die beiden Uniformierten schienen von der *Polizia di Stato* zu sein und unterhielten sich laut und gestenreich. Sie waren sichtlich überrascht, weil der Mann, der ihnen da gegenüberstand, so gut Italienisch sprach. Das war unter anderem zwei Semestern in Perugia geschuldet, das wusste Irmi, aber auch der Tatsache, dass der Hase eine ungeheure Begabung für Sprachen hatte. Er konnte Spanisch, Italienisch und Französisch wie seine Muttersprache, sein Portugiesisch bezeichnete er als eher medioker, und er fand, dass Englisch seine schlechteste Sprache sei.

Irmi verstand ein paar Brocken Gastroitalienisch und wusste, wie man Gnocchi aussprach und dass die Vierjahreszeitenpizza *Quattro Stagioni* hieß und nicht *Quattro Stazioni*, was eine Vierbahnhöfepizza gewesen wäre. Doch selbst wenn sie Ausdrücke aus Songtexten von *Laura non c'è* bis *Carbonara*, die Zahlen bis zwanzig und *chiuso, aperto, commissario* und *camera* dazurechnete, war das leider zu wenig, um dem Gespräch zwischen den Italienern und Fridtjof zu folgen.

Ganz anders, als seine Gestalt es vermuten ließ, redete der Rundliche wie ein Maschinengewehr. Und auch ansonsten war das Gespräch für Irmis Begriffe viel zu schnell. Die Männer sahen zu ihr herüber, und der *Ispettore* machte eine angedeutete Verbeugung. Irmi nickte zurück. Dann blickten sie alle zur Brücke hinauf. Es war mehr als wahrscheinlich, dass der Mann von dort abgestürzt war. Denn wäre er weiter oben in den Cannobino gefallen, hätte er deutlich mehr Spuren davongetragen, Verletzungen, Abschürfungen. So lag er einfach nur bäuchlings halb im Wasser …

Ein paar weitere Schaulustige wurden vom *Vice Ispettore* in Schach gehalten. Bald traf die Spurensicherung ein, die besonders entzückt zu sein schien, den Hasen kennenzulernen. Ein deutscher Kollege, der perfekt Italienisch sprach, kam ja nicht alle Tage. Schließlich wurde der Tote abtransportiert. Noch ein paar große Gesten der Italiener,

Abschiedsworte auch an Irmi gerichtet, dann wurde es still.

Irmi hatte gar nicht gemerkt, wie viel Zeit vergangen war. Die Sonne war gewandert und stand inzwischen im Zenit.

»Der Kollege will sich melden, wenn er Näheres weiß«, sagte der Hase. »Seine Mama kommt übrigens von Sardinien, und er hat auch Verwandte in Umbrien. Er war sehr angetan, dass ich in Perugia studiert habe.«

»Das hat er dir alles so by the way erzählt?«, fragte Irmi.

»Ja, der Mann ist gesprächig.« Er lächelte. »Und der Rest geht uns nichts an. Wir haben unsere Pflicht getan, was hätten wir sonst tun sollen?«

Den Mann einfach liegen lassen? Wegsehen? Natürlich nicht. Es gab genug Menschen, die wegsahen. Wenn die Nachbarn ihre Kinder verwahrlosen ließen. Wenn die Nachbarin ein paarmal zu oft die Kellertreppe hinuntergefallen war. Wenn der Nachbar Tiere hortete und die Kadaver auf den Kompost warf. Wenn Autofahrer Katzen überfuhren und einfach davonbrausten. Wenn sich in einem Zaun ein Schaf erwürgte und die Spaziergänger einfach weitergingen. Die Deutschen waren groß im Wegsehen. Leid und Tod waren unbequeme Themen. So etwas wühlte in den Eingeweiden und strapazierte die Gedanken.

Trotzdem empfand es Irmi gerade jetzt als Zumutung des Schicksals, dass ihr da einer in den Urlaub geplumpst war. Sie hatte abschalten wollen. Der Herbst war so turbulent gewesen. Bernhard und Zsofia waren wie geplant nach Ungarn ausgewandert, wobei ihr Bruder es immer als »Umzug« deklariert hatte. Irmi hatte seinen Weggang immer noch nicht so ganz realisiert. Sie selbst war Mitte Oktober aus der Einliegerwohnung bei Fridtjof ausgezogen und wieder zurück auf den Hof – mit Spitz Raffi und den Katern. Und ohne Fridtjof, der nun sein Haus wieder allein bewohnte. Es war immer noch ungewohnt, und es war wirklich viel in Bewegung gekommen.

»Irmi? Alles in Ordnung?«

Der Hase holte sie aus ihren Gedanken.

»Ja, Fridtjof. Ich hätte nur allzu gerne einmal auf eine Leiche verzichtet.«

»Ich auch. Und jetzt habe ich Hunger.«

»Echt?«

»Es ist halb eins. Natürlich habe ich Hunger. Wir waren noch nicht im La Rampolina. Bis wir dort sind, bin ich sicher verhungert. Komm!«

Sie fuhren zum See hinunter, auf die Uferstraße. Die Magie des Sees war allgegenwärtig. Irmi war wie alle Alpenkids vom Gardasee geprägt. Anders als manche Schulkameraden war sie nur selten bloß mal schnell zum Kaffeetrinken an den Gardasee gefahren, aber doch das eine oder andere Mal. Sie hatten durchgemacht, waren um vier Uhr morgens losgefahren und um acht in Riva angekommen. Immer über die alte Brennerstraße, um die Maut der Europabrücke zu sparen. Die Spritkosten waren nicht so hoch gewesen, der ökologische Fußabdruck hatte nicht interessiert, und es hatte weniger Verkehr gegeben als jetzt. Im Prinzip waren das sinnlose Aktionen gewesen, aber cool und frei, wie die Achtziger gewesen waren. Zu Hause hatte sie behauptet, dass sie übers Wochenende bei einer Freundin sei, und Bernhard hatte immer dichtgehalten.

Bernhard fehlte ihr! Neuerdings konnte ihr Bruder sogar skypen, was sie auch mit gewisser Regelmäßigkeit taten. Es ging ihnen prächtig, und er schien glücklich zu sein mit seiner Frau in Ungarn. In der kurzen Zeit hatte er sich bereits in die Züchtung und Haltung von Mangalitza-Schweinen hineingefuchst. Bernhard Mangold, der schwerblütige Werdenfelser, war auf seine alten Tage noch zum Magyaren geworden. Irmi kam es so vor, als wären alle anderen viel weltläufiger als sie. Fridtjof mit seinen vielen Sprachen und seinem Weinwissen und dem unbestechlichen Geschmackssinn sowieso.

Doch zumindest was das Kulinarische betraf, lernte sie täglich dazu, und dieser Lago Maggiore hatte auch in ihr Herz geleuchtet. Sie fuhren gerade durch Intra, und Irmi staunte über die etwas eigene Art der Verkehrsberuhigung durch unzählige Fußgängerstreifen. In der Saison musste das allerdings die Hölle sein, wenn unentwegt die Leute zu Fuß die Straße querten.

Hinter Baveno ging es zum La Rampolina wieder den Berg hinauf. Das Lokal hatte das Etikett »Balkon über dem See« wirklich verdient. Unten lagen die berühmten Borromäischen Inseln, drüben die Berge, auf den Tisch kam ein kleines Degustationsmenü. Die Preise waren mehr als fair für das gute Essen. In der vergleichbaren Kategorie bekam man im touristischen Bayern oft nur einen leblosen Schweinsbraten mit verkochten Knödeln.

Der Hase hatte einen Roero Arneis ausgewählt. Er wirkte ganz beschwingt trotz des heutigen Vorfalls in der Schlucht. Eigentlich sollte Fridtjof hier leben, schoss es Irmi durch den Kopf. Er könnte das ja auch, wenn er in

Rente ging. Und sie? Warum stand sie sich mit ihrem zähen Kleben an der heimatlichen Scholle nur immer im Weg? Und jetzt, da sie wieder zu Hause auf ihrem Hof wohnte, wurde ein Umzug ja noch unwahrscheinlicher.

Sie blickte über die Inseln, sah Schiffe fahren, hörte wie durch einen Filter die Stimmen an den Nachbartischen. Nippte am Wein. Fridtjofs Handy klingelte. Er machte eine entschuldigende Handbewegung und stand auf, ging an der roten englischen Telefonzelle vorbei in Richtung Parkplatz.

Es war ein gewöhnlicher Tag außerhalb der Saison, und doch waren hier fast alle Tische besetzt. Die Italienerinnen waren durchweg sehr gut angezogen. Bei den Älteren nahm die Schmuckdichte zu, und die Sonnenbrillen hingen an glänzenden Goldkettchen, aber sie alle hatten ihren eigenen Stil. Irmi trug eine Jeans, Sneaker und eine Karobluse. Für ihre Verhältnisse fast schon gestylt, doch im Reigen der Italienerinnen war sie komplett underdressed. Plötzlich hoffte sie, die Bedienung werde nicht an den Tisch kommen und nach Getränken oder Dolci fragen. Denn Fridtjof hatte natürlich auf Italienisch bestellt, und sie wollte sich nicht als Touristin enttarnen lassen.

Der Hase kam zurück und wechselte auf dem Weg zum Tisch noch ein paar Worte mit der Bedienung.

»Ich habe die Rechnung geordert«, erklärte er dann. »Das war der Raffaele.«

Irmi brauchte ein wenig, bis sie schaltete. Ach ja, der Kollege, der Pizzateigige.

»Und was wollte er?«

»Es ist … na ja …«

»Jetzt sag schon!«

»Es ist unser Karma. Immer dieses beschissene Karma.«

»Solche Ausdrücke verwendest du?«

»Ich habe eben auch zu viel Umgang mit Kathi«, erwiderte er lächelnd.

»Fridtjof?«

»Der Tote ist Deutscher.«

Das verwunderte Irmi eigentlich nicht besonders. Der Mann war blond gewesen, und die Outdoorjacke von Schöffel, die Bergschuhe von Lowa und die Engelbert-Strauss-Hose hatten auf sie ziemlich deutsch gewirkt.

»Ja, und?«

»Er heißt Hannes Vogl. Und sein Wohnsitz ist Oberammergau.«

»Nein, oder?«

»Doch. Der Kollege hat schon mit Andrea telefoniert. Er war natürlich etwas überrascht, als die Zusammenhänge klar wurden, aber er fand es großartig, dass er weiter mit uns zu tun hat. Er fand das köstlich.«

»Echt köstlich«, murmelte Irmi. Köstlich wäre das letzte Wort gewesen, das sie in dem Zusammenhang verwendet hätte. Sie sah den Hasen an, der immer noch lächelte.

»Und ich konnte ihm glaubhaft vermitteln, dass wir es nicht waren.«

»Wie bitte? Wie meinst du das denn?«

»Es ist doch naheliegend: Drei Werdenfelser am Lago. Einer tot. Wir sind so perfide, dass wir vorgeben, ihn gefunden zu haben. Das lenkt von uns ab.« Der Hase grinste.

»Ziemlich verquer gedacht, oder nicht?«

»Natürlich, aber man könnte schon auf die Idee kommen. Wärst du doch auch, Irmi. Wenn drei Italiener in Garmisch weilen, einer tot in der Partnachklamm schwimmt und zwei andere ihn finden und das melden, was würdest du denken?«

»An die Mafia natürlich! Camorra oder so. Ach, Fridtjof, das gibt es doch gar nicht!«

»Doch. Wir sind drin.«

Sie stöhnte. »Das hab ich nicht verdient! Du auch nicht!«

Der Hase nickte bedauernd.

»Also gut«, sagte Irmi nach einer Weile. »Hilft ja nix. Dann würde mich als Erstes interessieren, woran der Mann gestorben ist. Wahrscheinlich an der Kopfwunde.«

»Das erfahren wir von Raffaele. Und alles Weitere auch. Er wartet noch auf ein Ergebnis aus der Rechtsmedizin, meinte aber, das ginge fix. Dann will er sich wieder melden.«

Irmis Handy intonierte den Radetzkymarsch. Den hatte sie für Anrufe von Kathi eingegeben.

»Hallo, Kathi«, meldete sich Irmi.

Ihre Kollegin lachte so schallend, dass Irmi ihr Handy leiser stellen musste. »Ich glaube, ich habe ein Déjà-vu. Da wollte sich eine gewisse Irmengard Mangold vor ein paar Jahren eine Auszeit auf einer Alm nehmen. Und schon lagen lauter Tote rum. Und ich weises Geschöpf hab dir damals schon gesagt, dass es dein Karma ist, Leichen zu finden. Und jetzt passiert das schon wieder! Am schönen Lago Maggiore. Warum suchst du dir solche Orte aus?«

»Von Karma hat Fridtjof auch gesprochen, und zwar von unserem beschissenen Karma.«

»Oh, er zitiert mich. Der intellektuelle Gott der Sprachgewandtheit zitiert mich!«

»Kathi, echt! Und übrigens heiße ich nicht Irmengard!«

»Ich gebe zu, war nur bedingt witzig. Aber wir waren

nach dem Anruf aus dem Süden natürlich sofort fleißig. Andrea, unsere Kollegenflüsterin, musste diesmal passen. Aber weißt du, was? Der Sepp kann brutal gut Italienisch.«

»Seine Frau ist Südamerikanerin, ich hätte eher auf Spanisch getippt«, sagte Irmi.

»Das kann er natürlich auch. Da stecken unerwartete Talente in den Männern, Wahnsinn.«

»Okay, Kathi, und das Ergebnis eures Fleißes?«

»Hannes Vogl hat wirklich in Oberammergau gewohnt. Er war sechsunddreißig und gelernter Zimmerer und war nach seiner Ausbildung an der Staatlichen Akademie der Bildenden Künste in Stuttgart, wo er Konservierung und Restaurierung studiert hat. Zuletzt hat er freiberuflich gearbeitet, scheint aber genug Aufträge gehabt zu haben. Er hat mit seiner Freundin zusammengelebt, Antonia Bauernfeind, die von Beruf Buchbinderin ist. Sie arbeitet zwei Tage die Woche in München im Deutschen Museum, ist ansonsten aber wohl auch freiberuflich tätig. Mehr wissen wir noch nicht.«

»Das ist doch schon sehr viel!«

»Ich nehm das als Kompliment. Wann kommt ihr zurück?«

»Eigentlich übermorgen. Dann endet unser Urlaub.«

»Ja, passt. Wir fahren nachher mal nach Oberammergau, um diese Antonia zu informieren.« Kathi stockte. »Ich mach so was ja eher ungern, wie du weißt.«

»Lass Andrea reden.«

Kathi lachte nur.

Irmi fragte sich, ob Antonia Bauernfeind ihren Freund nicht längst vermisste. Aber womöglich waren die beiden kein Pärchen gewesen, das täglich telefonierte oder skypte und facetimte. Das gab es ja auch. Wer sich des anderen sicher war, musste nicht ständig kontrollieren. Und wer mit sich selbst leben konnte, auch nicht. Hatten die Italiener eigentlich schon sein Handy gefunden? Die Gedanken rotierten längst. Inzwischen ging sie der Mann eben doch etwas an. Und dann gab es natürlich die Kernfrage: Was hatte Hannes Vogl am Lago Maggiore gemacht?

»Irmi?«

»Ich habe nur darüber nachgedacht, was er hier gemacht hat.«

»Biken, klettern. Skitouren. Was diese komischen Bergmenschen eben machen«, schlug Kathi vor. »Zum Baden ist es ja noch ein bisschen früh, oder? Wir fragen diese Antonia mal danach.«

»Gut. Viel Glück. Du meldest dich?«

»Klar.« Sie legte auf.

Irmi berichtete dem Hasen von Kathis Plänen.

»Das ist gut. Und was machen wir jetzt noch?«, fragte er.

»Zurückfahren?«

»Aber ich muss dir noch einen wunderbaren Ort zeigen«, meinte der Hase.

Sie fuhren zurück an den See und bald wieder hinauf auf einem Serpentinensträßchen, das Irmi allerdings gemessen an der Auffahrt nach Cavaglio wie eine Autobahn vorkam. Das Ziel hieß Miazzina. Auf einem kleinen Dorfplatz hielten sie an, direkt neben einem Restaurant.

»Ich kann nichts mehr essen!«, rief Irmi.

»Musst du auch nicht, heute ist geschlossen. Aber ich habe vorhin mit denen telefoniert. Wir hatten noch keinen *caffè*, und sie haben hier einen sehr guten, den wir auch am Ruhetag bekommen.«

Die junge Pächterin kannte den Hasen, und der Espresso war wirklich exzellent.

»Wir müssen hier unbedingt mal essen«, sagte der Hase. »Elisas Mann kocht in einer Klasse, die ich nie erreichen würde. Simpel und sexy, seine Küche lebt von der Qualität seiner Produkte. Ich hoffe nur, die Sternemaschinerie erreicht ihn nie, denn sonst ist es vorbei mit der Authentizität.«

Irmi verstand ihn. Miazzina war ein Bergdorf, wo die Waage zwischen dem Tourismus und den Bedürfnissen der Einheimischen anscheinend noch ausgeglichen war.

Sie fuhren zurück – durch ein Industriegebiet und vorbei an Häusern, die städtisch waren und gar nicht hübsch. Eine Vespa nahm ihnen die Vorfahrt, ein Punto hupte heiser. Der Hase schien das zu genießen und stoppte am Supermarkt.

»Lass uns ein paar Sachen einkaufen. Ich brauch noch einiges für zu Hause.«

Der Markt war riesig. Die Fülle machte Irmi fast Angst. Beschämt stellte sie fest, wie wenig Liebe die Deutschen dem Einkaufen und dem Essen entgegenbrachten. Das hier war ein Superlativ. Was hier in der ganz normalen Frischetheke lag, hätte es zu Hause nicht einmal im Feinkostladen gegeben.

Das Auto war gut beladen, als sie wieder losfuhren. Irmi sah auf den See, wo die Fähre, die zur anderen Seeseite fuhr, eine schnurgerade Linie zog.

»Die Strecke ist gar nicht so ohne für den Kapitän. Bei

Schlechtwetter verändert sich die Fahrrinne«, erklärte der Hase. »Wir müssen noch mal die andere Seeseite erkunden. Drüben ist die Lombardei, hier das Piemont. Keine dicke Freundschaft.«

»So ähnlich wie zwischen zwei bayerischen Dörfern, die nebeneinanderliegen?«, erwiderte Irmi lächelnd.

»Eher krasser. Die Lombarden behaupten, die Piemonteser seien arrogant und falsch. Sie lachen dir ins Gesicht und rammen dir das Messer in den Rücken.«

»Dein Haus liegt doch auch im Piemont.«

»Ja, aber ich benutze scharfe Messer nur zum Kochen.«

Sie schleppten den kühlungsbedürftigen Teil des Einkaufs bergwärts und ließen den Tag vor dem Haus mit einer kleinen Käseplatte ausklingen.

2

Irmi erwachte um neun. Sehr spät für ihre Verhältnisse. Der Hase machte gerade Espresso und schäumte Milch auf. Er war schon in der winzig kleinen Bar gewesen, die unten im Ort in eine Gassenecke gequetscht lag, und hatte vier Brioches organisiert. Es war noch kühl, aber man konnte mit einem Pullover gut draußen sitzen. Der Hase las in der *La Repubblica*.

Irmi blickte über die Dächer in die Berge. So könnte ein Leben als Pensionärin aussehen. Später aufstehen, frühstücken, abspülen, im Garten ein paar Halme pflücken. Einen Arzttermin als Highlight des Tages planen. Allerdings war ein Einkauf im Supermarkt fast schon eine Expedition. Und einen Rollator würde man auf dem steilen Kopfsteinpflaster auch nicht schieben können.

Auf einmal empfand sie Panik. War es das dann gewesen? Sie hoffte ja, noch eine Weile fit zu bleiben. Würde sie dann ehrenamtlich Menschen, die noch älter waren als sie, im Rollstuhl herumschieben? Oder Kinder bei den Hausaufgaben betreuen? Oder im Tierheim Garmisch Hunde ausführen? Tief drinnen gewannen die Hunde, aber die Panik blieb.

Im Haus klingelte das Handy des Hasen. Fridtjof ging hinein und kam nach einer langen Weile wieder. Er wirkte angespannt.

»Was ist? Du schaust so … so …«

»Wie?«

»Sparsam? Das war wieder Raffaele, oder?«

»Ja, er hat die Ergebnisse der Obduktion.«

»Die sind aber schnell!«

»Man unterstellt den Südländern ja gern, sie machten nur Siesta, aber in Wahrheit arbeiten die Norditaliener mehr als wir. Länger auf jeden Fall!«

»Und was ist rausgekommen?«

»Nun, gestorben ist er durch den Sturz von der Brücke. Und zwar, wie du vermutet hattest, durch eine Kopfverletzung. Er muss in die Felsen gefallen sein, es gab nämlich weitere Abschürfungen. Ob er gestoßen wurde oder gestrauchelt oder gesprungen ist, lässt sich kaum entscheiden. Deshalb kann bislang niemand sagen, ob ein Suizid vorliegt. Er war in jedem Fall gleich tot.«

»Abwehrverletzungen? Fremd-DNA?«

»Negativ.«

»Du schaust aber nicht so, als wäre das alles gewesen«, bemerkte Irmi.

»Nun, die Obduktion ergab etwas Merkwürdiges. Der Mann hatte im gesamten Bauchraum Entzündungen, aber keinen Ausgangsherd. Es gab Blutungen, eiternde Gänge und Fisteln, alles schwer erklärlich.«

»Das verstehe ich nicht.«

»Nun, der Rechtsmediziner hätte das auch nicht einordnen können, wäre er nicht in seiner Freizeit Jäger und Trüffelsucher mit einem Trüffelhund.«

»Ich kann dir leider nicht folgen.«

»Der Dottore hatte eine Hündin mit dem schönen Namen Bellissima, eine Lagotto-Romagnolo-Hündin. Das ist eine sehr alte Wasserhunderasse, die im 17. Jahrhundert den Lagunenjägern half. Der Hund sollte in Sumpfgebieten geschossenes Wasserwild apportieren. Wasserhunde mussten mutig sein, sehr robust und ausdauernd. Typisch ist ein gekräuseltes, leicht öliges Fell. Die sehen ein bisschen aus wie Pudel.«

»Schön.«

»Irmi, du weißt, ich neige zum Dozieren, aber die Geschichte ist ja auch interessant. Als im 19. Jahrhundert immer mehr Feuchtgebiete trockengelegt wurden, veränderte sich auch der Job dieser Hunde. Sie wurden als Trüffelsucher eingesetzt. Das sind echte Nasenarbeiter. Und so einen Hund hatte der Dottore.«

»Hatte?«

»Ja, er hat die Hündin kürzlich verloren. Da es ihr in den letzten Wochen so schlecht ging und sie sich immer wieder erbrach, wurde sie vom Tierarzt untersucht, doch die Röntgenaufnahmen zeigten keinen Fremdkörper. Eine Endoskopie ergab eine leichte Entzündung der Magenwände, doch auch Schmerzmittel und Magenmittel halfen nichts, die Hündin musste eingeschläfert werden. Dabei war Bellissima sein Ein und Alles.«

»Und weiter?«

»Er hat heimlich eine Obduktion gemacht und festgestellt, dass die arme Bellissima an Glasfasern verstorben ist.«

»An was bitte?«

»Glasfasern, die den gesamten Körper des Tiers durchwandert haben. Das passiert wohl öfter. Hunde toben auf einer Baustelle herum, erwischen so etwas, schlucken es runter. Führt zu einem elenden Tod.«

»Ja, aber …«

»Hannes Vogl hatte ebensolche Fasern im Körper. Und zwar eine ganze Menge.«

Irmi musste das erst einmal sacken lassen.

»Aber was heißt das? Dann ist er abgestürzt, weil er eine Schmerzattacke hatte? Oder hat sich wegen der unerträglichen Schmerzen das Leben genommen? Wie passt das alles zusammen? War er vorher bei einem Arzt?«

»Diese Fragen stellen sich die Kollegen natürlich auch. Ein Restaurator mit Glasfasern im Körper? Da spricht doch viel für eine Baustelle.«

»Ja, das klingt logisch. Wir müssen wissen, wo er zuletzt gearbeitet hat. Vielleicht ja hier am See.«

»Raffaele ist schon dran. Aber er sagt, hier wird gerade extrem viel gebaut und renoviert. Alle Baustellen untersuchen zu wollen wäre uferlos. Wir bleiben in Kontakt. Hast du schon was von Kathi gehört?«

»Nein, das wäre auch noch ein bisschen früh. Sie wollten ja gestern überhaupt erst mal seine Freundin aufsuchen. Kathi könnte sie dazu noch mal befragen. Diese Antonia Bauernfeind wird ja wohl wissen, wo ihr Freund gearbeitet hat.«

»Das wäre gut. Womöglich kommen sonst noch andere Menschen zu Schaden.«

Der Hase machte noch einen Kaffee. Gerade als er ihn vor Irmi abstellte, rief Andrea an. Irmi aktivierte die Lautsprecherfunktion des Handys.

»Andrea, hallo!«

»Hi, Irmi! Wir waren gestern Abend ja in Ogau. Kathi und ich haben aber keinen angetroffen, also auch nicht die

Lebensgefährtin. Die beiden wohnen leider recht abgelegen, ähm, in einem alten Haus Richtung Romanshöhe. Anscheinend pflegten sie eher wenig Kontakt. Die nächste Nachbarin meinte, sie hätte schon länger kein Auto mehr vorbeifahren sehen, aber sie achte da auch nicht so drauf. Hat sie zumindest gesagt.«

Das war sicher gelogen, Nachbarn auf dem Land achteten auf alles. Gerade wenn wenig los war, konnte schon ein Auto zur Sensation werden. Kennzeichen? Fahrer? Was hatte der da verloren? Warum kam der Nachbar so spät heim? Warum fuhr er so früh los?

»Habt ihr irgendwelche Verwandten finden können?«

»Da sind wir dran«, mischte sich Kathi ein. »Aber Hannes Vogl stammt irgendwo aus dem Unterallgäu und Antonia aus Niederbayern. Auf die Schnelle haben wir nichts ermitteln können.«

»Versucht es weiter. Unsere News sind spektakulärer. Also, passt mal auf.« Irmi berichtete.

»Das ist ja mal was Neues«, sagte Kathi. »Wenn der Restaurator war, hat er auf einer Baustelle was einigschnauft?«

Irmi staunte. Kathi war wie immer pfiffig und schnell.

»Das wäre eine Option«, meinte Irmi. »Überprüft ihr bitte mal, woran er zuletzt gearbeitet hat? Irgendwo muss diese Antonia ja sein. Die muss das doch wissen.«

»Klar, wir halten uns gegenseitig auf dem Laufenden. Was macht ihr heute noch? Essen, trinken, Sex?«

»Ja, und zwar in der Reihenfolge«, konterte der Hase. »Ciao, Frau Reindl.« Er beendete das Gespräch und wandte sich an Irmi. »Also zwei Zuagroaste in Ogau. Klar, dass die wenig Kontakt hatten.«

»Wenn du in Oberammergau nicht seit fünfhundert Jahren deine Verwandtschaft hast und nicht zumindest eine Nebenrolle in den Passionsspielen gespielt hast, wird es schwer«, erwiderte Irmi lächelnd.

»Tja, das ist der Segen des alpenländisch engen Genpools plus Renitenz plus einem gewissen Hang zum Esoterischen. Hat man ja an der Impfbereitschaft am Alpenrand gesehen.« Der Hase verzog das Gesicht.

»Nun, das mit dem Genpool trifft mich dann aber auch«, meinte Irmi.

»Ach, deine Mutter kommt meines Wissens aus Eglfing und hat einen Mangold aus Eschenlohe geheiratet.«

»Was jetzt nicht die Entfernung ist!«

»Damals schon, als man am liebsten die Cousine geheiratet hat. Damit das Sach zammbleibt. Da war Eglfing weit weg. Sogar ein anderer Landkreis.« Er lachte. »Und genetisch entstand dadurch schon ein großer Vorteil.«

»Da hatten wir ja Glück. Wobei Bernhard und ich den Genpool jetzt wieder geschlossen haben«, murmelte Irmi.

»Tut es dir leid, keine Kinder zu haben?«, fragte der Hase plötzlich.

Kein gutes Thema, ein Ausklammerthema. Fridtjofs Sohn war gestorben, bevor er hatte erwachsen werden können. Deshalb umschiffte Irmi das Thema wie ein Frachter das Bermudadreieck. Und was sie selbst betraf, war es im Nachhinein betrachtet ganz gut, dass sie mit dem Mann, mit dem sie einige Jahre verheiratet gewesen war, keine Kinder bekommen hatte. Dass sie die letzten gebärfähigen Jahre mit einem verheirateten Mann verbracht hatte, war auch kein passender Rahmen gewesen, um freudig auf eine Schwangerschaft hinzuarbeiten. Dann waren die Wechseljahre gekommen. Irmi hatte Hormone genommen, bis sie einundsechzig war, denn ohne war sie mit Herzrasen und klatschnassen T-Shirts durch die Nächte havariert. Irgendwann hatte sie die natürlichen Mittel aufgegeben – da hatte einfach kein russischer Rettich mehr geholfen. Und inzwischen war sie endgültig raus. Östrogenferner denn je.

Hatte sie das Muttersein vermisst? Eigentlich nicht, die meiste Zeit rein gar nicht. Doch seit einigen Jahren war da ab und an eine unbestimmte Sehnsucht. Es musste schön sein, wenn die erwachsenen Kinder an Weihnachten nach Hause kamen. Ein, zwei Enkel, die man beizeiten wieder abgeben konnte, waren sicher auch eine große Freude. Doch jetzt würde es mit den Mangolds nicht weitergehen, denn Bernhard und Zsofia wollten auch keine Kinder.

Irmi war vierundsechzig, das klang uralt. Und realistisch betrachtet hatte sie vielleicht noch fünfzehn Lebensjahre vor sich. Wenn sie bedachte, wie schnell die letzten fünfzehn Jahre vergangen waren, wurde ihr ganz anders.

»Manchmal«, sagte sie nur, und der Hase war feinfühlig genug, nicht weiterzufragen.

»Fahren wir heim?«, fragte er stattdessen.

»Ja«, meinte Irmi mit fester Stimme. Eigentlich hatten sie erst morgen abreisen wollen, aber der Tote im Orrido hatte alles verändert.

Sie packten zusammen, der Hase legte den Schlüssel unter eine Steinplatte, und dann kurvten sie wieder talwärts. Es war so steil, dass versagende Bremsen hier der Super-GAU wären.

»Im Grotto Al Mater haben wir auch noch nicht gegessen«, bemerkte der Hase.

»Wir kommen bestimmt wieder«, sagte Irmi und meinte das auch so. Der Lago Maggiore konnte ein Freund werden. Ohnehin gefielen ihr Seen besser als das Meer. Sie fand es beruhigend, dass auf der anderen Seite auch wieder Berge aufragten. Das Meer hingegen floss in den Horizont, es kippte irgendwo über eine Kante ins Bodenlose. Ins Unfassbare.

Noch war wenig los auf der Uferstraße, der Hase konnte die typischen italienischen Männer-Rennrad-Gruppen gut überholen, ohne mit einem wild hupenden Cinquecento auf der Gegenfahrbahn zu kollidieren.

Sie waren schon auf der Schweizer Seite, als der Hase seewärts deutete. »Da haben sie den Bugatti rausgezogen.«

»Welchen Bugatti?«

»Das Zollopfer.« Der Hase lächelte. »Drei sündhaft teure Bugattis wurden Ende der 1920er-Jahre in die Schweiz importiert. Zwei wurden von den Kunden abgeholt, für den dritten wurde kein Importzoll bezahlt. Woraufhin die Zollbehörde in Ascona nach einigen Jahren keine Lust mehr hatte und den Wagen 1937 kurzerhand im See versenkte.«

»Der Kunde hatte Geld für so ein Auto, aber nicht für den Zoll?«, fragte Irmi ungläubig.

»Sieht so aus. Jahrzehntelang ruhte der schöne Bugatti Brescia Typ 22 am Boden des Sees, bis Sporttaucher ihn Ende der 1960er-Jahre entdeckten. Er wurde zum Hotspot für Taucher und erst im Sommer 2009 aus dem See gezogen, völlig verschlammt.«

»Und wo ist er jetzt?«

»Er wurde 2010 für zweihundertfünfzigtausend Euro versteigert – für einen guten Zweck.«

Irmi sah schweigend aus dem Fenster und verabschiedete sich innerlich von dem See, als der Weg irgendwann vom Ufer wegführte. Der Hase kannte eine Alternativroute, die den Dauerstau durch die ausufernde Gewerbezone bei Cadenazzo umging. Auch das gelobte Tessin war eben nicht überall bezaubernd. Aber die Fahrt durch das Misoxtal war es. Der Hase hatte schon auf dem Hinweg bedauert, dass der San-Bernardino-Pass noch gesperrt war. Tunnel sind kein echtes Reisen, hatte er gemeint, Tunnel lenken ab von der Wahrheit. Irmi hatte wegen der Dunkelheit einen Großteil der Strecke ohnehin nicht gesehen, denn der Hase war mitten in der Nacht gestartet. Jetzt aber rollten sie bei Tageslicht durch das Hinterrheintal, wo schöne Orte wie Nufenen oder Splügen vorbeiflogen.

»Warst du schon einmal in Zillis?«, fragte der Hase irgendwann.

»Nein, wieso?«

»Dann machen wir einen Abstecher dorthin. Zur Kirche.«

Er bog ab und parkte etwas außerhalb des Orts. Sie gingen ein kurzes Stück bis zur reformierten Kirche St. Martin. Das Gebäude zwischen Hinterrhein und Dorfzentrum war von außen eher unauffällig. Drinnen blieb Irmi verblüfft stehen. Hob den Kopf, legte ihn in den Nacken. Und staunte.

»Die Kassettendecke stammt aus dem 12. Jahrhundert und besteht aus hundertdreiundfünfzig Bilderfeldern. Die

Holzkassetten wurden unten bemalt und dann erst eingesetzt«, erklärte der Hase. »Fabelwesen sind zu sehen und natürlich das Leben und Wirken Christi.«

Irmi fühlte sich an die heiligen Berge erinnert. Wie dort gab es auch hier Szenen, die alles andere als lieblich waren. Da wurde einer enthauptet, und das Kindlein in der Krippe sah aus wie eine Mumie oder wie in einen Kokon eingesponnen, so, als gedachte es, sich demnächst zu verpuppen. Außerdem war ein schwarzer Teufel mit schwarzen Flügeln und Hörnern zu sehen.

»Wahnsinn«, sagte Irmi.

»Die Bilder stammen wohl nicht von einem Kirchenmaler, sondern eher von einem Buchmaler, der seinen Figuren einen ungeheuren Ausdruck und Bewegung verliehen hat.«

»Weiß man, wer der Künstler war?«

»Nein, vielleicht ein durchreisender Künstler, der für Kost und Logis gearbeitet hat«, sagte der Hase. »Es ist in jedem Fall beeindruckend.«

Das stimmte. Die ganze Welt des Mittelalters an diese Decke gebannt. Ein Comic für die Menschen der damaligen Zeit.

»Hat man die Menschen eigentlich immer nur über Angst erzogen?«, fragte Irmi.

»An den Höfen und in der Kirche war das wohl ein probates Mittel. Angst macht gefügig und unterwürfig. Wer Angst hat, ist nicht mehr in der Lage, Dinge richtig einzuordnen. Das gilt heute umso mehr.«

Irmi sah noch einmal zur Decke. Der Mensch war leicht zu verwirren und zu blenden. Sie hatten die letzten Tage kein Radio gehört und auch nicht ferngesehen. Für kurze

Zeit hatten sie den Krieg in der Ukraine ausgesperrt, aber nun war er wieder da.

Irmi war es ergangen wie den meisten. Sie hatte die ersten Tage ungläubig vor dem Fernseher gesessen, das alles nicht glauben wollen. Schon bald hatte sie gespürt, dass ihr dieser Overkill an visuellen Informationen über den Krieg, den die Welt *in Realtime* mitverfolgen konnte, nicht guttat. Also hatte sie innere Mauern hochgezogen und Geld gespendet und sich dabei gefühlt, als kaufe sie sich damit frei.

Ihre Nachbarin Lissi hatte gehandelt und in einer ihrer Ferienwohnungen kurzerhand eine ukrainische Familie aufgenommen – mit kleinen Hunden. Sie war eine große Tierfreundin und wusste, dass nicht alle die Möglichkeit hatten, Geflüchtete mit Tieren unterzubringen. Irmi hatte erwogen, dasselbe zu tun, doch sie war im Gegensatz zu Lissi häufig unterwegs und hatte das Gefühl, den Anforderungen nicht gerecht zu werden, die eine Flüchtlingsfamilie an sie stellen würde.

Was Irmi von Beginn an nicht so ganz verstanden hatte, war diese Verwunderung über den russischen Angriff. Putin hatte das doch angekündigt – in Tschetschenien, in Syrien, auf der Krim. Und keiner hatte ihm Einhalt geboten. Schon früher hatte sie voller Befremden zugesehen, wie westliche Staatsmänner und Staatsfrauen Putin herzten. Und wie konnte man vom Westen aus fordern, das ganze russische Volk müsse sich gegen ihn erheben? Was interessierte die Ewenken in Sibirien die Ukraine? Die Bewohner der Städte wussten – und schwiegen. Russen in allen Zeiten, quer durch alle Generationen, hatten gelernt, dass Aufstand Haft, Folter und Tod bedeutete. Sie lebten in einem hochkorrupten System, wo das Militär und die Polizei die größte Gefahr für den Einzelnen bedeuteten. Irmi konnte alle verstehen, die sich da wegduckten. Wer ging schon auf die Straße, wenn klar war, dass man für fünfzehn Jahre hinter Gittern endete? Von den Gräueltaten war sie entsetzt, aber nicht sonderlich überrascht. Die Gewaltspiralen rotierten immer schneller, und Menschenleben waren nichts wert. Das war in Russland durch alle Jahrhunderte hindurch so gewesen: Kanonenfutter und menschliche Schutzschilde hatte es in den unermesslichen Weiten immer gegeben.

Putin arbeitete mit Diktatur und Angst – wie die Herrscher in den Zeiten blutiger Fehden zwischen Stämmen, wie im Mittelalter und wie in den Palästen der Moderne. Nicht die Auslöser, kleine despotische Männer, starben dabei, sondern die Soldaten. Auch die russischen. Sie erinnerte sich an Stings Rockballade *Russians*, die nach fast vierzig Jahren immer noch erschreckend aktuell war.

»Irmi, du bist so still?«, riss der Hase sie aus den Gedanken.

»Ich habe über Unterdrückung nachgedacht. Dass der Mensch im Lauf der Geschichte nichts dazugelernt hat! Und mir ist der Song *Russians* von Sting in den Sinn gekommen.«

»Stimmt, das Gewaltthema verlässt uns nicht«, sagte Fridtjof. »Warte, bis wir am Auto sind, dann spiel ich mal das Lied ab.«

Er hatte einen Stick mit seinen Lieblingsliedern dabei.

»Bisschen retro, ich weiß. Andere haben Spotify«, meinte er und lächelte. Im Wagen schaltete er die Anlage ein und suchte eine Weile. Dann erklang Stings unverwechselbare Stimme:

Mister Khrushchev said: »*We will bury you.*«
I don't subscribe to this point of view.
It'd be such an ignorant thing to do.
If the Russians love their children too.
How can I save my little boy from Oppenheimer's
    deadly toy?

Schweigend hatten sie gelauscht, und Irmi musste schlucken.

»Damals war Kalter Krieg«, sagte der Hase schließlich. »Den hatten wir doch überwunden! War es denn so falsch, an Annäherung durch wirtschaftliche Bindungen zu glauben?«

»Ich glaube, grundsätzlich war der Weg nicht falsch. Aber wenn auf der anderen Seite ein Herr Putin sitzt, wohl doch. Und es ist billig, nun alles besser zu wissen. Wo waren die, die jetzt am lautesten schreien?«

Irmi war irritiert vom Deutschen-Bashing, das derzeit zu beobachten war. Warum machte man das Land zum Prügelknaben Europas? Ihr Land? Wenn man sie fragen würde, hätte sie gesagt, sie fühle sich als Bayerin, als Alpenbewohnerin. Aber die letzten Tage fühlte sie sich deutsch. Nicht alles in dem Land, dessen Pass sie besaß, war schlecht. Und ihr Land, dessen Staatsbeamtin sie nun mal war, hatte es nicht verdient, dass man es so runtermachte, fand sie.

Der Hase war losgefahren und blickte konzentriert auf die Straße.

»Ich kann einfach nicht abschalten«, sagte Irmi nach einer Weile. »Wir sind seit Zillis schon wieder mittendrin. Ein toter Restaurator. Diese Bilder an der Kirchendecke. Die Figuren auf den heiligen Bergen. Bizarres Puppentheater für Erwachsene. Mein Kopf kann das nur schwer verarbeiten. Es geht alles durcheinander.«

»Irmi, lass dir Zeit. Schlaf dich aus. Du wirst schon herausfinden, was hinter dem Todesfall steckt. Wie immer.«

Würde sie das? Sie zweifelte nicht daran, dass es am Ende eine Auflösung geben würde. Aber ihr graute ein wenig davor. Es war falsch, dass ein junger Mann sterben musste, der sich dem Schönen verschrieben hatte. Mehr noch: dem Erhalt von Schönem, dem Erhalt dessen, was Menschen vor Jahrhunderten erdacht hatten.

Um acht Uhr fuhr der Hase auf Irmis Hof, stieg aus, holte Irmis Gepäck aus dem Kofferraum.

»Ich werde jetzt heimfahren. Ist das in Ordnung?«, wollte er wissen.

»Natürlich! Wir sehen uns morgen.«

Sie umarmten sich, es gab einen Kuss.

Irmi sah ihm nach. Der alte elterliche Hof war nun ihr Hof geworden. Sie war zurück. Es war der Ort, wo sie hingehörte. Die Abhänge der Berge stärkten ihr den Rücken, der Blick ins Murnauer Moos weitete ihre Sinne. Die dicken Mauern des alten Hauses beschützten sie. Einmal Schwaigen, immer Schwaigen.

Fridtjof, in dessen Einliegerwohnung sie eine Weile gelebt hatte, war in seinem lichtdurchfluteten Haus geblieben. Irmi hatte lange damit gehadert, dass sie nicht zusammengezogen waren, doch das Konzept zwei Häuser und doch ein Wir klappte bisher sehr gut.

Im Spätsommer würde Luise bei Irmi einziehen, und sie würden eine Alte-Mädels-WG gründen, wie Luise es nannte. Auch das machte Irmi ein wenig Sorgen. Würde das klappen? Zwei alte Individualistinnen unter einem Dach? Damals auf der Alm waren sie zusammengewachsen, aber das war zeitlich begrenzt gewesen. Luise hatte ihr versichert, dass sie jederzeit wieder abhauen würde, wenn es nicht funktionieren sollte. Luise konnte überall Fuß fassen, egal ob Süd oder Nord. Ob am Meer oder in den Bergen. Unter der Voraussetzung, dass die Mulis und die Esel dort willkommen waren.

Lass das Grübeln, sagte Irmi zu sich.

Die Kater kamen elegant über den Hof geschlendert. Der eine war ziemlich schmal, der größere hingegen ein Mordsbrackl. Man sah den beiden an, dass sie keine allzu große Freude zu zeigen gedachten.

»Hallo, Männer!«, rief Irmi.

Der kleine sprang auf ihren Koffer und gab Köpfchen. Im selben Moment sprang ihr etwas in die Kniekehlen. Raffi, der wedelte wie verrückt. Der Blick des großen Katers sagte alles: Voll peinlich, sich wie bekloppt zu freuen, bloß weil ein Mensch auftaucht. Hinter Raffi stand Lissi.

»Hallo, Irmi, ich hab das Auto kommen sehen. Raffi hat es vor mir gehört. Er wollte sofort los.«

»Lissi, wie schön, dich zu sehen! Ging's mit Raffi?«

»Er hat sich vorbildlich verhalten, abgesehen davon, dass er einige Beete nach Mäusen umgegraben hat.«

»Wolltest du sie eh umgraben?«

»Eher nicht, die Pflanzungen waren schon abgeschlossen.« Lissi lachte.

»Sorry. Soll ich dir was ersetzen?«

»Nein, das macht nichts. Schau mal.« Sie zückte ihr Handy und hielt es Irmi hin.

Auf dem Foto war ihr Mann Alfred zu sehen, der auf dem Kanapee lag – und mittig auf seinem Bauch Raffi. Beide schliefen selig.

»Du weißt ja, keine Tiere im Haus«, erklärte Lissi grinsend.

Irmi lachte, umarmte Lissi. »Danke, dass er bei euch sein durfte.«

»War uns ein Vergnügen.«

»Ein zweifelhaftes, aber es geht echt nicht mit ihm.«

Der Hund hasste nämlich Autofahren. Raffi kotzte wie ein Reiher und spuckte wie ein Lama. Er war eben ein Hofhund. Kein Tier, das man auf überfüllte Handwerkermärkte mitnahm oder in edle Restaurants zerrte. Kein Hund, der Wert auf Urlaubsreisen legte. In der Hinsicht war er gar nicht so anders als Irmi. Wobei sie sich in den Lago Maggiore schon ein wenig verliebt hatte, wenn sie ehrlich sein sollte.

»Warum bist du schon da?«, fragte Lissi. »Ihr wolltet doch erst morgen Abend kommen.«

»Wir sind, na ja, in so was reingeschlittert. Da unten ist ein Toter aufgetaucht. Aus Oberammergau.«

Lissi starrte Irmi an. »Du bist furchtbar!«

»Bitte?«

»Du ziehst das an.«

Das stimmte wahrscheinlich. »Kommst du mit rein?«

»Nein, ich hab zwei Kuchen im Ofen. Und ich muss noch den Automaten befüllen. Und Eier stempeln. Und die Böcke füttern.«

Lissi hatte seit dem letzten Sommer ein Hühnermobil mit den beiden Ziegenböcken Kurti und Karli als Wächter. Sie sollten den Fuchs abschrecken, was bisher gut funktioniert hatte.

»Wir sehen uns, Irmi. Komm erst mal heim«, sagte Lissi und eilte davon.

Irmi heizte erst mal ein, saß dann auf der Ofenbank und genoss die Stille, die nur ab und zu vom Knistern der Holzscheite unterbrochen wurde. Sie war und blieb eine Langweilerin, aber im Prinzip eine zufriedene.

3

Der März war viel zu warm und knochentrocken, so würde nichts wachsen. Aber der Regen würde kommen. Wahrscheinlich sturzartig und von donnernden Gewittern, Hagel und Blitzen begleitet. Wo war der Frühling hingekommen? Auf Schnee folgten knapp dreißig Grad, das Klima war aus den Fugen.

Irmi trank schnell ihren Filterkaffee, fuhr los und betrat das Büro um kurz nach acht.

»Urlauberin, was machst du schon hier? Hey, du siehst gut aus«, sagte Andrea.

»Es war schön, ich habe selten so gut und so viel gegessen. Die Hose spannt noch mehr und ...«

»... und leider kam der Vogl dazwischen«, mischte sich Kathi ein.

»Danke, dass du mich ohne Vorspiel in medias res holst!«

»Irmi, das Vorspiel wird überschätzt. Aber echt der Hammer, dass du schon wieder auf eine Leiche getreten bist.«

»Getreten nicht gerade. Und ich hatte kurz gehofft, ja, ich weiß, das ist fies, dass es sich um einen hundsgewöhnlichen Suizid handelt. Aber leider ...«

»Leider hatte der Kerl diese Glasfasern im Körper.«

Sailer kam herein. »Glasfasern? Do is der Peterl von meinem Vetter dran verreckt.«

Irmi hoffte, dass der Peterl kein Kleinkind war.

»Des war der Kater von denen«, schob Sailer nach. »Hot in dem Zeug g'spuit und is ganz elend eiganga.«

Nach der verstorbenen Bellissima machte ein toter Kater die Sache nicht gerade besser.

»Der Obduktionsbericht müsste inzwischen gemailt worden sein«, meinte Irmi. »Ihr könnt das gerne genauer nachlesen. Aber der Mann hatte in der Tat Glasfasern im Körper.«

»Was is los?«, wollte Sepp wissen, der auch dazugestoßen war.

»Glasfasern sind in Baumaterial verarbeitet oder als Bestandteil von Glaswolle zu finden«, erklärte der Hase, der gerade zur Tür hereingekommen war. »Die Fasern können extrem klein und dünn sein und sind mit bloßem Auge nicht zu erkennen.«

»Aber da stirbt man doch nicht gleich dran?«, meinte Andrea.

»Nein, das ist ein Prozess. Wie lange es dauert, keine Ahnung. Ich will mich da mal schlaumachen.«

»Aber dann war das doch wohl eher ein Unfall, oder?«, fragte Kathi.

»Das halte ich auch für wahrscheinlich«, sagte Irmi. »Ich habe an eine Schmerzattacke gedacht. Er hat sich gekrümmt und ist dabei gefallen.«

»Und wie san die Glasfasern in den Vogl kemma?«, wollte Sailer wissen.

»Das ist die Frage. Da er Restaurator ist, vielleicht auf einer Baustelle, wie Kathi schon vermutet hat«, erwiderte Irmi.

»Und warum interessiert es uns dann?«, fragte Kathi.

»Weil er hier wohnt, weil der italienische Kollege das auch alles ziemlich merkwürdig findet. Und weil er Fridtjof ganz toll findet«, entgegnete Irmi lächelnd.

»Nun ja, ich hätte da noch einen Grund zu bieten«, bemerkte der Hase.

»Weil Irmi ein komisches Gefühl hat?«, fragte Andrea. Der Hase nickte und sah Irmi an.

»Ja«, sagte Irmi leise. Dann lauter: »Ja!«

Kathi grinste.

»Habt ihr Antonia Bauernfeind gestern eigentlich noch angetroffen?«, fragte Irmi.

»Wir haben es später am Abend noch mal probiert, wenn Leute eigentlich daheim sind«, berichtete Kathi. »Aber sie war wieder nicht da. Heute früh habe ich im Deutschen Museum angerufen. Wir können an ihren Arbeitsplatz kommen, womöglich wissen die Kolleginnen etwas. Kann ja auch sein, dass diese Antonia in München bei Freunden übernachtet. Die Fahrerei nach München macht doch keinen Spaß. Ich dachte, du kommst erst heute Abend zurück.«

»Ich bin da, ergo komme ich mit dir nach München. Wenn das passt.«

»Unbedingt. Da kann ich besser fluchen wegen des Verkehrs.«

Irmi grinste, und wenig später saßen sie im Auto. Es war überraschend wenig Verkehr. Der Tunnel verschluckte sie und spuckte sie in Sendling wieder aus.

»Warst du schon in der neuen Isarphilharmonie?«, wollte Kathi wissen.

»Ich wusste nicht mal, dass es die gibt«, gab Irmi zu.

»Ich auch nur, weil ich kürzlich was drüber gelesen habe«, meinte Kathi grinsend. »Ich dachte nur, weil dein Freund doch so kulturell ist.«

Irmi sparte sich den Kommentar und folgte der Isarparallele nordwärts. München war fraglos eine schöne Stadt, aber unbezahlbar. Und am schönsten, wenn man sie wieder verlassen konnte, fand zumindest Irmi. Überall waren Fahrräder, die sich nicht an die Verkehrsregeln hielten. Kathi fluchte wie angekündigt.

»Deppenpack! Wenn ich so einen platt fahr, bin ich schuld, auch wenn der bei Rot über die Ampel fährt.«

Die Museumsinsel lag neben ihnen in der Isar. Davor reihten sich wieder die Touristenbusse, die in der Coronazeit ausgeblieben waren.

»Wir müssen über die Ludwigsbrücke in die Zeppelinstraße, dann wieder südwärts und über die Zenneckbrücke«, sagte Kathi. »So wurde mir das zumindest erklärt.«

Das Unternehmen gelang, und sie fanden auch den kleinen Parkplatz, wo es genau noch einen freien Stellplatz für Besucher gab.

»Noch was zum Thema Kulturbanause«, sagte Irmi. »Ich wusste gar nicht, dass das Deutsche Museum eine eigene Bibliothek hat.«

»Ich auch nicht«, sagte Kathi und stapfte auf die Pforte zu, gefolgt von Irmi. Ihnen wurde erklärt, dass sie in die Werkstätten müssten. Dort gab es neben der Buchbinderei auch eine Druckerei und eine Setzerei. Sie klopften, hörten ein »Ja« und traten ein. Eine blonde Frau kam ihnen entgegen.

»Sie kommen wegen Antonia. Ich wurde schon informiert«, sagte die Frau. »Sie ist krankgemeldet, das hätten die im Büro eigentlich wissen müssen. Aber kommen Sie doch rein.«

Irmi stellte sich und Kathi vor und sah sich um. Unter dem Fenster stand ein gewaltiger Arbeitstisch mit Werkzeugen, darunter eine Riesenschneidemaschine. Es war ein ganz eigener Kosmos.

»Beeindruckend. Machen Sie hier Work-outs?«, fragte Irmi und deutete auf die Gewichte in unterschiedlichen Größen.

Die blonde Frau lachte. »Nein, wir brauchen die Gewichte zum Beschweren. Wir kaschieren zum Beispiel Plakate auf Platten, darum auch diese großen Tische und die alten Bügeleisen.«

»Und der Leim?«, fragte Kathi.

»Leim, Pinsel und Falzbein sind unsere Standardwerkzeuge.« Die Frau nahm einen länglichen Gegenstand in die Hand. »Das Falzbein wird traditionell aus Knochen hergestellt, mittlerweile gibt es die auch aus Teflon. Das verwenden wir gerne für Restaurationsarbeiten alter Schriftstücke. Teflon nimmt keine Klebstoffe an und hinterlässt auch keine winzigen Spuren. Dafür sind sie empfindlicher als Falzbeine aus Knochen.«

»Es muss schön sein, in so einem Handwerk zu arbeiten«, sagte Irmi, und das meinte sie ernst. Diese Arbeit war filigran und klar, und man sah ein schönes Ergebnis. Bei ihrer eigenen Arbeit war das Resultat oft erst spät zu sehen. Und schön war das Ergebnis selten.

»Ja, durchaus. Die Arbeit ist schlecht bezahlt, aber erfüllend. Und sehr abwechslungsreich. Die Buchbinderei ist ein junges Handwerk, denn es gibt uns erst, seit es Bücher gibt. Wir haben uns von allen anderen Handwerken etwas stibitzt. Von den Schneidern und von den Schuhmachern zum Beispiel.« Sie lächelte.

»Und Sie scheinen genug zu tun zu haben«, sagte Irmi. In dieser Werkstatt sah man förmlich, dass die Arbeit rief.

»Ja, wir ertrinken gerade in Arbeit. Müssen Plakate aufziehen, Erklärungstafeln erstellen. Im Juli soll der erste Teilabschnitt eröffnet werden. Sie haben ja sicher mitgekriegt, dass das gesamte Deutsche Museum saniert und modernisiert wird. Ursprünglich hieß es, für vierhundert Millionen Euro. Jetzt ist man bei fast achthundert Millionen. Wie bei der Elbphilharmonie, was den Steuerzahler nicht so freut. Dafür wird an den Angestellten gespart.« Sie zuckte mit den Schultern. »Antonia hatte auch nur einen Zeitvertrag. Und dass sie gerade jetzt krank ist, das ist besonders schlecht. Sie müsste für eine Ausstellung Dummys bauen, das kann sie viel besser als wir anderen.«

»Crash-Test-Dummys?«, fragte Kathi.

»Nein!« Die Frau lachte. »Zum Beispiel Verpackungen nach historischen Vorbildern, Schachteln für Waschmittel oder Patronen. All so was.«

»Wissen Sie, warum sie krank ist?«

»Nein. Sie hat sich davor noch nie krankgemeldet. Aber so lange ist sie auch noch nicht hier. Sie wirkte auf mich eigentlich sehr diszipliniert. Allerdings war sie vor der Krankmeldung schon schlecht beieinander. Hatte Magenprobleme und Gliederschmerzen.«

Vor ein paar Jahren hätte die Aussage nichts ausgelöst. Nun dachte jeder sofort an Corona. Wer dubiose Beschwerden hatte, musste Corona haben – in einer Virusvariante quer durchs griechische Alphabet.

»Kein Corona«, sagte die Frau. »Sie ist dreimal geimpft und hat sich auch testen lassen, eben weil es ihr so schlecht ging. Aber auch, weil sie im Ausland gewesen war.«

»Im Ausland?«

»Ja, sie war vorher in Italien gewesen.«

Irmi warf Kathi einen schnellen Seitenblick zu. »Ach was? Und wo?«

»Am Lago Maggiore. Sie hat ja nicht nur die Stelle bei uns, sondern ist auch freiberuflich tätig. Und sie hatte einen Auftrag an Land gezogen, bei dem sie eine alte Privatbibliothek katalogisieren und ein paar Bücher restaurieren sollte. Wahnsinnig schöne alte Bücher. Sie hat mir Bilder gezeigt. Auch die Räume in der alten Villa sind wunderbar.«

»Wissen Sie, wo sie genau war?«

»In Cannobio. Sehr schön da unten. Ich hab sie fast ein bisschen beneidet.« Die blonde Frau lächelte.

Ausgerechnet Cannobio, dachte Irmi.

»Kennen Sie eigentlich den Freund von Antonia?«

»Den Hannes?«

»Ja.«

»Kennen ist zu viel gesagt. Ich war einmal auf einem Fest eingeladen, als die beiden nach Oberammergau gezogen sind. Sie war sonst nicht so gesellig, aber er war ein netter Typ, sehr offen. Er ist Restaurator. Warum fragen Sie?«

»Hannes Vogl ist tot. Er ist am Lago Maggiore abgestürzt«, erklärte Irmi. Abgestürzt war eine Formulierung, die viel offenließ. »Und jetzt suchen wir Antonia Bauernfeind, weil wir ihr das mitteilen müssen. Sie ist aber auch nicht bei sich zu Hause.«

»Tot? Hannes ist tot?«

»Leider.«

»Aber er, aber sie …« Die Blonde wirkte ganz bestürzt.

Irmi sah sich um, entdeckte eine Wasserflasche, schenkte der Frau ein Glas ein. »Trinken Sie einen Schluck.«

Die Frau schnappte nach Luft. Trank. Rang um Fassung.

»Wissen Sie, es ist nur so, dass vor einem halben Jahr mein Bruder gestorben ist. Autounfall. Da war auch die Polizei bei uns, um uns das zu sagen. Da kommt grad einiges hoch. Entschuldigen Sie.«

»Tut mir sehr leid.« Irmi betrachtete die Frau voller Mitgefühl.

»Die arme Antonia. So eine Nachricht! Wie wird sie das verkraften?«

Irmi nickte. »Wo könnte sie denn sein?«

»Das weiß ich nicht. Sie hat gar nicht viel erzählt. Hat sehr sauber gearbeitet und ist dann wieder gegangen.«

»Hatte sie Familie?«

»Sie hat einmal durchblicken lassen, dass sie mit ihrer Mutter schon lange keinen Kontakt mehr hat. Der Vater muss verschwunden sein, bevor sie zur Welt kam. Und ich glaube, sie ist ein Einzelkind. Hörte sich zumindest so an.«

Das war schlecht.

»Und wie war das genau mit Italien?«, fragte Irmi.

»In der alten Villa mit der Bibliothek war einiges an Restaurationsarbeiten nötig. Antonia hat dem Besitzer Hannes als Restaurator empfohlen. Das hat sie mir auf Nachfrage erzählt. Wir mussten ja ihren Urlaub genehmigen. Sie hat für den Auftrag ihren halben Jahresurlaub genommen. Für die abschließenden Arbeiten wollte sie ein paar verlängerte Wochenenden hinfahren.«

»Wann sind die beiden denn an den Lago Maggiore gereist?«, fragte Irmi.

»Warten Sie. Ich schau im Urlaubsplan nach.« Die blonde Frau holte ein Büchlein heraus. »Also, Antonia hatte ab dem 14. Februar Urlaub und war am 8. März wieder hier. Danach wurde sie hier wieder dringend gebraucht.«

»Und Hannes?«

»Der ist, soweit ich weiß, mit ihr runtergefahren, aber noch geblieben. Antonia hat nach ihrer Rückkehr nur eineinhalb Wochen gearbeitet, dann wurde sie krank. Ich habe mir … Ach nein, …«

»Was? Sprechen Sie ruhig!«

»Ich hatte mir ganz kurz überlegt, ob sie sich womöglich krankgemeldet hat und wieder an den Lago Maggiore gereist ist. Allerdings kommt sie mir gar nicht so vor, als würde sie lügen. Aber wie gesagt: So genau kenne ich sie noch nicht.«

Die Alarmglocken in Irmi wurden immer lauter. Womöglich war Antonia Bauernfeind wieder nach Italien gefahren und lag längst in irgendeinem Orrido?

»Denken Sie, Antonia ist auch tot?«, fragte die Frau leise.

»Nein,« sagte Kathi etwas zu schnell. »Wissen Sie denn, wem diese Villa gehört?«

»Das weiß ich leider nicht. Das hat Antonia auch nie erzählt. Sie hat nur einmal gemeint, wie schade es sei, dass ausgerechnet Menschen, die gar kein Gespür haben, so ein kunsthistorisch wertvolles Anwesen kaufen. Aber das ist ja oft so. Geldsäcke ohne Geschmack und Faible für Geschichte kaufen die schönsten Objekte. Entschuldigung, aber das ist doch so.«

»Ja, leider. Sollte sich Antonia bei Ihnen melden, geben Sie uns bitte Bescheid«, sagte Irmi. »Oder haben Sie eine Idee, wo sie sonst noch stecken könnte?«

»Nein, ich hatte auch den Eindruck, sie lebt sehr zurückgezogen. Den Job hier im Museum hat sie auch erst ein gutes Jahr, und er ist bis Ende des Jahres limitiert. Ich glaube, sie kennt nicht so viele Leute. Sagen Sie mir Bescheid, wenn Sie etwas wissen?«

Irmi nickte. »Natürlich.«

»Wissen Sie, das klingt jetzt vielleicht komisch, aber Antonia ist irgendwie geheimnisvoll. Und auch so klug. Sie hat sogar Kunstgeschichte studiert, dann aber Buchbinderin gelernt. Sie wollte mit den Händen arbeiten. Sie ist aber auch so fragil. Hat immer mal ihr Asthmaspray gebraucht. Und nie was Gescheites gegessen. Veganerin.« Sie zuckte mit den Schultern.

Irmi notierte sich die Handynummer der blonden Frau. Dann verabschiedeten sich die beiden Kommissarinnen.

Schweigend gingen sie an den Werkstätten vorbei und zurück Richtung Pforte. Als zwei junge Männer einen riesigen Aufsteller vorbeitrugen, mussten sich Irmi und Kathi an die Wand quetschen. Ein weiterer Mann schleppte ein gewaltiges Eisenteil vorbei.

Kathi sah ihm nach. »Kein schlechter Arbeitsplatz. Lauter Jungs in Saft und Kraft.«

Irmi grinste. »Bewirb dich doch bei der Security.«

»Ach nö. Aber das mit dieser Antonia ist Scheiße!«

»Klingt so, als hätte auch sie Glasfasern intus. Entweder ist sie wirklich wieder an den See gefahren, oder sie …«

»… liegt krank oder gar tot in ihrem Haus? Willst du das sagen?«

»Das müssen wir leider einkalkulieren.«

»Scheiße!«

Irmi griff nach ihrem Handy und rief Andrea an. »Versuch mal bitte, in den Hausarztpraxen in und um Oberammergau rauszufinden, wer Antonia Bauernfeind behandelt hat.«

»Und was ist mit der ärztlichen Schweigepflicht? Meinst du, die sagen uns was am Telefon?«, fragte Andrea.

»Erzähl denen was von Gefahr in Verzug. Stimmt ja sogar.«

Sie waren auf der Autobahn Höhe Sindelsdorf, als Andrea zurückrief und ihnen den Namen der Hausarztpraxis in Saulgrub durchgab. »Ich hab denen schon gesagt, dass ihr kommt.«

Sie erreichten Saulgrub in Rekordzeit. Die Arzthelferin bat sie in eines der Behandlungszimmer. Wenig später kam der Arzt, der sehr besorgt wirkte.

»Antonia Bauernfeind hatte diffuse Magenkrämpfe und außerdem einen seltsamen Ausschlag. Man denkt natürlich an Blinddarm oder an Covid. Aber das war es alles nicht. Ich hatte ihr etwas gegen Gastritis verschrieben, hatte ihr aber auch gesagt, dass ich sie sehr gerne bei einer Magenspiegelung sehen würde.«

»Na ja, da reißt man sich ja nicht drum«, bemerkte Kathi.

»Da haben Sie recht, aber die Patientin hatte von Kindheit an schweres Asthma, und ich war daher etwas beunruhigt. Sie war zudem überschlank. Wenig Reserven. Vorerkrankte Patienten sind immer stärker gefährdet als andere.«

»Wann haben Sie Frau Bauernfeind zum letzten Mal gesehen?«

»Freitag letzte Woche, ich habe sie für diese Woche noch einmal krankgeschrieben. Ich dachte aber, es ginge ihr besser. Sie wollte sich morgen eigentlich melden.«

Irmi atmete tief durch. »Sie ist quasi vom Erdboden verschwunden. Und wir befürchten, sie könnte sehr krank oder gar bewusstlos oder tot in ihrem Haus liegen.«

»Bitte nicht! Das wäre ja furchtbar.«

»In der Tat«, sagte Irmi leise. »Wir werden uns Zugang zum Haus verschaffen.«

»Soll ich mitkommen? Womöglich wäre schnelle ärztliche Hilfe gefragt.«

»Wenn Sie können, gern.«

»Einen Moment. Ich regle das hier.«

Wenig später fuhren sie los, der Arzt folgte ihnen in seinem Auto. Am alten Haus in Oberammergau war es still. Sie stiegen aus. Läuteten, klopften. Nichts passierte. Sie äugten durch die Scheiben, doch leider war nur wenig zu erkennen, teilweise waren die Vorhänge zugezogen. Das Haus hatte einen Scheunenteil, und das Tor ließ sich ein kleines Stück aufschieben, gerade so, dass man sich durchquetschen konnte. Irmi bat den Arzt, draußen zu warten.

In der Scheune stand ein älterer Golf. Die Verbindungstür zum Haus war nicht versperrt. Sie gelangten über einen Flur ins Innere. Im Erdgeschoss gab es eine große Küche, wo in der Spüle ein paar Tassen standen und in einem Korb eine Banane vor sich hin welkte. Die Stube besaß einen Grundofen, der kalt war. Das Klo hatte noch einen altertümlichen Spülkasten in Kopfhöhe, und das kleine Bad besaß einen ebenso altmodischen Boiler und scheußliche Fliesen in der Farbe Curry. Irmi und Kathi warfen sich einen schnellen Blick zu.

»Hallo!«, rief Kathi. »Hallo, Frau Bauernfeind!«

Keine Antwort.

Sie gingen die ausgetretene Treppe nach oben, die in eine Art Werkstatt oder Atelier führte. Bücher bedeckten die Wände. Es berührte Irmi immer, wenn Menschen inmitten von Büchern lebten. Ihr eigenes Bücherregal war wenig ambitioniert. Ein paar Klassiker, ein paar Bücher, die jeder hatte. *Hundert Jahre Einsamkeit*, der unvermeidliche Milan Kundera, *Sofies Welt*, ein paar Bände von Edgar Allan Poe. Keine Krimis. Hier hingegen gab es alte Bücher, die Würde ausstrahlten und neben denen man sich klein und ungebildet fühlte. Irmi warf einen schnellen Blick auf den langen Tisch, wo ein paar Papiere und Skizzen lagen.

Das nächste Zimmer war ein Schlafzimmer, das Hannes zu gehören schien. Es war sehr puristisch möbliert. Ein Arbeitsoverall hing an einem Haken. Im zweiten Schlafzimmer lag Antonia Bauernfeind im Bett. Sie hatte sich erbrochen. Mittlerweile war das Erbrochene hart geworden und verkrustet. Kathi fühlte ihre Halsschlagader und schüttelte verzweifelt den Kopf.

»Scheiße!«

Während Irmi oben blieb, ging Kathi die Treppe hinunter und öffnete die Tür. Ihre Stimme und die des Arztes waren weit weg. Alles war weit weg. Irmi sah sich um. Neben dem Bett stand ein alter wunderschöner Stuhl, darauf eine Tasse mit Tee. Antonia Bauernfeind sah auch im Tod noch aus wie eine Madonna. Sie wirkte so, als wäre sie eben eingeschlafen. Über dem Bettbezug, der mit Sonnenblumen bedruckt war, lag noch eine bunte, gestrickte Wolldecke. Die junge Frau hatte offenbar gefroren – und all das Bunt wirkte zynisch.

Kathi und der Arzt kamen herein. Auch er schüttelte nur den Kopf und nahm die Tote etwas genauer in Augenschein.

»Wie lange liegt sie schon hier?«, wollte Irmi wissen.

»Drei, vier Tage, ich weiß es nicht. Wenn ich doch nur noch etwas hätte tun können.«

»Das hätten Sie nicht. Wenn unsere Ahnung stimmt, hatte sie Glasfasern im Körper.«

»Wie bitte?«

»Ja, Glasfasern. Wie hätten Sie das diagnostizieren sollen?«

Der Arzt war sichtlich erschüttert.

Es war kühl in dem Raum, das Haus war nur über einen Grundofen in der Stube und einen Holzofen im Atelier beheizbar. Wenn keiner nachschürte, waren alte Häuser wie Eiskeller.

»Wir sollten hinuntergehen, um keine eventuellen Spuren zu vernichten. Kommen Sie«, sagte Kathi. Während sie den Hasen anrief, verließ sie mit dem Arzt den Raum.

Etwas hielt Irmi immer noch zurück. Zwei junge Menschen waren gestorben, Künstler, Kreative, Menschen, die das Schöne zu schätzen gewusst hatten. Die ihr Leben vor sich gehabt hätten. Gerade wollte sie gehen, als sie unter der Bettdecke etwas herausspitzen sah. Es war ein Handy. Kein modernes Smartphone, sondern ein alter Nokiaknochen. Irmi ließ es in eine Tüte gleiten. Dann ging auch sie hinunter. Der Arzt war ganz grau im Gesicht. Die Sache schien ihn wirklich sehr mitzunehmen.

»Sie hätten nichts tun können«, versicherte Irmi. »Wenn wir von Ihnen noch etwas brauchen, melden wir uns, ja?«

Er nickte. »Ich fahre dann«, sagte er leise.

Es gab Leute, die wurden in Krisen sehr gesprächig und plapperten gegen die Angst an. Irmi gehörte nicht dazu.

Wenig später fuhr der Hase mit seinen Leuten vor. Er lächelte Irmi zu.

»Ich habe ein Handy entdeckt«, sagte sie und hielt die Tüte hoch. »Schaut ihr mal, ob ihr einen Laptop oder ein Tablet findet?«

»Wer hat denn heute noch so ein Ding?«, fragte Kathi ungläubig.

»Konsumverächter? Wenn sie ein Tablet hatte, dann reichte ihr das womöglich. Es soll ja Menschen geben, die nur telefonieren wollen. Deren Leben außerhalb eines Smartphones stattfindet«, meinte Irmi.

»Ja, aber sie war noch jung. In dem Alter hat doch jeder ein Smartphone.«

Die beiden Frauen setzten sich auf das Hausbankerl und beobachteten, wie es dunkler und dunkler wurde. Irgendwann kam der Hase mit einem Zwischenbericht, der keiner war. Sie hatten nichts Markantes gefunden. Sie sicherten Spuren, taten das, was sie tun mussten. Im Atelier lagen ähnliche Werkzeuge wie im Deutschen Museum. Fridtjof wollte morgen in der Frühe aber nochmals reingehen.

Es war finster geworden, als der Wagen mit der Toten wegfuhr.

»Was die Obduktion betrifft, wissen wir wohl schon, was rauskommt«, sagte Kathi düster und sah dem Wagen hinterher.

Irmi schwieg.

»Du überlegst dir, dass wir hier an der falschen Stelle sind? Zwei Tote durch das Einatmen von Fasern sind nicht unsere Baustelle?«, fragte Kathi.

»Na ja, der Chef wird keinen Sinn darin sehen, dass wir zwei Unfälle bearbeiten.«

»Kann man die Glasfasern denn nicht jemandem eingeben? Dann wäre es Mord oder Totschlag oder Körperverletzung«, sagte Kathi.

»Eben. Und deshalb möchte ich wissen, wie die Fasern in die beiden reingekommen sind und vor allem, wo.«

»Vermutlich auf einer Baustelle in Cannobio. Sie waren beide dort. Das klingt für mich logisch. Du warst doch auch erst da unten. Hast du eine Ahnung, wo das gewesen sein könnte?«

»Ach, Kathi, da unten am See gibt es jede Menge Villen, die gerade renoviert werden. Geldige Deutsche und vor allem Schweizer kaufen die auf, bauen Wohnungen rein oder nutzen sie selber. Der Kollege in Italien ist schon damit beschäftigt, mehr über den Aufenthaltsort von Vogl rauszufinden. Lass uns für heute Schluss machen.«

»Stimmt, es reicht«, meinte auch Kathi. »Womöglich ergibt die Handyauswertung noch etwas. Und vielleicht hat der Hase doch etwas gefunden, was uns weiterhilft.«

Irmi fuhr zu Fridtjof, der sie zum Essen eingeladen hatte.

Sie saßen in der Küche. Er hatte einen Salat gemacht, garniert mit Rinderstreifen, die köstlich schmeckten. Der Hase hatte eine Geheimmarinade, die eine echte Geschmacksexplosion entfaltete. Auch seine Dressings waren sternewürdig. Er schenkte ihr ein Glas vom Cantalupo Carolus ein, der perfekt dazu passte.

»Hast du noch mal mit Raffaele gesprochen?«, fragte Irmi.

»Ja. Er will versuchen herauszufinden, wo in und um Cannobio Hannes Vogl an der Restauration einer Villa beteiligt war. Und wo auch Antonia Bauernfeind gearbeitet haben könnte. Er meldet sich so schnell wie möglich. Und wir durchforsten morgen noch einmal in Ruhe den alten Hof in Ogau und auch die Umgebung.«

»Kathi hat vorhin gemeint, dass uns das Ganze natürlich nichts angeht, wenn die beiden die Glasfasern im Rahmen ihrer Arbeit an der Villa eingeatmet haben sollten.«

»Na ja, aber trotzdem ist es ein ungeklärter Todesfall in eurem Beritt. Es könnte ja auch ein Mord gewesen sein. Warten wir die Ergebnisse ab. Es kann eine bewusste Intoxikation vorliegen.«

Das stimmte, und Irmi ahnte schon, dass das alles noch viel komplizierter werden würde.

»Dann fahre ich jetzt heim. Die Tiere brauchen etwas zu fressen«, sagte Irmi.

»Ja, natürlich. Schlaf schön.« Sie waren beide aufgestanden, und es gab einen eher flüchtigen Abschiedskuss. Hätte sie bleiben sollen? Aber ihr war nicht danach gewesen.

Als sie wieder auf dem Hof war, kamen ihr die beiden Kater entgegen und maunzten vorwurfsvoll. Für sie war ganz klar, dass sie zu Hause zu sein hatte. Auch wenn überall Näpfe mit Trockenfutter herumstanden, legten sie doch Wert auf abwechslungsreiches Nassfutter, das bitte schön frisch serviert werden sollte. Der Kleine fraß allerdings in letzter Zeit wenig. Er bekam seit geraumer Zeit ein Herzmedikament, das die Tierärztin empfohlen hatte. Sein Herz sei »tachykard«, hatte sie gesagt, und seine Schilddrüse war auch nicht in Ordnung. Aber er war doch recht munter, fand Irmi. Oder redete sich etwas schön?

Der Hase hatte um halb acht eine SMS gesendet, er sei auf dem Weg nach Oberammergau. Irmi hoffte, er würde irgendetwas entdecken. Sie hatte nur keine Ahnung, was das sein könnte. Sie selber fuhr um halb neun ins Büro, hatte ein paar Telefonate zu erledigen und ein paar Besprechungen zu terminieren.

Es war kurz nach elf, als der Hase zusammen mit Sailer in der Polizeiinspektion eintraf. Irmi holte Kathi dazu.

Der Hase nickte in die Runde. »Andrea kommt auch gleich, die recherchiert noch etwas für uns. Also: Wir haben im Haus von Antonia Bauernfeind rein gar nichts gefunden. Weder ein moderneres Handy noch ein Tablet. Natürlich Fingerabdrücke von ihr und ein paar weitere, die wir aber keinen bekannten Referenzgrößen zuordnen können. Sie hatte am Arbeitsplatz ein paar Kunstbücher liegen, die sich alle auf Künstler am Lago Maggiore bezogen. Es lagen ein paar Blätter herum, sie hatte darauf Skizzen angefertigt.«

»Skizzen?«

»Ja, irgendwelche Details, die ich aber ebenfalls nicht einsortieren konnte. Ich habe allerdings den Eindruck …«

»Welchen?«, fiel ihm Kathi ins Wort.

» … als fehle etwas. Als habe jemand da rumgewühlt.«

»Es war jemand im Haus? Wie kommen Sie drauf?«, fragte Kathi.

»Das ganze Haus wirkt auf mich sehr strukturiert und aufgeräumt. Alt zwar, aber eher von ordentlichen Menschen bewohnt. In der Küche stand eine Schublade offen, in ihrem Kleiderschrank gab es verrutschte T-Shirt-Stapel, die aber vorher sicher gerade waren. Und im Atelier standen die Bücher zum Teil recht unordentlich im Regal. Ich bin mir aber sicher, dass Antonia Bauernfeind die Bücher immer sehr ordentlich eingeräumt hat.«

»Da sind Sie sicher?«

»Bücher waren ihr Leben. Ihre Kinder. Sie kannte ihren Wert und wird sie extrem pfleglich behandelt haben. Für mich sieht es so aus, als habe jemand nach etwas gesucht und nur oberflächlich versucht, seine Spuren wieder zu verwischen. Vielleicht war die Person in Eile.«

Kathi starrte ihn an.

»Es ist nur ein Eindruck. Eine Idee.«

»Ihr passt echt gut zusammen!«, rief Kathi plötzlich. »Ihr seid beide voller Visionen. Irmi fühlt irgendwie intuitiv. Und Sie haben irgendwelche Ideen. Herr und Frau Nostradamus.«

Kathi verabscheute es, wenn es so gar nichts Konkretes gab.

»Kriegst du dich bitte wieder ein?«, bat Irmi.

»Stimmt doch! Alles im Reich des Vagen. Kein PC und kein Tablet! Hatte sie keines, oder wurde es womöglich geklaut, und die Visionen des Herrn Hase sind wahr? Ich rufe jetzt diese Frau im Museum an.«

Sie telefonierte kurz und wandte sich dann wieder an die anderen. »Sie sagt, dass Antonia aber schon ein Tablet hatte. Auch ein Smartphone der neuesten Generation. Darauf hat sie ihr auch die Bilder von der Bibliothek am Lago gezeigt.«

»Vielleicht hat sie das andere Handy verloren, oder es wurde ihr geklaut. Was auch immer. Sie hatte das alte Handy noch irgendwo herumliegen und hat es womöglich nur kurzzeitig genutzt?«, schlug Irmi vor.

Andrea kam herein. Ein wenig rotbäckig wie immer, eher ein paar Kilo schwerer als sonst. Wahrscheinlich hatte sie noch immer die Weihnachtspfunde und die Coronapfunde drauf.

»Ihr redet vom Handy? Ich habe die Verbindungen gecheckt. Für Irmis These spricht, dass Antonia Bauernfeind erst ab Anfang März mit dem alten Nokiahandy telefoniert hat. Und SMS gibt es auch erst seit dem Zeitpunkt. Normal wäre doch, dass über einen längeren Zeitraum Gespräche und SMS darauf gespeichert wären. Sie hat in den letzten Tagen sehr oft die Nummer von Hannes Vogl gewählt«, berichtete Andrea.

»Und hat ihn nicht erreicht, denn er war da schon tot«, sagte Irmi leise.

»Das letzte Mal hat sie es am Sonntag, den 20. März um 2 Uhr 11 versucht.«

Irmi sah in die Runde. Danach war Antonia wahrscheinlich gestorben. Warum hatte sie keinen Notarzt angerufen? Letztlich war sie nur wenig früher ums Leben gekommen als ihr Freund. Hatte Gott oder das Universum wirklich so einen schwarzen Humor?

»Gibt es weitere Nummern?«, fragte Kathi.

»Ja, sie hat öfter eine Nummer angerufen, die aber von einem Prepaidhandy stammt, und zwar von einer Karte, die vor 2017 gekauft wurde. Da kann ich nichts machen«, meinte Andrea bedauernd. »Und sie hat eine Silvana angerufen. Zumindest hat sie sie unter diesem Namen abgespeichert. Am 7. März beginnt eine SMS-Kommunikation mit dieser Silvana. Antonia schreibt ihr, dass sie wieder da sei und einiges zu erzählen hätte. Aber das bitte unter vier Augen. Silvana antwortet nicht. Einen Tag später schreibt Antonia, dass sie sich krank fühle und sich bald melden werde. Und Silvana schreibt jetzt zurück, dass sie sich erst mal auskurieren solle.«

»Sonst nichts weiter?«

»Es sind drei anonyme Anrufe eingegangen. Die Chancen stehen schlecht, herauszufinden, wer dahintersteckt.«

»Und wer ist Silvana?«, fragte Kathi.

Andrea lächelte. »Das weiß ich! Silvana Sieber.«

»Hä? Silvana Sieber? So heißt man doch nicht«, rief Kathi.

»Doch, die heißt so.«

»Und die ist wer? Wohnhaft wo?«, fragte Irmi.

»Wohnhaft in der Partnachstraße. Da ist auch ein gewisser Hubertus von Ebersheim gemeldet.«

»Hubertus von Ebersheim, der Name, der Name …« Der Hase überlegte.

»Des kann i Eahna sogn. Der Ebersheim, des ist der Eierbaron.«

Alle starrten Sailer an.

»Der Mann macht vui Geld mit Eiern. Ihr kennts dem sei Haus an der Partnach. So a hässliche Protzhütte.«

»Das heißt also, der Mann hat Kohle, so richtig Asche, oder?«, fragte Kathi. »Haben wir sonst noch was über den?«

Andrea hatte nebenher gegoogelt. »Ja, er hat eine Firma namens MyEi.«

»Hä?«

»Die heißt so. Es gibt zwei Betriebsstandorte, einen in der Lausitz und einen in Niederbayern. Und das wird euch jetzt hoffentlich gefallen: Er hat sich eine Villa am Lago Maggiore gekauft!«

»Was?«

»Ja, das habe ich einem Interview entnommen, das er gegeben hat. Da spricht er davon, dass er in Zukunft kürzertreten will und sich deshalb eine Immobilie am Lago Maggiore gekauft hat.«

»Und dort hat Vogl gearbeitet! Und Antonia womöglich auch!«, rief Kathi.

»Genau das müssen wir rausfinden«, meinte Andrea.

»Aber so würde doch ein Schuh daraus! Die haben da gearbeitet und womöglich festgestellt, dass der Eiermann mit toxischem Zeug rummacht oder irgendwas illegal entsorgt, und das wurde ihnen zum Verhängnis«, triumphierte Kathi.

»Kathi hat auch visionäre Ideen.« Irmi zwinkerte dem Hasen zu, der seine Aufmerksamkeit allerdings auf sein Handy gerichtet hatte.

Jetzt blickte er auf. »Ich habe Raffaele, unserem italienischen Kollegen, eben eine SMS geschickt und ihn gefragt, ob er mehr über die Villa von Herrn Hubertus von Ebersheim weiß. Und er hat mir geantwortet, dass er sich gleich wieder meldet.«

Einige Minuten später klingelte tatsächlich Fridtjofs Handy. »Das ist Raffaele«, meinte er und griff zum Telefon. Zwischen den beiden entspann sich ein Gespräch. Der Hase sprach viel lauter als sonst und klang wie in einem Mafiafilm. Die anderen sahen ihn verblüfft an. Es dauerte geraume Zeit, bis er sich wieder seinen Kollegen zuwandte.

»So, jetzt wissen wir es. Villa Mimosa heißt das Anwesen, das in der Tat Hubertus von Ebersheim gehört. Die Straße habe ich auch.«

»Und dafür ham S' jetzt so lang gelabert?«, fragte Sailer ungläubig.

»Ach, Sailer, in Italien muss man erst mal über viele andere Dinge plaudern – das Wetter, aktuelle Krisen, die Kinder, die Gesundheit der Mutter«, entgegnete der Hase lächelnd.

Kathi tippte sich an den Kopf. »Ich krieg auch gleich die Krise.«

»Die Villa soll sehr schön sein und im alten Villengebiet liegen«, fuhr der Hase fort. »Hat bisher irgendwelchen Mailändern gehört, die Erben haben sie jetzt aber veräußert. Für knappe sieben Millionen.«

»Oha!«, sagte Sailer.

»Hat wohl einen gewissen Renovierungsrückstand, sagt Raffaele, und einen völlig überwucherten Garten. Er weiß auch, dass da gerade gebaut wird.«

Andrea hatte nebenher weiter im PC gewühlt. »Ich kann auch noch was beitragen. Der Hubertus ist öfter mal aufgefallen wegen, ähm, Ruhestörung.« Sie grinste.

»Klar, des war aa der Depp, der!«, warf Sailer ein.

»Sailer?«

»Ja, der hot immer so Feten g'feiert. Im Garten. Mit unangemeldete Feuerwerk. Mordslaut. Die Nachbarn ham ang'rufen. I war aa amoi vor Ort. Wie im Film. A Whirlpool am Rasen. Mit Nackerten.«

»Mit Nackerten?« Kathi verzog das Gesicht.

»Ja, so Madel halt.«

»Die Anwesenheit minderjähriger Mädchen ist auch dokumentiert«, berichtete Andrea grinsend. »Der kam aber immer wieder raus aus den Nummern. Kannte wohl auch die richtigen Leute an den entscheidenden Positionen in Wirtschaft und Politik.«

»Dann verstehe ich, dass er eine Villa am Lago gekauft hat«, kommentierte der Hase lächelnd.

»Hä?«, kam es von Kathi und Sailer fast gleichzeitig.

»Na, wegen der Nackerten. Er wollte sicher an die Tradition des Turms der nackten Tänzer anknüpfen. Den wollte ich dir eigentlich auch noch zeigen, Irmi.«

»Jetzt erzählen S' scho«, sagte Sailer.

»Der Tur di Balabiut war der Turm einer Dependance des ehemaligen Kurhauses. Mitte des 18. Jahrhunderts wurde Cannobio über seine Grenzen hinaus bekannt durch die Acqua Carlina, eine noch heute existierende Heilwasserquelle. Tagsüber unterzogen sich dort die Kurgäste des internationalen Hoch- und Geldadels den Hydrotherapien, und abends versuchte man, den Anspruchsvolleren unter ihnen eine etwas ungewöhnliche Form der Unterhaltung zu bieten. Zu diesem Zweck wurde ein in der Nähe stehender Wehrturm für vergnügliche Zwecke umgebaut. Es wurden Tanzabende veranstaltet, bei denen man sich zuerst kos-

tümierte und dann nach und nach nur noch das Adams-
kostüm anlegte.« Er grinste.

»Das ist Schmäh, oder?«, rief Kathi.

»Keineswegs. Da im Innenraum nicht für alle Gäste
Platz zur Verfügung stand, konnte man das Geschehen
auch im Garten durch geschickt platzierte Spiegel verfolgen. Sozusagen eine Liveübertragung. Als das internatio-
nale Publikum Anfang des 19. Jahrhunderts in andere Kur-
orte abwanderte, fanden auch diese erotischen Tanzabende
ein Ende. Bis heute ist bei den Einheimischen der Tur di
Balabiut als Turm der nackten Tänzer bekannt.«

»Und der Hubsi macht dasselbe in der Neuzeit«, brachte
es Sailer auf den Punkt.

Irmi lachte. »Haben wir einen Familienstand von diesem
Hubertus von Ebersheim?«, fragte Irmi.

»Ja, er ist geschieden«, sagte Andrea. »Und diese Silvana
ist nicht mit ihm verheiratet, sondern wohl seine ... ähm ...«

»Gespielin?«, fragte Kathi.

»Jetzt kommt mal wieder runter vom Turm«, sagte Irmi.

»Die Frau Hauptkommissar wird ernst«, konterte Kathi.
»Ich schlage vor, wir fahren mal zum Hubsi nach Hause.
Wie wäre das denn?«

»Schlau«, meinte Irmi. »Dann mal los.«

4

Die Villa von Hubertus von Ebersheim lag in der Tat an der Partnach. Irmi hätte ein solches Anwesen eher im Husarenweg oder seinen Nebenstraßen erwartet, aber das Gebäude hier schien dafür ein ordentlich großes Grundstück zu haben.

Es war von einer Mauer umsäumt. Irmi klingelte an einem schmiedeeisernen Tor mit vergoldeten Rosenelementen. Ein Türsummer war zu hören, und wenig später standen sie auf einer Rasenfläche, die später im Jahr sicher wie ein Golfrasen aussah. Irmis Blick fiel auf den berühmtberüchtigten Whirlpool, der allerdings noch abgedeckt war. Auch ein Swimmingpool hielt unter einer Plane Winterschlaf. Ein Weg aus feinen Platten führte auf das Haus zu. War das Marmor? Die Platten waren in jedem Fall arschglatt.

»Irre!«, sagte Kathi leise, als sie freien Blick auf das Anwesen hatten.

In dieser Gegend waren sie wirklich gesegnet mit Protzburgen, vom Leitenschlössl von Milliardär Roman Abramowitsch bis zur Villa Glory eines neureichen Ukrainers, dessen Agrarholding sich als Luftnummer herausgestellt, etliche Anleger in den Untergang gerissen, den geflüchteten Ukrainer aber doch sehr reich gemacht hatte. Er war angeblich in der Schweiz untergetaucht. Wer das architektonische Ungetüm gekauft hatte, wusste sie nicht.

Aber auch die Villa Ebersheim verursachte ihr Augenkrätze. Superreiche bauten ja gern in Stilen, die kein bisschen in die Region passten: toskanische Villen oder weiße Architektenkuben. Diese Variante aber war fast noch schlimmer. Hier hatte jemand den heimischen Landhausstil aufgegriffen, das Haus aber gelb bemalt und die viel zu fetten, unproportionierten Balkone weiß gestrichen, genau wie die Fensterumrahmungen und die Fensterläden.

Sie kamen näher. Zwei weiße Löwen hockten mit ganz unlöwenhaft debilem Blick rechts und links der Eingangstür.

»Stell dir vor, jetzt kommen Siegfried und Roy raus«, hob Kathi an.

»Die hatten Tiger«, flüsterte Irmi.

In dem Moment ging die Tür auf, und heraus trat eine Frau, die in jeder Hinsicht sehenswert war. Es war erst zehn Uhr morgens, doch sie war geschminkt, als ginge es gleich zu einem Ball. Die Haare waren blond und lang, der Spliss war wohl dem wiederholten Färben geschuldet. Irmi schätzte die Frau auf Mitte oder Ende vierzig. In merkwürdigem Kontrast zum Make-up stand ihr Jogginganzug in verwaschenem Rosa, in dem sich Glanzstoff mit Nicki abwechselte. Für Irmis Geschmack ganz scheußlich, aber das Outfit war sicher teuer gewesen. Womit sie sich nie würde anfreunden können, war die Kombination von High Heels und Jogginghose. Da die Dame des Hauses aber barfuß war, schien sie nur eben schnell in die Schuhe geschlüpft zu sein. Die eine schlüpfte eben in Latschen, die andere offenbar in High Heels.

»Ja, bitte?«

»Frau Sieber?«

»Ja.«

Eine ganz leichte Fahne wehte heran.

»Irmgard Mangold und Katharina Reindl von der Kripo«, stellte Irmi sich und ihre Kollegin vor. »Dürften wir Sie kurz stören?«

Kathi war bei der Nennung ihres vollen Namens Katharina kurz zusammengezuckt, sie hasste ihn. Doch Irmi fand, die vollen Namen verliehen ihnen mehr Bedeutung.

Silvana Sieber war ein offenes Buch, sie erschrak sichtlich, versuchte das aber zu kaschieren.

»Ähm, ja. Kommen Sie.«

Schon der Eingangsbereich war opulent. An der Garderobe hingen mehrere Mäntel und ein Pelz. Wer trug denn heutzutage noch so etwas?, fragte sich Irmi. Darunter lagen etliche High Heels unordentlich verteilt. Silvana Sieber ging voraus in einen Raum, von dem rechts eine gewaltige Treppe nach oben führte. Das Geländer war aus demselben rosigen und goldbronzierten Schmiedeeisen wie die Eingangstür. Links befand sich eine weiße Couchlandschaft, über die goldene Kissen gestreut waren. Und eine Decke, man sagte in dem Fall wohl Plaid, mit goldenen Hirschmotiven. Auf dem Glastisch davor stand ein Proseccoglas. In einem Fernseher von der Größe einer Tischtennisplatte lief lautstark ein Shopping-TV-Sender.

»Könnten Sie bitte …?«, sagte Irmi und deutete auf den Bildschirm.

Frau Sieber fingerte etwas ungelenk nach der Fernbedienung, war ja auch schwierig mit all den Ringen. Schließlich gelang es ihr, das Gerät auszuschalten.

»Nehmen Sie doch Platz. Wollen Sie was trinken?«

»Danke, nein, wir wollen Sie nicht lange aufhalten«, sagte Irmi.

Irmi ließ sich auf einen Hocker gleiten, denn sie befürchtete, aus dem ausladenden Sessel nicht mehr herauszukommen. Die Dame des Hauses stöckelte an zwei rot lackierten Säulen vorbei zur Bar, auf der ein Sektkühler stand. Das Ambiente musste man auf sich wirken lassen. Das war bestimmt mal ein normales Werdenfelser Landhaus gewesen, bis jemand fast alle Wände herausgerissen hatte. Was auch die Säulen erklärte, a bisserl Statik brauchte es eben. Bald darauf kam sie mit dem vollen Glas wieder.

»So, Frau Sieber«, sagte Kathi. »Sie besitzen eine Villa in Cannobio, die gerade renoviert wird, oder?«

Frau Sieber hatte wahrscheinlich mit einer anderen Frage gerechnet, denn sie wirkte überrascht. »Ja, also der Hubsi. Ja.«

»Herr von Ebersheim hat zur Renovierung zwei junge Leute von hier engagiert? Sie wissen davon?«

»Ja, klar. Der Hubsi hat viel zu tun, ich organisiere ein wenig mit.«

»Aha«, meinte Kathi. Sie warteten.

»Der Hubsi hat die Antonia geholt. Die hat dann ihren Freund empfohlen, den Hannes«, erzählte Silvana Sieber. »Der Hubsi hat den Italienern nicht zugetraut, die Kunstwerke ordentlich zu behandeln. Warum fragen Sie nach denen?«

Das war kühn. Man traute der italienischen Handwerkskunst nicht! Wo halb Europa in Italien überhaupt erst gelernt hatte, was ein Fresko war und wie man stuckierte.

Junge Männer waren über Jahrhunderte aus ihren Alpentälern nach Italien gezogen, um dort entweder das Handwerk der Zuckerbäcker zu erlernen oder aber Freskenmalerei.

Irmi übernahm die Befragung. »Antonia Bauernfeind hat Sie per SMS kontaktiert. Sie hat sich quasi bei Ihnen zurückgemeldet.«

»Ja?«

»Ja, ganz sicher.«

»Dann war das so. Ich hab sie aber nicht getroffen.«

Nein, denn sie war krank und bald darauf tot, dachte Irmi.

»Woher kannten Sie Antonia Bauernfeind denn überhaupt?«, fragte Irmi.

»Ähm, also von meiner Tochter. Die kennt sie nur flüchtig, wusste aber, dass sie Buchbinderin ist.«

»Aha.«

»Warum fragen Sie?«

»Nun, Antonia Bauernfeind ist tot. Und Hannes Vogl auch«, sagte Kathi ganz schlicht.

Silvana Sieber stutzte kurz. Über ihr Gesicht huschte wieder etwas, was Irmi nicht deuten konnte.

»Warum tot? Die waren beide doch noch jung«, sagte sie schließlich.

Eine bestechende Logik.

»Wahrscheinlich, weil sie mit etwas sehr Giftigem in Berührung gekommen sind«, erwiderte Irmi. »Und viel spricht dafür, dass das auf der Baustelle passiert ist.«

»Ja, Moment! Also …«

Den Moment brauchte sie wohl, um nachzudenken. Irmi hatte immer noch den Eindruck, ihr ginge etwas ganz anderes durch den Kopf.

»Wollen Sie mir das etwa anhängen? Wenn es einen Unfall mit den Baustoffen gegeben hat, dann müssen Sie den Bauleiter in Italien fragen. Ich und der Hubsi waren seit Anfang Januar nicht mehr da unten.«

»Der Bauleiter ist ein Italiener?«, fragte Kathi nach.

»Nein, Pole, wieso?«

»Nun, Sie haben angedeutet, nicht so viel von den italienischen Handwerkern zu halten.«

»Der Pole ist billiger. Wollen Sie mich verarschen?«

Ganz so dämlich war sie wohl nicht.

»Frau Sieber, das läge uns fern. Hätten Sie denn die Kontaktdaten des Bauleiters? Und wo ist denn der Hu…, der Herr von Ebersheim?«, fragte Irmi.

»Der Hubsi ist auf Geschäftsreise, von der Lausitz aus. Und die Daten vom Bauleiter such ich raus. Aber wir können da nix dafür! Oder brauch ich einen Anwalt?«

»Bisher noch nicht«, bemerkte Kathi und lächelte provokant.

Silvana Sieber erhob sich durchaus elegant, was angesichts der Schuhe und des Proseccos beachtlich war. Sie verschwand hinter der Bar und in der Tiefe des Hauses.

»Wow!«, sagte Kathi nur.

Bis sie zurückkam, hatten sie die Gelegenheit, den Blick schweifen zu lassen. Dieses Foyer, oder was immer das war, besaß auch noch einen Kaminofen, über den ein Pfauenmotiv in winzigen Goldfliesen lief. An einer der anderen Wände hing ein Gemälde von einem gewaltigen Hirschkopf in Gelb und Orange mit einem pinken Hintergrund. Das Bild steckte in einem opulenten Goldrahmen. Ein Ambiente, das einen schier erschlug.

Silvana Sieber hatte ihnen einen Zettel ausgedruckt. »Da steht alles drauf.«

»Wann kommt Ihr Lebensgefährte denn zurück?«, fragte Irmi. »Wir würden wirklich gern mit ihm sprechen.«

»Das weiß ich nicht so genau. Er hat zu tun. Ich sagte doch, er ist auf einer Geschäftsreise!«

»Wenn er sich meldet, könnten Sie ihn bitten, uns anzurufen?« Irmi hielt ihr ein Kärtchen unter die Nase.

»Sicher.« Die Dame des Hauses ging Richtung Ausgang. Irmi und Kathi folgten und standen bald wieder draußen, wo der gallig gelbe Himmel nach Weltuntergang aussah. Das Licht wirkte so, als würde es gleich erlöschen. Es war der Saharastaub, der sich mal wieder über die Alpen aufgemacht hatte.

Sie gingen auf das Tor zu, das sich öffnete. Plötzlich standen sie einer jungen Frau gegenüber. Sie trug eine bunte, selbst gehäkelte Mütze, einen viel zu großen Parka und feste knöchelhohe Stiefel.

»Wollen Sie da rein?«, fragte Irmi.

»Ja.«

»Warum?«

»Weil ich zu meiner Mutter will. Und Sie sind wer?«

»Mangold und Reindl von der Kripo. Wohnen Sie auch hier?«

»Nein, aber was geht Sie das an?«

»Nichts«, sagte Kathi zuckersüß. »Wo wohnen Sie denn?«

»In München. Was soll das?«

»Wir wollten Hubertus von Ebersheim sprechen.«

Die junge Frau sah zu Boden, dann wieder hoch. Wirkte irgendwie verplant. »Ja und?«

»Sie wissen nicht zufällig, wo er ist?«

»Warum sollte ich? Das müssen Sie meine Mutter fragen.«

»Haben wir, aber sagen Sie, kennen Sie Antonia Bauernfeind?«

Die junge Frau wirkte überrascht. »Wer? Antonia? Nein. Oder warten Sie. Kennen nicht, aber ich habe sie mal auf einer Vernissage getroffen.«

»Sie haben sie empfohlen, sagt Ihre Mutter.«

»Ich wusste, dass sie Buchbinderin ist. Das kam beiläufig im Gespräch raus. Ich hab ihre Nummer meiner Mutter gegeben. Die suchte wen.« Sie fixierte Kathi mit einem Blick, der durchaus aggressiv war. »Empfohlen würd ich das nicht nennen.«

»Aber sie hat in der Bibliothek der Villa in Cannobio gearbeitet, die Hubertus von Ebersheim gerade renovieren lässt.«

»Ja, das hat geklappt. Und?«

»Alles gut«, sagte Irmi. »Und Sie besuchen Ihre Mutter?«

»Ja. Ich bin selten hier in dieser megahässlichen Burg. Aber meine Mutter braucht irgendwie Hilfe mit ihrem Smartphone. Wahrscheinlich ein Vorwand, damit ich überhaupt mal vorbeikomme.«

»Sie schätzen den Lebensgefährten Ihrer Mutter nicht so sehr?«

»Ein Geldsack. Ich lebe ja nicht hier, soll er machen, was er will. Aber meine Mutter ist meine Mutter. Ich sollte jetzt los, wegen dem Handy.«

»Ja, klar. Dann mal viel Erfolg«, sagte Kathi.

»Danke.« Die junge Frau ging schnell den Weg hinauf.

»Die passt in das Ambiente ja wirklich ganz prächtig!«, bemerkte Kathi leise.

»Sie scheint Mamas Lebensführung nicht so sehr zu mögen«, entgegnete Irmi.

»Spricht aber eher für sie«, konterte Kathi.

Irmi lächelte. »Als Tochter von Prosecco-Silvana hat man es sicher nicht leicht. Da muss man ja rebellieren.«

Sie gingen zum Auto und fuhren los.

»Was hat uns das nun gebracht? Außer dass uns wieder mal bestätigt wurde, dass Geld nichts mit Geschmack zu tun hat?«, fragte Irmi.

»Irgendwas stimmt mit der Silvana nicht«, sagte Kathi.

»Einiges stimmt nicht, angefangen bei ihrem offensichtlichen Alkoholproblem. Aber du hattest auch den Eindruck, sie verschweigt etwas?«

»Ja, unbedingt. Sie war fast erleichtert, als es um die Baustelle ging, oder?«

»Irgendwie schon. Als hätte sie etwas anderes erwartet.«

»Wir brauchen mehr Infos zum Eierbaron. Ich hoffe, Andrea hat schon gezaubert.«

Sie kauften unterwegs noch ein paar Butterbrezn. Als sie im Büro waren, machten sie Kaffee und lauschten dann Andrea, die in der Tat Neuigkeiten für sie hatte.

»Also, die von Ebersheim stammen ursprünglich aus Hessen. Da liegt auch das gleichnamige Gut, auf der Homepage kannst du das alles nachlesen. Das Gut hat Hubsis jüngerer Bruder Volker übernommen und baut dort Biogemüse an. Sein älterer Bruder Hubertus macht in Eiern. Hauptsitz ist in der Lausitz.«

»Und Garmisch?«, fragte Kathi.

»Das Haus in Garmisch haben sie seit den Fünfziger-jahren. Meine Großtante hat in den Siebzigern mal da geputzt. Die Familie war im Sommer immer sehr lange da. Und im Winter zum Skifahren. Die beiden Buben, sagt die Tante, waren ziemlich wild. Immer irgendwo verschwun-den. Immer zerschrammt. Wobei der Jüngere, ähm, ja, der Liebere war. Sagt die Tante.«

Ich danke dem Himmelpapa für meine Mitarbeiter, die so gut vernetzt sind, dachte Irmi.

»Der Hubsi hat wie auch Silvana Sieber hier seinen Hauptwohnsitz gemeldet«, fuhr Andrea fort. »Hubertus von Ebersheim hat aber auch noch eine Adresse in der Lausitz.«

»Okay«, sagte Kathi und überlegte. »Beide Brüder ma-chen also in Landwirtschaft?«

»Ja, der Hubsi in Hühnern, während der Volker den Be-trieb da oben übernommen hat. Gemüse, Soja, Shiitake-pilze. Die Homepage ist schön gemacht.«

»Der Hubsi ist offenbar teils hier in Garmisch, teils auf dem Firmensitz in der Lausitz«, fasste Irmi zusammen. »Und er hat sich das Anwesen in Cannobio gekauft. Des Rätsels Lösung kann doch eigentlich nur in der Villa am Lago liegen.«

»Wenn es überhaupt ein Rätsel gibt! Zwei Handwerker atmen Glasfasern ein, kommen zu Tode, das ist aber eigent-lich nicht unsere Baustelle«, maulte Kathi.

»So weit waren wir schon mal. Ich …«

»Ja, ja, Frau Irmis Gefühl für Verbrechen. Ich weiß«, unterbrach Kathi sie.

»Jetzt sei nicht schon wieder so ätzend, Kathi!«, sagte Andrea überraschenderweise. »Es sind immer noch zwei sehr dubiose Todesfälle von zwei Menschen aus unserem Einzugsbereich.«

So ähnlich hatte der Hase das auch formuliert, und es war verblüffend, dass Kathi nichts auf Andreas Einspruch erwiderte.

Es war für einen Moment still. Die Stimmung war angespannt. Es war gut, dass irgendwann das Telefon läutete. Es war die Rechtsmedizin. Irmi hörte zu, legte auf und wandte sich dann an die anderen.

»Antonia Bauernfeind ist erstickt. An Erbrochenem. Das Asthma, das die Luftröhre verengt, hat ein Übriges getan. Der Rechtsmediziner hat Glasfasern in der Lunge gefunden und Abszesse an den Organen.«

Was für ein grausamer Tod! Zu Hause in einem kleinen schmucken Dorf, wo doch irgendwer etwas hätte mitbekommen müssen. Das war doch kein gesichtsloses Hochhaus in einem Brennpunkt gewesen. Irmi schluckte und schwor sich, herauszufinden, was passiert war. Sie empfand eine Verantwortung, auch wenn dieser Fall womöglich nicht die Mordkommission betraf.

»Wir müssen den Ort finden, wo die Glasfasern waren, die die beiden offenbar eingeatmet haben. Und der wird in dieser Villa liegen. Dabei bleib ich«, sagte Irmi schließlich.

»Dann solltet ihr noch mal an den Lago Maggiore fahren«, sagte Kathi, die den Rüffel wohl ernst genommen hatte.

»Möchten Sie nicht mitkommen?«, schlug der Hase vor.

»Ihr elegantes Italienisch beherrsche ich leider nicht, Fridtjof. Ich kann Tirolerisch, ein wenig Deutsch und noch weniger Englisch. So ein multilingualer Tausendsassa wie Sie ist da sicher von Vorteil. Ich arbeite von hier aus weiter an Irmis Gefühlen.«

Ganz konnte sie das Lästern wohl nicht sein lassen.

»Dann sollten wir gleich morgen früh losfahren, damit wir vormittags vor Ort sind. Ich informiere Raffaele. Passt das, Irmi?«

Sie nickte.

Es war später Nachmittag geworden. Andrea und Kathi bemühten sich weiter, Angehörige der beiden Toten ausfindig zu machen. Andrea hatte zudem den Auftrag, mehr über Silvana Sieber herauszufinden.

Irmi fuhr heim und rief Lissi an.

»Kannst du Raffi noch mal ein oder zwei Tage nehmen?« Sie hielt sich bedeckt, was den Grund betraf, aber Lissi kannte Irmi ohnehin lang genug, um nicht zu fragen.

»Klar, die Kater füttere ich auch. Wann fährst du?«

»Morgen, gegen halb sechs. Ich bring ihn vorher vorbei, ja?«

»Klar.«

Für Lissi, die jeden Tag um vier aufstand, war das völlig normal.

Irmi erwachte um halb fünf. Sie hatte den Wecker auf 4:45 Uhr gestellt, aber ihre innere Uhr weckte sie in solchen Fällen immer vorher. Sie gab zu nachtschlafender Zeit Raffi ab, der sofort in Lissis Stube verschwand und sich vor dem Ofen zusammenringelte.

»Na, der vermisst mich ja nicht direkt.«

»Er ist ein Pragmatiker. Insofern passt er gut zu dir«, sagte Lissi lächelnd. »Gute Fahrt!«

Keine weiteren Nachfragen. Irmi umarmte Lissi kurz.

Der Hase fuhr Punkt halb sechs vor. Er hatte für Irmi einen Cappuccino in einem Thermobecher dabei.

»Danke, wie lieb.«

»Der Milchschaum ist etwas zusammengefallen. Leider.«

»Das macht gar nichts.«

Beim letzten Mal waren sie durchs Inntal gefahren, heute wählte der Hase den Weg durchs Allgäu hinunter an den Bodensee. Am Grenzkiosk gab es noch einen Kaffee und zwei Gipfeli, die locker und fluffig waren und sicher auch ziemlich fett. Noch immer waren vorwiegend Skifahrer unterwegs, die nach Davos, Arosa oder Laax strebten.

Die Strecke nach San Bernardino bewegte etwas in Irmis Herzen. Es fühlte sich an, als sei man Teil eines unendlichen Plans, den die Menschen immer schon gehabt hatten. Hinaufzugelangen, dorthin, wo man einen weiten Horizont hatte. Eine unbestimmte Sehnsucht befiel sie. Es lag wohl an dieser beeindruckenden Route über das Gebirge. Hinauf, hinunter, immer weiter dorthin, wo die Sehnsucht gestillt werden konnte. Oder lag es im Wesen der Sehnsucht, dass sie nicht zu stillen war?

»Irmi?«

»Ich habe über Passrouten nachgedacht. Und die Sehnsucht.«

»Pässe sind die Erfüllung. Schneesicher und sonnig, mit einer einzigartigen Atmosphäre. Meist liegen sie über der

Baumgrenze, inmitten von verführerisch weiten, archaischen Landschaften. Pässe stellen einen kurzzeitigen Höhepunkt dar, ein Durchatmen nach dem langen Anstieg, bevor es wieder abwärtsgeht«, sagte der Hase. »Wir müssen wirklich mal über den Bernardino fahren, wenn er offen ist. Dort oben zählen die menschlichen Abgründe weit weniger.«

Das war schön gesagt. Irmi sah hinaus.

»Wie viele Burgen und Schlösser gibt es eigentlich am Wegesrand?«, fragte sie.

Der Hase lachte. »Da muss ich passen. Viele. Vorneweg natürlich Hohen Rätien. Der letzte Burgvogt soll sich per Pferd über die Felskante in den Rhein gestürzt haben.«

»Armes Pferd!«

»Wieso, kanntest du den Burgvogt?«, erwiderte der Hase lächelnd.

In solchen Momenten wusste Irmi, warum sie Fridtjof liebte.

In Thusis verließ der Hase die Autobahn und fuhr auf der alten Straße weiter. Er war nun mal ein Kurvenfreak. An der Viamala-Schlucht stiegen sie kurz aus. Welche Enge zwischen den Felsen! *Via mala* hieß nichts anderes als der schlechte Weg – und vor dem Bau der Straße musste die Strecke tatsächlich extrem gefährlich gewesen sein, dachte Irmi. Nicht nur dem Wetter ausgesetzt, sondern auch den Wegelagerern.

»Du kennst die Geschichte von den Handläufen, die in die Felsen gehauen wurden, damit sich die Soldaten daran festhalten konnten, wenn das Pferd abstürzte?«, fragte der Hase.

»Nein, die kannte ich nicht. Das scheint mir hier generell keine gute Gegend für Pferde gewesen zu sein.«

»Ich glaube, seit ihrer Domestizierung gab es wenig gute Zeiten und Orte für Pferde«, sagte der Hase. »Sie sind zu höflich. Sie dienen. Sie leiden still.«

Der Satz traf Irmi, dabei war sie selbst nie ein Pferdemädchen gewesen. Es lag wohl an dieser intensiven Gegend.

»Gut, dann eine nettere Geschichte. Na ja, so nett ist sie vielleicht auch nicht.«

»Danke, du baust mich auf. Schon wieder Pferde?«

»Nein, ein Wasserfall. Willst du sie hören?«

»Wenn keine Pferde vorkommen, dann ja.« Irmi lachte.

»Also, wir kommen später, hinter Andeer, an der Rofflaschlucht vorbei. Bis zum Ende des 19. Jahrhunderts war das Gasthaus Roffla die einzige Einkehr zwischen Andeer und Splügen, doch als 1882 die Eisenbahn kam, ließ der Warenverkehr nach, und das Gasthaus versank in der Vergessenheit. Der junge Christian Pitschen-Melchior sah im elterlichen Betrieb keine Perspektive und wanderte nach Amerika aus. Er arbeitete hart und hatte Heimweh. Zufällig traf er einen reichen Engländer, der für seine Amerikatour einen Diener suchte. Sie reisten unter anderem zu den Niagarafällen. Der junge Schweizer war beeindruckt vom stürzenden Wasser, mehr noch aber von der Tatsache, dass man an einem Wasserfall mit Souvenirbuden Geld verdienen konnte. Wehmütig erinnerte er sich an sein Zuhause in den Bergen, wo er immer einen Wasserfall gehört, aber nie gesehen hatte. Christian kehrte mit seiner Frau und den drei Kindern wieder heim – beseelt von der Idee, den Wasserfall freizulegen und damit Geld zu machen. Er übernahm das Gasthaus von seinen Eltern und begann, mit Spitzhacke und Sprengstoff durch den Felsen zu bohren. Sieben lange Jahre schuftete die Familie, investierte jedes Fränkli in neuen Sprengstoff, und nach achttausend Sprengladungen waren sie endlich durch! Die Besucher kamen, und das Gasthaus erfuhr eine Renaissance.«

»Und heute?«

»Das Gasthaus steht noch immer. Ein kleines Museum erzählt diese rührende Geschichte. Durch eine klapprige Tür gelangst du auf einen Pfad, der durch die Schlucht führt. Der Pfad ist eng und glitschig und ganz schön lang, insbesondere wenn man bedenkt, wie schwer dafür gearbeitet wurde. Das Rauschen wird immer lauter, und plötzlich steht man unter dem Rheinfall. Das ist die legendäre Rofflaschlucht.«

»Wir müssen sie uns ansehen! Nur kurz«, meinte Irmi.

»Ich glaube, die haben noch Winterpause.«

In der Tat wartete das Gasthaus im Schatten auf den Sommer, auf die Motorradfahrer, die Cabriopiloten. Irmi nahm sich vor, den Besuch ein andermal nachzuholen, denn die Geschichte hatte sie berührt.

Sie schraubten sich immer höher, Splügen, Nufenen, Hinterrhein. Der Schnee bedeckte noch die Hänge. Diese Fahrt war auch eine Reise vom Winter hinunter an den frühlingshaft heiteren See. Der Hase hatte sie schon bei Raffaele angekündigt. Sie trafen ihn um kurz nach elf in der Bar Parasio, die klein, sehr clean und schick eingerichtet war. Es gab guten *caffè*, und Irmi traute sich, einen Macchiato zu bestellen – Cappuccino kam ihr zu deutsch vor –, während die Herren das Getränk rabenschwarz zu sich nahmen. Raffaele redete schneller als ein Auktionator. Er streute immer mal ein »Signora« ein und sah Irmi pflichtschuldigst an, die freundlich zurücknickte. Es war ein bisschen anstrengend, denn sie erahnte nur Teile des Gesprochenen, und das stresste sie.

5

Man brach schließlich zu Fuß auf, durch die Gassen zu ebenjener Villa Mimosa. Eine Renovierung fand hier unter erschwerten Bedingungen statt, denn schwere Fahrzeuge konnten nicht herfahren. Das Gebäude war von einer Mauer umgeben. Ein Tor führte in den Garten, den der Efeu komplett im Griff hatte. Eine kleine Fläche war freigelegt, wo eine Rutsche für Bauschutt endete, daneben befand sich ein Schutthaufen. Drei Stufen führten auf die opulente Terrasse, die von einem Steingeländer und Säulen gesäumt war.

»Das Muster nennt man die Borromäischen Ringe«, sagte der Hase.

Irmi fragte lieber nicht nach, um nicht allzu unwissend zu klingen. Die gewaltige Flügeltür stand offen, ein Mann kam ihnen entgegen.

»Was machen Sie hier? Das ist eine Baustelle!« Der Mann sprach deutsch.

Raffaele wölbte den Bauch weiter heraus und zeigte seine Legitimation. Dann nickte er Irmi zu, die dem Mann ihre Marke entgegenhielt. »Wir sind von der Kripo in Garmisch-Partenkirchen.«

»Aha, Skispringen. Hab ich gesehen. Damals mit Kamil Stoch.«

»Schön. Und das Haus gehört einem Mann aus Garmisch.«

»Ja, dem Herrn Hubertus.«

»Und Sie sind?«

»Der Bauleiter. Adam Zieliński.«

Irmi lag etwas auf der Zunge wie: Sie sprechen sehr gut Deutsch. Aber warum sollte er nicht gut Deutsch sprechen? Manchmal dachte sie noch immer in den Kategorien der alten weißen Männer und Frauen, in denen Ausländer nun mal radebrechten.

»Um was geht's denn?«, fragte er.

»Könnten wir uns kurz setzen?«

»Kommen Sie mit.«

Sie folgten ihm über staubige Pappen, die die Fliesen schützen sollten. Ein Mann mit einer Schubkarre voller Schutt kam ihnen entgegen. Sie machten Platz.

»Die Küche wird komplett umgestaltet«, erklärte der Bauleiter.

Er schob eine Plane zur Seite, öffnete eine hohe Tür, und sie gelangten in einen Salon. An der Decke hoch über ihnen schwebten Fresken, die so bunt leuchteten, als hätte sie der Meister gestern gemalt. In einer Ecke stand ein Ofen mit Keramikkacheln. Augenscheinlich waren die Fenster bereits erneuert. Völlig unpassend zum fast königlichen Ambiente standen ein paar Plastikstühle herum. Das weltweit meistverkaufte Modell, der Monobloc-Stuhl, billig und hässlich, aber praktisch und irgendwie demokratisch.

»Hier haben Sie aber schon ganze Arbeit geleistet«, sagte der Hase bewundernd.

»Ja, wir sind bis auf das obere Bad weitgehend fertig. Um was geht es jetzt? Ich hab nicht ewig Zeit.« Er klang nicht unfreundlich, aber sie waren ihm sichtlich lästig.

»Antonia Bauernfeind und Hannes Vogl?«

Der Bauleiter runzelte die Stirn.

»Die kennen Sie, oder?«, hakte Irmi nach.

»Antonia hat die Bibliothek katalogisiert. Sie ist da oben komplett abgetaucht. Ich habe sie kaum gesehen. Ein paarmal hat sie ein Feierabendbier mit uns getrunken.«

»Und Hannes Vogl?«

»Der hat die Fresken restauriert. Mit ihm musste ich mich absprechen.« Er deutete nach oben. »Wie hier. Guter Mann. Arbeitet sehr sauber.«

»Arbeitete. Er ist tot. Antonia auch.«

»Tot? Wieso?«

»Sie sind beide mit Glasfasern in Berührung gekommen und daran gestorben. Ziemlich elend.«

»Glasfasern?«

»Ja, so etwas findet sich vor allem auf Baustellen.«

»Ach, deshalb sind Sie hier! Hier gibt es aber keine Glasfasern.«

»Nun beim Renovieren, wenn man …«, hob der Hase an.

»Diese Mauern bestehen aus Natursteinen. Sie werden nur Strohlehm finden und Bruchsteine. Das war die Zeit vor der Glasfaser. Und wenn wir etwas neu isolieren, dann verwenden wir Schafwolle.«

»Und es hat sich nie Glaswolle zum Dämmen eingeschlichen?«, fragte der Hase.

»Nein.«

Eine Pause trat ein. Es war spürbar, dass der Pole rein gar keine Lust auf das Gespräch hatte.

»Wie lange waren die beiden denn hier?«

»Sie kamen am 12. Februar. Antonia fuhr am 6. März wieder ab. Hannes ist länger geblieben, er ist am 20. abgereist und wollte nach Ostern zurückkommen, wenn die groben Arbeiten hier von uns absolviert sind und er weitermachen konnte. Antonia hatte wohl auch vor, für ein paar verlängerte Wochenenden zu kommen, um die letzten Sachen abzuschließen.«

Dazu würde es nicht kommen. Sie hatten am 22. März seine Leiche tief unten im türkisblauen Wasser gefunden und kurz darauf Antonia in ihrem gemeinsamen Haus in Oberammergau.

»Das wissen Sie alles so genau?«

»Nun, ich habe ein gutes Zahlengedächtnis. Ich habe keine Disponentin oder so, da muss ich wissen, wer wo arbeitet.«

»Und es ist Ihnen noch nicht zu Ohren gekommen, dass Hannes Vogl tot im Orrido gefunden wurde?«

»Wo?«

»Im Orrido di Sant'Anna, eine Schlucht weiter oben.«

»Ich habe keine Zeit für Sightseeing. Wir arbeiten hier vierzehn Stunden und mehr am Stück. Essen, schlafen, arbeiten. Hannes hat sich bei uns abgemeldet, damit war für mich alles klar. Außerdem war er ja nicht in meinem Team. Wenn er nach Ostern nicht mehr gekommen wäre, hätte ich beim Herrn Hubertus mal nachgefragt.«

»Hatten Sie den Eindruck, Hannes Vogl war krank?«

»Er krümmte sich manchmal. War ziemlich blass. Er sprach von Magenbeschwerden und hat auch mal Tabletten genommen. Aber er wollte das Fresko hier im Raum fertig machen und dann erst zu Hause zum Arzt gehen. Wir haben hier alle keine Zeit zum Kranksein.«

»Weil der Herr Hubertus Sie so antreibt?«, fragte Irmi.

Adam Zieliński schwieg.

»Wie sind Sie überhaupt zu dem Auftrag gekommen?«, wollte Irmi wissen.

»Ich habe in Deutschland schon mehrfach für ihn gearbeitet. Und falls Sie das wissen wollen: Alles legal, meine Männer sind alle angemeldet.«

»Das bezweifelt niemand. Wir würden nur gerne herausfinden, wo die beiden Kunsthandwerker mit der Glaswolle in Berührung kamen.«

»Hier jedenfalls nicht.« Zielińskis Handy ging. Er stand auf und begann, Polnisch zu sprechen. Seine Stimme klang genervt, und er ging hinaus.

Der Hase brachte Raffaele auf den aktuellen Stand. Der Kollege knatterte wieder Redesalven hervor.

Der Hase wandte sich an Irmi. »Raffaele meint vor allem, dass er dem Bauleiter nicht glaubt. Natürlich kann irgendwo alte Glaswolle herausgekommen sein. Er hat die Baugeschichte recherchiert. Die Villa stammt im Kern aus dem 17. Jahrhundert, wurde aber oft veräußert und umgebaut. Das letzte Mal in den Sechzigern, unter Contessa di Alto Piano. Verarmter Adel. Die Kinder und Enkelkinder haben die Villa noch genutzt, sie stand ein paar Jahre leer und wurde dann letztes Jahr verkauft. Raffaele ärgert sich, dass viele Villen an Ausländer verkauft werden und dass die Käufer keine heimischen Handwerker beschäftigen, sondern die auch noch mitbringen. Eine Invasion der Ausländer, sagt er. Der Ausverkauf seines Landes.«

Mit dem Thema hatten sie sich auch schon befassen

müssen, als sie seinerzeit nach einem Hof gesucht hatten. Gegenden, die schön waren und lebenswert, sicher und sauber, zogen Menschen mit Geld an. Und die verdrängten andere mit weniger Geld. So einfach war das im vereinten Europa.

Adam Zieliński war zurück.

»Könnten wir uns das obere Stockwerk ansehen?«, fragte Irmi.

»Das kann ich nicht entscheiden.«

Raffaele begann plötzlich eine glutäugige Rede, von der der Bauleiter sicher wenig verstand, aber er war sichtlich beeindruckt und nickte.

»Gehen Sie hoch. Brauchen Sie mich?«

»Nein.«

»Aber machen Sie nichts kaputt!«

»Natürlich nicht, Herr Zieliński. Wir wollen Ihren Betrieb nicht stören, aber wenn zwei junge Menschen unter merkwürdigen Umständen ums Leben kommen, kann Ihnen das doch nicht egal sein.«

Er schnaubte irgendwas. Wahrscheinlich störte es ihn vor allem deshalb, weil es Ärger bedeutete.

Sie stiegen die breite Treppe hinauf, die staubig und mit Planen abgehängt war. Selbst in diesem Zustand hatte sie etwas Erhabenes. Wie musste es erst sein, in einem langen Kleid hier herunterzuschweben, dachte Irmi und rief sich im nächsten Moment zur Räson. Sie trug keine Kleider, maximal einen Rock, und den auch eher ungern.

Im oberen Stockwerk waren drei Schlafzimmer schon renoviert. Das Bad mit dem schwarz-weißen Fliesenboden und schauerlich grüner Keramik harrte noch der Modernisierung. Sie warfen einen Blick in den kleinen Salon, dann betraten sie die Bibliothek.

»Wahnsinn! Wie schön!«, rief Irmi.

»Was für ein Armarium«, sagte der Hase leise.

Irmi hatte keine Idee, wie eine Bibliothek auszusehen hatte. Die Büchereien, die sie kannte, waren immer neuzeitlich gewesen. Aber hier wuchsen schwere Mahagoniregale in die Höhe, die Bücher waren antik und in Leder gebunden. Es fiel ihr schwer, abzuschätzen, wie viele es waren, aber sie fühlte sich klein und unwissend, ohne auch nur ein einziges Buch geöffnet zu haben. Die Bibliothek sah aus, als könne man hier eine Fortsetzung des Films *Der Name der Rose* drehen. Der Raum war ehrfurchtgebietend, zugleich war man hier geborgen, die Welt war weit draußen. Auf einem der drei Stehpulte lag ein Buch, das Irmi vorsichtig öffnete. Der Ledereinband war geprägt. Es schien eine Handschrift zu sein, mit aufwendigen farbigen Initialen und Buchmalereien bestückt. Der Hase trat neben sie.

»Das stammt sicher aus einem Kloster. Die Mönche schufen quasi Datenbanken, indem sie alles Wissen der damaligen Zeit in Bücher bannten.«

»Ist es wertvoll?«

»Das ist bestimmt eine Abschrift und kein Faksimile. Es erinnert mich an das *Book of Lindisfarne*.«

»Und da liegt es einfach so rum?«

»Hier gibt es sicher sehr wertvolle Inkunabeln und Frühdrucke. Und Bücher natürlich auch. Für Antonia muss das ein Paradies gewesen sein.«

»Was, wenn sie genau das wusste? Sie hat ihrer Kollegin

gegenüber gemeint, dass es immer die Geldsäcke sind, die so was besitzen und nicht zu schätzen wissen. Was, wenn sie womöglich aus guten Motiven heraus …«

»… etwas gestohlen hat?«, ergänzte der Hase. »Als es bemerkt wird, lässt Hubsi sie ermorden?«

»Das klingt unwahrscheinlich, ich weiß schon. Ich komme mir vor wie in einem Film gefangen«, sagte Irmi leise.

Als sie schließlich wieder hinuntergingen, war der Bauleiter nirgends zu sehen. Raffaele musste weg, und sie versprachen, sich gegenseitig anzurufen, sobald es etwas Neues gäbe. Der italienische Kollege wuselte davon, und sie standen etwas unschlüssig herum. Der Hase wies mit dem Kopf auf eine Treppe, die in den Keller führte. Irmi nickte, sie stiegen hinunter.

Rechts und links befanden sich je eine Tür, die versperrt waren, doch vor ihnen lag eine Glastür, die sich öffnen ließ. Dahinter verbarg sich ein Weinkeller. So etwas hatte Irmi noch nie gesehen. Mitten im Raum befand sich ein schwerer Holztisch, zwei Fässer fungierten als Stehtische. Die Wände bestanden aus Tonröhren, in denen Flaschen steckten.

Der Hase zog eine davon heraus, und seine Stimme wurde plötzlich ganz leise. »Ein 1945er Barolo Riserva von Giacomo Conterno. Ich fass es nicht!«

»Wertvoll?«

»Mit Weinen kenne ich mich besser aus als mit Büchern. Ich würde sagen, etwa zwölfhundert Euro.«

»Trinkt man so was noch?«

Der Hase lächelte. »Ich würde das nicht tun, wenn ich

nur ein Exemplar hätte.« Er zog noch einige Flaschen heraus und war nun völlig verzückt. »Ein 1961er Brunello di Montalcino Riserva von Biondi Santi, der dürfte rund siebenhundert Euro wert sein. Ein 1968er Sassicaia, Tenuta San Guido, da tippe ich auf zweitausendfünfhundert Euro. Beim 1969er Amarone della Valpolicella von Giuseppe Quintarelli auf rund fünfzehnhundert.«

»Und der?« Irmi hatte sich auch eine Flasche gegriffen.

»Gute Wahl. Ein 1989er Masseto, Tenuta dell'Ornellaia, da reden wir von tausend Euro.«

Irmi begann Spaß an dem Spiel zu finden. »Der hier ist jünger. Ein 1997er Sperss Langhe Nebbiolo, Angelo Gaja. Was ist mit dem?«

»Der dürfte bei siebenhundert Euro liegen.«

»Das ist doch nicht normal! Gibt es hier gar nichts, was man mit gutem Gewissen trinken kann?«

»Doch, es gibt auch einen Franciacorta von Ca' del Bosco. Und die Weine von Ca' dei Frati am Gardasee würde ich fast schon als Mainstream bezeichnen. Den Lugana kriegst du in jedem Weinversand. Und der hier ist einer meiner Favoriten, ein Wein von Angela und Alberto Arlunno. Antichi Vigneti di Cantalupo.«

»Allein wie schön du das betonst!« Irmi lachte.

»Ja, da ist Poesie drin. Meine Sympathie haben die einfachen Weine. Der Carolus aus den einheimischen Trauben Greco di Ghemme und Arneis, ein Weißwein, der am Gaumen tanzt. Oder der Rosato Il Mimo, ein richtiger Schmeichler, da kann man sogar einen Rosato trinken.«

»Du solltest ein Weinbuch schreiben«, meinte Irmi.

»Ach, es gibt schon so viele. Ich trinke den Wein lieber, als darüber zu schreiben.«

Der Hase ging weiter und stutzte plötzlich. »Sieh mal!«

Zwischen zwei Flaschen hatte er ein altes Buch gefunden, in dem ein Lesezeichen steckte. Er setzte sich an den langen Tisch und begann zu lesen. Irmi wartete. Nach einer Weile blickte er auf.

»Das ist ein Buch von 1888, in dem bedeutende Fresken an den oberitalienischen Seen beschrieben werden.« Er blätterte weiter. »An der eingemerkten Stelle beginnt ein Text über Luini. Und da ist ein Bild, das mir irgendwie bekannt vorkommt.«

Irmi beugte sich über das Buch und überlegte. »Ausschnitte davon haben wir gesehen, und zwar auf den Skizzen, die im Haus von Antonia Bauernfeind und Hannes Vogl lagen.«

»Natürlich! Jetzt weiß ich es wieder. Aber eins ist mir trotzdem nicht klar. In dem Buch wird ein spezielles Fresko beschrieben. Es existiert ein Entwurf davon, der in einem Museum liegt, das Fresko selbst gibt es aber nicht.«

»Wie?«

»Im Buch wird behauptet, Luini hätte das Fresko gemalt, es sei aber nie gefunden worden.«

Irmi überlegte. »Na ja, es könnte doch sein, dass er nur eine Skizze gemacht und das Fresko selbst gar nicht gemalt hat. Wäre das so ungewöhnlich?«

»Nein, es gibt sicher genug Maler, Komponisten und Dichter, die Entwürfe anfertigen und diese nicht in die Realität umsetzen.«

»Eben. Und dann verzeih meine Unwissenheit: Wer ist Luini?«

»Das ist keine Unwissenheit. Ohne meine häufigen Besuche hier am See wüsste ich das auch nicht. Bernardino Luini war ein bedeutender Maler der Hochrenaissance. Geboren wurde er um 1480 und starb, glaube ich, 1532. Er stammt aus Runo am Ostufer des Lago Maggiore und hieß eigentlich de Scapis, hat sich aber irgendwann den Künstlernamen Luini gegeben, vielleicht nach dem Städtchen Luino, das ganz in der Nähe seines Heimatorts liegt. Seine Lehrzeit verbrachte er in der Dombauhütte von Mailand, wo er höchstwahrscheinlich von Giovan Stefano Scotti unterrichtet wurde, der mit dem Malen der Fresken im Dom beauftragt war. Luini malte 1505 ein paar Wandbilder in der Peterskirche von Luino, lebte einige Zeit in Treviso und ließ sich dann in Mailand nieder. Er hatte viele Auftraggeber in der Lombardei und im Tessin und war auch von seinem älteren Vorbild Leonardo da Vinci beeinflusst. Es gibt sogar ein *Bildnis einer Dame*, die ein wenig wie die Mona Lisa schaut. Allerdings gefällt mir Luinis Interpretation besser.«

»Danke für den Kurzvortrag. Könnte denn rein theoretisch ein Fresko von ihm verschwunden sein?«

»Nun, vieles aus der Zeit ist gar nicht dokumentiert. Im Lauf der Jahrhunderte sind natürlich auch Unterlagen verschwunden, darunter sicher auch viele Aufträge von wohlhabenden Privatpersonen für Villen und Landhäuser.«

Irmi sah den Hasen prüfend an. »Und du willst mir jetzt sagen, das versteckte Fresko könnte sich hier in der Villa Mimosa befinden?«

»Es klingt unglaublich, aber es könnte durchaus sein. Mit den Büchern warst du auf der richtigen Spur. Was, wenn Antonia Bauernfeind erst durch dieses Buch auf das Fresko gestoßen ist? Womöglich hat sie ein paar Skizzen gemacht, wollte Fachleute mit ins Boot holen. Wahrscheinlich hat sie dann ihr Gesundheitszustand davon abgehalten.«

»Natürlich hat sie Hannes davon erzählt, und die beiden haben sich auf die Suche gemacht. Womöglich haben sie es sogar gefunden. Aber wird man deshalb ermordet? So ein Fund ist doch großartig. Eine Sensation.«

»Ist die Unfallthese eigentlich schon vom Tisch?«, wollte der Hase wissen.

Irmi schwieg. Bei ihr hatte es genau genommen nie eine Unfallthese gegeben. Sie hatte von Anfang an ein seltsames Gefühl gehabt.

»Wir müssen zu Raffaele und ihm von unserer neuen Spur erzählen. Er lebt am See und kennt die Verhältnisse hier«, sagte der Hase. »Ich ruf ihn später an, wenn wir wieder oben sind. Hier im Keller ist kein Empfang.«

Sie gingen die Treppe hinauf und stießen auf den Bauleiter.

»Sind Sie immer noch da?«, fragte er.

»Gleich sind wir weg«, versprach Irmi. »Herr Zieliński, eine Frage noch: Wann war denn Herr von Ebersheim zum letzten Mal hier?«

»An dem Wochenende, als auch Hannes abgereist ist. Warum?«

Yes!, dachte Irmi.

»Danke. Ach ja: Wo haben Hannes Vogl und Antonia Bauernfeind gewohnt, als sie hier gearbeitet haben?«

»In einer Ferienwohnung.«

»Und wo genau?«

»Bei Carla. Ich bringe da öfter Leute unter.«

»Diese Carla hat doch bestimmt eine Adresse«, flötete Irmi.

Er ließ sich noch ein bisschen bitten, ehe er sich dazu herabließ, ihnen die genaue Anschrift herauszusuchen. Der Hase notierte sie sich im Handy.

»War's das?«, fragte Zieliński.

»Ja.«

»Das mit den beiden tut mir leid. Den Hannes mochte ich sehr.«

»Die Antonia nicht?«

»Sie wirkte etwas verbissen und unnahbar, aber so einen Tod wünsche ich keinem Menschen.«

Als Irmi und der Hase sich verabschiedeten, war der Blick des Bauleiters eindeutig: Auf ein Wiedersehen legte er keinen Wert.

»Na, der wirkte ja reichlich genervt«, meinte Irmi, als sie wieder in der Gasse standen. »Weil er doch etwas zu verbergen hat?«

»Könnte man meinen. Ich rufe jetzt mal Raffaele an.«

Wenig später wandte er sich wieder an Irmi. »Wir treffen uns gleich mit Raffaele vor der Ferienwohnung, wo die beiden untergekommen sind.«

Sie mussten das Auto nehmen, denn das Haus lag außerhalb des Zentrums und lieferte den Beweis, dass nicht alles in Cannobio altstadtromantisch war. Raffaele war noch nicht da. Eine ungepflegte Frau fegte vor dem Haus, ihr geblümter Rock sah aus wie ein zu oft geschleuderter

Vorhang, und der Pullover aus irgendeiner fiesen Kunstfaser hatte Eierflecken.

»Signora Carla?«, fragte der Hase überaus freundlich und erklärte, dass sie von der deutschen Polizei seien und die Wohnung sehen wollten. So viel verstand sogar Irmi. Überraschenderweise öffnete die Frau, wenn auch mürrisch, das rostige Tor zum Innenhof. Über eine Seitentür gelangten sie zu einem *Appartamentino* im Hinterhaus. In Wahrheit handelte es sich um ein dunkles Loch im Erdgeschoss. Den Schimmel an den Wänden hatte man sofort in der Nase.

Plötzlich nahm Irmi wahr, dass sich vor ihren Füßen etwas Schwarzes bewegte. Emotionslos trat die Alte drauf und wandte sich dann an den Hasen, der für Irmi übersetzte: »Originalton: Keine Angst, das sind nur Skorpione. Die leben hier überall, sind aber für Menschen ungefährlich. Ein Stich ist so wie der von einer Biene.«

»Wie beruhigend«, bemerkte Irmi leise.

In dem Ein-Zimmer-Verlies gab es eine Küchenzeile, einen Esstisch und einen riesigen Flatscreen-Fernseher an der Wand. Hinter einem Vorhang, der in ähnlichem Design gehalten war wie der Rock der Inhaberin, befand sich eine Nische mit Doppelbett. Es war abgezogen, die Matratzen hatten jedoch keine Stock- oder Spermaflecken, wie Irmi es eigentlich erwartet hätte.

Der Hase fragte, wann die Mieter denn ausgezogen seien. Signora Carla antwortete, dass am 20. März der Check-out gewesen sei – ein Wort, das Irmi in diesem Zusammenhang beachtlich fand.

Die Zimmerwirtin schien Gefallen am Hasen gefunden

zu haben, sie lachte zahnlückig, und wenn sie sich bewegte, wehte ein Hauch von schwerer Deoverweigerung heran. Unter olfaktorischem Gesichtspunkt kam einiges in Bewegung, als der glatzköpfige Gatte von Signora Carla heranwalzte. Der Bauch hing über dem Gürtel und wurde vom T-Shirt in Kindergröße leider nicht zur Gänze bedeckt. Das billige Aftershave raubte Irmi fast den Atem. Gerade als der Hase auch ihm sein Anliegen erklärt hatte, tauchte Raffaele auf. Hinter ihm kam eine kleine Frau in die Wohnung, offenbar eine Nachbarin, die gleich wieder hinauskomplimentiert wurde.

Signora Carla führte die drei Polizisten in den staubigen Innenhof, wo ein paar dürre Topfpflanzen um Wasser bettelten. Der Hof ließ zwar jeden Charme vermissen, war aber doch um Längen besser als die Schimmelbude. Auch hier draußen standen Monobloc-Sessel, die einst weiß gewesen sein mussten. Oben öffnete sich ein Fenster, eine andere Nachbarin glotzte heraus. Carla rief etwas sichtlich Unflätiges hinauf, bevor sie anfing, Raffaele zuzutexten. Der Hase übersetzte leise und schmunzelnd.

»Die alte Giovanna kann in der eigenen Wohnung nur ganz langsam mit dem Rollator gehen wegen ihrer kaputten Knie und der Hüfte. Wenn es aber etwas zu sehen gibt, rennt sie wieselgleich nach oben in die Wohnung ihrer Tochter, wo man vom Badezimmerfenster aus das Geschehen in der Nachbarschaft verfolgen kann.«

Irmi lächelte. Nachbarschaftliche Neugier schien es auf der ganzen Welt zu geben. Das geifernde Lästern wohl auch – und bittergalligen Neid. Warum durfte Carla etwas Aufregendes erleben, während das eigene Leben so erbärmlich war? Und wenn die Polizei kam, hatte Carla sicher etwas auf dem Kerbholz, das war doch klar!

Am Ende konnten Carla und der ästhetische Gatte auch nur berichten, dass sie von den beiden Deutschen wenig gesehen hatten. Die junge Frau sei bei ihrer Abreise wohl krank gewesen. Hätte immer gehustet. Aber das ginge sie ja nichts an.

Sie standen schweigend im Innenhof, der sich für Irmi ein bisschen nach Gefängnis anfühlte, als einer von den Arbeitern kam. Sie hatten ihn bereits in der Villa gesehen.

»Hallo«, sagte Irmi. »Sie kommen von der Baustelle, oder?«

Er nickte. »Ich bin Jan Zieliński. Aus Zakopane. Der Adam ist mein Onkel. Eigentlich studiere ich in Wien Bauingenieurswesen, aber ich mach grad eine Studienpause, ich brauch Geld.«

Der Hase sah ihn überrascht an. »Und jetzt sind Sie extra hergefahren, um mit uns zu reden?«

»Ich hab mitgekriegt, dass mein Onkel Ihnen die Adresse von Carla gegeben hat. Und ich habe gehört, wie er gesagt hat, es gäbe keine kontaminierten Baumaterialien.«

Raffaele hatte offenbar von dem Gespräch einiges verstanden. Jedenfalls machte er auf Staatsmacht und verscheuchte das Hauswirtsehepaar.

»Also, ich hab gehört, dass Hannes und Antonia tot sind, das ist schlimm«, fuhr Jan Zieliński fort. »Wir haben ab und zu geredet und zusammen ein Bier getrunken. Hannes fand das Peroni immer sehr wässrig.«

Irmi wartete.

»Antonia fühlte sich schlecht, aber sie wollte erst zu

Hause zum Arzt. Und als Sie heute nach Glaswolle gefragt haben, ist mir etwas eingefallen. Antonia ist einmal durch den Garten geschlichen, anscheinend hat sie irgendwas gesucht.«

»Irgendwas?«, hakte der Hase nach.

»Sie meinte, sie sucht ihr Handy. Was mir aber komisch vorkam. Sie haben den Garten ja gesehen, der ist völlig zugewuchert. Wieso sollte sie da ihr Handy verloren haben? Aber im Garten, hinten an der Westmauer, liegen Asbestplatten und Glaswolle herum.«

»Wie bitte?«

»Na ja, das Entsorgen ist mühsam. Hubertus von Ebersheim wollte, dass wir das später, wenn der Garten gemacht wird, elegant mit Erde bedecken.«

»Elegant, ich fass es nicht!«, sagte Irmi.

Er zuckte mit den Schultern. »Natürlich kommt einiges ans Tageslicht bei so einer Bude. Adam hat ein Gesamtbudget für den Bau, das will er nicht überschreiten. Der Auftraggeber ist ein Arschloch.«

Das war deutlich. »Sie kennen von Ebersheim?«, fragte Irmi.

»Er war zuletzt, warten Sie, letztes Wochenende da und hat uns zur Schnecke gemacht, dass wir zu langsam wären. Soll er doch selber mal hinlangen, das würde diesem kurzatmigen Fettsack nur guttun.«

»Hat er bei seinem Besuch auch mit Hannes Vogl gesprochen?«

»Keine Ahnung. Hannes war ja auch grad am Abreisen.«

»Hat er denn vorher mal länger mit den beiden geredet? Wissen Sie da etwas?«

»Keine Ahnung, bestimmt. Er hat sie ja auch angeheuert. Ich glaube, nachdem sie zwei Wochen oder so hier waren, hat er mit ihnen mal in der Bibliothek gesessen. Hat Getränke und Gläser mit hochgenommen.«

»Haben Sie gehört, worüber gesprochen wurde?«

»Nein.«

»Haben die beiden später etwas erzählt?«, wollte der Hase wissen.

»Nein, aber irgendwas war da los. Als Antonia weg war, hatte ich den Eindruck, Hannes wollte mir etwas erzählen, aber er hat es irgendwie nicht gepackt. Wir haben wirklich alle sehr viel gearbeitet, da war wenig Zeit für Privates. Und wenn du am Abend fix und alle bist, musst du nicht mehr groß reden.« Er schwieg eine Weile. »Ich fass es noch gar nicht, dass er tot ist. Er war so ein großartiger Künstler.«

Irmi reichte ihm ihr Kärtchen. »Wenn Ihnen noch etwas einfällt, melden Sie sich bitte jederzeit bei mir.«

»Sie glauben, die beiden haben sich mit irgendetwas kontaminiert?«

»Sie nicht?«

»Schwer zu sagen, aber wir anderen sind ja alle gesund. Gut, Antonia war womöglich eher arglos, was Baustoffe betrifft. Sie war generell irgendwie leicht abwesend. Aber Hannes muss doch gewusst haben, dass Glasfaser gefährlich ist.«

»Halten Sie die Augen offen?«

»Klar.«

»Alles Gute«, sagte Irmi und erhob sich.

Der Hase und Raffaele taten es ihr gleich. Während sie zu den Autos gingen, übersetzte der Hase leise für Raffaele.

Der Kollege war ziemlich erbost über den eleganten Sondermüll. Und brauchte auf den Ärger dringend ein Getränk. Sie folgten seinem Auto, eine kurze Strecke nur, zur netten Bar Centro Traffiume, vor der ein paar Tische standen. Auch in der Hochsaison schien das eher ein Platz für Einheimische zu sein. Touristen waren weit und breit keine zu sehen.

Sie bestellten drei kleine Gläser Weißwein und saßen eine Weile still da. Irmi kaute an einer Olive, die mit dem Wein gekommen war. Der Hase erzählte dem Kollegen, was sie in der Villa alles erfahren hatten. Raffaeles Blick wurde furios, als der Name Luini fiel.

»Ein Fresko von Luini wäre eine Sensation. Madonna!«, rief er wild gestikulierend. Diesen Satz verstand Irmi gerade noch, den folgenden Wortschwall allerdings nicht mehr. Der Hase übersetzte.

»Raffaele meint, dass wir das nicht unterschätzen dürfen. Wenn der italienische Denkmalschutz spitzkriegt, dass bei einer Sanierung etwas Wertvolles gefunden worden ist, dann macht er sofort alles dicht. Und wenn da noch ein Deutscher am Start ist, der womöglich unkooperativ ist, dann finden die noch mehr! Da kannst du dein Eigentum monatelang oder auch jahrelang vergessen. Raffaele wird Fachleute holen, die das begutachten sollen. Das Fresko könnte nämlich auch übermalt sein. Das wäre nicht ungewöhnlich. Diese Art von Kunst entsprach irgendwann nicht mehr dem Zeitgeschmack, deshalb malte man kurzerhand drüber.«

»So, wie man bei uns in den Bauernhöfen früher Teppich oder Stragula über schöne alte Holzböden gelegt hat?«, fragte Irmi.

»Im Prinzip ja. Übrigens hat man auch bei uns in Kirchen Fresken übermalt. Zum Glück hat man einiges davon wieder freilegen können.«

Nun musste Raffaele auf die Übersetzung des Hasen warten und nickte dann eifrig. Bald verabschiedete er sich und entschwand mit seinem charakteristischen Watschelgang.

Irmi hatte inzwischen fast alle Oliven allein gegessen. »Wir als Herr und Frau Nostradamus nehmen also an, die beiden Kunsthandwerker haben das Fresko entdeckt und Hubertus von Ebersheim damit konfrontiert. Und weil der wusste, was dann auf ihn zukäme, nämlich dass der Bau für unbestimmte Zeit ruhen würde, hat er den beiden Glasfasern verabreicht. Eine perfide Mordmethode, weil man an der Leiche auf den ersten Blick nichts sieht.«

Der Hase lächelte. »Stimmt, so eine saubere Schusswunde hat schon was. Zumindest ist da der Kausalzusammenhang eindeutig.«

»Vielleicht hat er die beiden unter einem Vorwand in die Bibliothek gelotst und ihnen bei der Gelegenheit die Glasfasern verabreicht. Das würde zu den späteren Symptomen passen. Andererseits konnte Hubertus von Ebersheim ja nicht wissen, ob seine Opfer auch wirklich daran sterben würden. Womöglich sollte das auch nur eine Drohung sein? Seht her, was passiert, wenn man sich mit mir anlegt. So was in der Art?«, überlegte Irmi.

Ihre Gedanken flogen wieder wie ein entfesseltes Kettenkarussell. Hier stimmte definitiv so einiges nicht. Da der Hase schwieg, fuhr sie fort mit ihren Gedankenspielen.

»Die beiden haben doch sicher nicht gewusst, dass er

ihnen so ein Teufelszeug verabreicht hat. Und selbst wenn sie herausgefunden hätten, dass sie Glasfasern im Körper haben, hätten sie das nicht unbedingt mit dem Bauherrn in Verbindung gebracht. Die Hypothese mit der Drohung funktioniert also nicht. Wir müssen noch mehr über diesen Hubertus von Ebersheim in Erfahrung bringen. Silvana Sieber hat Kathi und mir gegenüber gesagt, dass sie schon lange nicht mehr am Lago gewesen seien. Das war eindeutig eine Lüge!«

»Oder aber sie weiß nicht so genau, wo der Hubsi sich aufhält. Vielleicht war ihr nicht klar, dass er mindestens zweimal hier gewesen ist: Mitte Februar und an dem Wochenende, als Hannes abreisen wollte und stattdessen im Fluss gelandet ist. Und wer sagt uns, dass das die beiden einzigen Male waren? Wir müssen endlich diesen Eiermogul auftreiben«, sagte der Hase entschlossen. »Momentan können wir hier eh nichts ausrichten, also fahren wir zurück.«

»Das ist aber ein ganz schöner Ritt an einem Tag«, sagte Irmi. »Willst du wirklich nicht übernachten?«

Er lächelte. »Du kannst mich beim Fahren ja ablösen.«

Die Route wurde für Irmi allmählich zu einem lieben Bekannten. Sie entdeckte immer neue Aussichten im Misoxtal und stellte fest, dass es ein Unterschied war, ob man von oben kam oder von unten. Der Tunnel am Bernardino verschluckte sie und spuckte sie auch wieder aus.

»Mögen wir einen Kaffee trinken?«, fragte der Hase.

»Mögen wir.«

Er verließ die Autobahn und fuhr nach Splügen hinein,

das trutzig am Hang klebte. Sie stellten den Wagen auf einem größeren Parkplatz ab.

»Lass uns ein paar Schritte gehen«, schlug er vor.

»Was für gewaltige Häuser für ein Bergdorf«, meinte Irmi überrascht.

»Das ist kein normales Bergdorf. Das ist die Welt des Corriere di Lindo. Der Lindauer Bote war ein Transportdienst zwischen Lindau und Mailand, für Waren, Post und später auch Reisende. Es gab ihn bis etwa 1825. Die dreihundertfünfundzwanzig Kilometer konnte man, wenn's gut ging, in fünf Tagen bewältigen. Säumer transportierten die Waren auf Pferden und Maultieren über die Alpenpässe. Viele einfache Säumer bezahlten mit dem Tod. Schneefelder noch im August, blitzschnelle Wetterwechsel – das war ein gefährlicher Beruf.«

Sie gingen langsam eine Gasse hinauf und blieben auf einem Platz stehen.

Der Hase lächelte. »Schön, oder? Diese Palazzi mit den gewaltigen Portalen rühren daher, dass man einen Teil der Saumlasten in den Häusern lagerte. Die lokale Oberschicht lebte gut vom Handel. In Splügen war der Mittelpunkt Europas. Von hier aus war man in zwei Tagen in der Handelsmetropole Mailand. Auch geografisch liegt der Splügen genau auf der Mitte des Alpenbogens: je tausendzweihundert Kilometer nach Nizza und zum Karpatenende.«

»Echt?«

»Echt. Wenn du nachmisst, sind es womöglich nicht genau eintausendzweihundert.« Er lachte.

Irmi ließ den Blick hinüber zu einem großen Gebäude schweifen, das ein Hotel zu sein schien.

»Das ist das sogenannte Bodenhaus«, erklärte der Hause. »Es war früher ein Handelshaus und ist mittlerweile ein schickes Hotel. Den Kaffee trinken wir aber etwas höher.«

Sie folgten einem Bach, der dem Hinterrhein zustrebte. Auf der anderen Uferseite standen trutzige Häuser. Die beiden querten eine alte Bogenbrücke und landeten schließlich im Oberdorf vor einem Haus, das Irmi sofort berührte.

»Voilà, das Weiss Kreuz. Jetzt kommt meine letzte Geschichte für heute«, versprach der Hase. »Ursprünglich war das eine Herberge für die Säumer, die auf ihrer langen Reise hier abstiegen. Anfang bis Mitte des 19. Jahrhunderts zog das viel mondänere Bodenhaus unten am Dorfplatz die Gäste ab. Hier oben in der alten Herberge waren die Zimmer feucht, und das Gebäude stand schließlich über lange Zeit leer. Als mein alter Freund Hans Ruedi Luzi antrat, das Haus zu renovieren und als Hotel wiederzueröffnen, dachten alle, er sei dem Wahnsinn anheimgefallen. Komm und schau es dir an!«

Sie betraten das altehrwürdige Gebäude und gingen über ruppigen Kopfsteinboden. Rechts führte eine Granitplattentreppe hinunter in ein Gewölbe. Die Atmosphäre war minimalistisch, aber nicht kalt. Eingriffe in die Bausubstanz gab es kaum bis auf einige Glasfronten, die die Mauern aufbrachen und den Blick aufs Unterdorf freigaben. Es war unfassbar schön hier, fand Irmi.

Als ihr der Hase diesen Hans Ruedi vorstellte, wusste sie binnen Minuten, warum Fridtjof ihn verehrte. Der Mann war einzigartig. Jeder seiner Sätze war reflektiert und steckte voller Wörter, die Irmi zwar kannte, aber nicht zu ihrem aktiven Wortschatz zählte.

»Der klaffende Abstand zwischen unserem säglichen Wort und unserem unsäglichen Herzen«, sagte er gerade, während er die Kaffeemaschine bediente.

»Hans Ruedi hat im ganzen Haus keinen Fernseher, den gab's zur Zeit der Säumer ja auch nicht«, sagte der Hase.

»Man kann anders fernsehen«, erwiderte Irmi und spürte, wie sehr sie hier zur Ruhe kam.

Man plauderte noch eine Weile, philosophierte über das Wesen des Primitiven, ein Begriff, der ursprünglich nur unverdorben bedeutet hatte. Der Hotelier meinte, dass der Gastgeber sich nicht vom Gast absorbieren lassen dürfe. Irmi fand ihn faszinierend und fordernd zugleich, denn er ließ den Geist seiner Gesprächspartner keine Sekunde ruhen.

»Du solltest deine Geschichten aufschreiben, irgendwann sind sie verloren«, meinte sie.

Hans Ruedi sah sie interessiert an. »Das Narrative hat Herzblut und ist gebunden an die Person, die erzählt. Es verliert ohne diese Passion.«

Der Hase war aufgeblüht. Kluger verbaler Schlagabtausch, guter Wein und authentisches Essen nahmen ihn völlig ein. Bei solchen Begegnungen konnte er abschalten. Irmi hingegen wurde immer von Mord und Totschlag eingeholt. Sie ließ ihren Blick durch den Raum schweifen und musste an die Villa von Hubertus von Ebersheim denken. Bestimmt würde er die Chance vertun, das Echte zu bewahren.

Auf dem Heimweg fragte Irmi: »Was war das mit dem säglichen Wort und unserem unsäglichen Herzen?«

»Das war ein Zitat von Stefan George, einem Dichter, der heute wohl eher als irritierend empfunden wird.«

Es war halb zwei nachts, als sie ankamen. Irmi stieg aus, sie war todmüde. Der Hase hingegen wirkte frisch, denn er brauchte beneidenswert wenig Schlaf. Er küsste Irmi auf die Stirn. »Schlaf gut, bis nachher.«

6

Schon von unterwegs hatte Irmi mit Kathi telefoniert und sie gebeten, für den nächsten Morgen alle im Büro zusammenzutrommeln. Als Irmi am Sonntagmorgen um zehn in der Polizeiinspektion eintraf, hatte der Hase die anderen schon auf Stand gebracht. Er trug Skitourenoutfit und wollte anschließend noch auf den Berg. Viel zu spät natürlich für seine Begriffe, aber wegen des aktuellen Falls ließ er seine Prinzipien vom frühen Bergvogel sausen.

»Die Idee mit dem Fresko klingt für mich logisch«, meinte Kathi gerade. »Und wenn der Hubsi im Februar vor Ort war, passt das zeitlich auch zu den Symptomen der beiden. Der verabreicht ihnen die Glasfasern, weil er nicht will, dass sie das Luini-Fresko publik machen.«

»Aber, ähm, er konnte doch nicht damit rechnen, dass die beiden so lange schweigen?«, gab Andrea zu bedenken.

»Vielleicht hatten sie es noch gar nicht gefunden und waren dem Fresko nur auf der Spur?«, schlug der Hase vor. »Womöglich haben sie von Ebersheim völlig arglos davon erzählt, ohne einzukalkulieren, dass bei ihm alle Alarmglocken läuten würden. Wenn du diese Begeisterung für Kunst und Gemälde hast, dann denkst du in anderen Kategorien. Aber von Ebersheim ist ein knallharter Geschäftsmann, der walzt alles nieder, was sich ihm in den Weg stellt. Und vor Mord schreckt so einer bestimmt nicht zurück.«

»Sie san scho so a Brain«, meinte Sailer bewundernd.

Irmi lächelte. Der Hase war gebildet, intelligent und vielschichtig. Nach Begegnungen wie gestern in Splügen verstand sie nicht so ganz, warum er ausgerechnet sie erwählt hatte. Wieso suchte er die Gesellschaft einer Frau, die ihm in intellektueller Hinsicht nicht das Wasser reichen konnte? Zudem war sie weder jung noch schlank. Sie rief sich zur Räson und sah in die Runde.

»Wir spekulieren nach wie vor nur wild herum«, sagte sie. »Für mehr Fakten brauchen wir diesen Hubertus.«

»Yes, where the hell is Hubsi?«, rief Kathi.

»Wir fahren zu Silvana Sieber«, schlug Irmi vor. »Und treten ihr …«

»… auf ihre grottigen High Heels«, ergänzte Kathi.

Irmi grinste und wandte sich an Andrea. »Hast du was über Silvana Sieber gefunden?«

»Wenig. Sie ist siebenundvierzig Jahre alt und in Garmisch geboren. Mädchenname: Geiger. Ausbildung als Arzthelferin. War mit einem Martin Sieber verheiratet, hat eine Tochter namens Bianca. Martin Sieber ist mittlerweile verstorben. Das Mädchen ist sechsundzwanzig und studiert in Weihenstephan Umweltplanung und Ingenieurökologie. Keine Vorstrafen, nicht mal ein Strafzettel.«

»Vielleicht hat die Silvana ihren ersten Mann ums Eck gebracht?«, schlug Kathi grinsend vor. »Und schröpft jetzt den Hubsi?«

»Danke, Andrea«, sagte Irmi. »Suchst du bitte auch noch ein paar Infos über Hubsis Unternehmen raus?«

»Klar. Mach ich.«

»Der Rest kann heimgehen«, meinte Irmi.

»I kannt aa dobleibn«, sagte Sailer.

»Sailer, heute ist Sonntag!«, rief Irmi.

»Mei Frau räumt den Gartenschuppen auf«, brummte er.

»Und wenn Sie daheim sind, räumen Sie mit?«, konterte Irmi grinsend.

»Wenn sie so a Projekt hot, is mei Weib unerträglich. Oiso dann.« Der Sailer tippte sich an den imaginären Hut und ging.

Der Hase drückte Irmi ein Küsschen auf die Wange und verschwand ebenfalls.

Wenig später standen Irmi und Kathi vor der Villa des Hubertus von Ebersheim. Silvana trug heute eine Jeans mit Pailletten am Saum und einen kurzen Pullover, der obenrum spannte. Echt war der Busen darunter ganz sicher nicht.

»Sie schon wieder. Es ist Sonntag!«

»Ihnen auch einen guten Morgen«, sagte Kathi und ging einfach an Silvana Sieber vorbei in den Raum, den sie ja schon kannten. Wieder war ein Proseccoglas am Start.

»Frau Sieber, wir müssten jetzt wirklich Ihren Lebensgefährten sprechen«, erklärte Kathi.

»Ich sag doch, er ist auf Geschäftsreise.«

»Auch am Sonntag?«

»Ja, was glauben Sie? Er ist Unternehmer. Nicht bloß unter der Woche.«

»Der Unternehmer wird ja wohl ein Handy haben, wenn er so viel unternimmt!«, rief Kathi wütend.

»Zwei, aber wenn er nicht drangeht, dann geht er nicht dran.«

»Ach was!«

»Rufen Sie in der Lausitz an. Da ist der Firmensitz. Vielleicht wissen die etwas. Amelie Lohberger ist seine Assistentin. Die kennt seine Termine.«

»Sie nicht?«

Silvana Sieber zwinkerte und nahm einen Schluck Prosecco. »Wozu soll ich seine Geschäftstermine kennen?«

Aus ihrer Sicht völlig korrekt. Es reichte, dass sie sein Geld ausgab. Und solange der Prosecco nicht versiegte, schien ihre Welt in Ordnung zu sein.

»Wie lange sind Sie denn schon ein Paar?«

»Warum?«

»Wie lange?«

»Seit 2006, wir haben uns bei einer Maibaumfeier kennengelernt.«

»Wie schön«, sagte Kathi. »Sie waren vorher verheiratet?«

»Ich weiß zwar nicht, was Sie das angeht, aber bitte: Mein Mann ist 2002 verstorben. An Krebs. Das war eine schwere Zeit. Hubsis Vater ist auch 2002 verstorben, wir haben beide einiges durchgemacht. Meine Tochter war gerade mal sechs, als ihr Papi starb. Sonst noch Fragen?« Das klang nun doch recht provokativ. »Meine Schuhgröße ist 39. Ich trage Kleidergröße 38/40. Brauchen Sie weitere Daten von mir?«

»Frau Sieber, wir möchten Sie nicht belästigen, aber es geht um zwei Todesfälle. Sie haben neulich gesagt, dass Sie schon lange nicht mehr am Lago gewesen sind, oder?«, versuchte es Irmi mal aus einer anderen Ecke.

Silvana Sieber überlegte kurz. »War ich auch nicht. Im Januar zuletzt.«

»Ihr Lebensgefährte war aber da. Zweimal. Im Februar und kürzlich noch einmal.«

»Ja? Kann sein. Dann war er eben dort. Mich interessiert die Villa erst, wenn sie bewohnbar ist! Im Januar war das eine Ruine. Da braucht es viel Fantasie, um sich vorzustellen, wie das mal werden könnte. Wenn er dort war, umso besser. Man muss den Handwerkern auf die Finger sehen. Und ich kontrolliere ihn doch nicht!«

»Und telefonieren tun Sie auch nicht? Wie der Tag so war?«

»Wie oft muss ich das jetzt noch sagen? Hubsi ist Geschäftsmann, aber seine Geschäfte interessieren mich nicht. Er ist ständig irgendwo. Auch mal in Italien.«

»Warum?«

»Er hat Futterlieferanten. Da fährt er schon auch mal zu den Häfen.«

Da fährt er schon auch mal zu den Häfen. Was war das für ein Satz? Der Mann führte einen Großbetrieb und holte ja wohl kaum sein Futter sackweise in Genua ab?

»Frau Sieber, um nochmals auf Antonia Bauernfeind zurückzukommen«, sagte Irmi. »Die hat sich außer dieser einen kurzen Kontaktaufnahme wirklich nicht bei Ihnen gemeldet? Oder hat Sie besucht?«

»Nein, wieso auch?«

Das kam zu schnell. Etwas in ihrer Stimme wackelte, was Irmi nicht dem Prosecco zuschrieb. Den schien sie ja sehr gut zu vertragen.

»Wenn wir etwas wissen müssen, sagen Sie uns das, Frau Sieber?«

Für den Bruchteil einer Sekunde schien es so, als knicke

Silvana Sieber ein. Dann straffte sie die Schultern. »Was wollen Sie dauernd? Ich gebe Ihnen die Durchwahl von Amelie. Warum muss ich seine Termine kennen? Das ist nicht mein Job!« Sie leerte ihr Glas. »Und dass diese Antonia tot ist, tut mir leid. Ich kannte sie aber kaum. Ich hab sie einmal gesehen. Und ich muss jetzt auch weg!«

»Die Nägel machen lassen?«, kommentierte Kathi boshaft. »Ach so, ist ja Sonntag. Was machen Sie eigentlich so den ganzen Tag?«

»Ach, Sie meinen, ich häng hier rum?«

Kathi und Irmi schwiegen.

»Ich habe Urlaub. Und sonst arbeite ich in der Altenpflege.« Silvana Sieber fixierte Kathi mit den Augen. »Teilzeit bei einem Pflegedienst. Ich hoffe, das passt zu Ihren Klischees.«

Das kam wirklich unerwartet.

Die Frau schrieb ein Zettelchen und reichte es Irmi. Dann machte sie eine Bewegung zur Tür hin. Da war nichts mehr zu holen.

»Alter!«, rief Kathi, als sie draußen standen.

»Sie lügt oder verschweigt etwas. Oder beides. Aber so kommen wir nicht weiter an sie ran«, sagte Irmi.

»Sie nervt mich einfach. Lungert rum, süffelt Prosecco, macht auf Hasi, macht auf doof. Dabei ist die gar nicht so doof! Und dann haut sie raus, sie sei Altenpflegerin. Wie passt das denn zusammen?«

»Eigentlich sollten wir uns schämen. Wir denken doch auch bloß in Schubladen. Animalprint gleich Luxusweibchen. Und genau genommen ist es ja weder selten noch verwerflich, das Geld des Gatten oder Gefährten auszugeben.

Könntest du auch, wenn du dir einen Geldigen suchen würdest«, bemerkte Irmi grinsend.

»Aber irgendwas weiß die doch!«, meinte Kathi.

»Etwas, was sie mit uns nicht teilen möchte. Leider. Sie mag uns nicht. Dich schon gar nicht!« Irmi lachte, wurde aber gleich wieder ernst. »Wir müssen mehr über Hubsi erfahren. Irgendwo muss der ja stecken. Und sei es im Hafen unter italienischer Frühlingssonne.«

Sie fuhren ins Büro zurück, holten sich einen Kaffee und gruppierten sich um den Schreibtisch von Andrea, die natürlich noch da war. Wie immer war sie sehr effektiv gewesen.

»Also, der Hubertus von Ebersheim stammt von einem Gut in Hessen, bei Homberg an der Ohm.«

»Ohmmm«, machte Kathi.

»Ein Fluss, viel plattes Land mit einigen sehr großen Betrieben, auch Pferdegestüten. Die von Ebersheim haben fast dreihundert Hektar.«

»Das ist viel Holz«, sagte Irmi.

Andrea nickte. »Holz weniger, aber es war ein Mischbetrieb mit Rinderrassen wie Limousin und Charolais, Getreide, Gemüse und einer Hühnerzucht. So was wie alter Landadel, mit Eigenjagd. Der Senior, der 2002 verstorben ist, hieß ebenfalls Hubertus. Er hatte zwei Söhne, das wissen wir ja schon. Der Jüngere hat den Betrieb übernommen, während Hubertus Agrarökonomie in Berlin studiert hat. Da hat er auch seine Frau kennengelernt, in deren Geflügelbetrieb in Brandenburg er eingeheiratet hat. Er scheint ziemlich erfolgreich gewesen zu sein, aber die Ehe wurde geschieden.«

»Weiß man, warum?«, fragte Irmi.

»Nein, aber interessant ist, dass er nach der Scheidung den Betrieb verlassen und wenig später den maroden Konkurrenzbetrieb gekauft hat. Wo er einen kometenhaften Aufstieg hingelegt hat.«

»Gekauft hat? Da reden wir doch von ordentlichen Summen, oder?«

»Keine Ahnung, so weit konnte ich noch nicht vordringen. Ich habe im Archiv eines Agrarblatts gelesen, dass er und seine Frau unterschiedliche Vorstellungen von der Geschäftsführung gehabt hätten. Die Branche war wohl überrascht, dass er in den maroden Betrieb in der Lausitz investiert hat. Aber er hat furios expandiert. Der Betrieb heißt heute MyEi und besteht aus fünfzehn Ställen mit etwa achthunderttausend Legehennen. Fünf Ställe liegen in Niederbayern, zehn in der Lausitz. Die Rede ist von rund zweihundert Millionen Eiern jährlich.«

»Wahnsinn!«, sagte Kathi. »Und die hocken bei so einem Arsch in Legebatterien, oder?«

»Nein, MyEi scheint ein Vorzeigebetrieb zu sein, mit Bodenhaltung und Freilandhaltung. Er hat sogar eine Biolinie, das sind die Eier aus Niederbayern. Außerdem verkauft er Hühnermobile.«

»Was bitte?«

»Na, diese Camper für Hühner, die man momentan überall sieht. Meist in Kombination mit einem Vierundzwanzig-Stunden-Eierautomaten am Hof«, erklärte Andrea.

Sie schwiegen eine Weile.

»Ehrlich gesagt denke ich wenig über Hühner nach«, brachte es Kathi auf den Punkt. »Wir hatten immer eigene

Hühner. Die haben wir übrigens immer noch, Elli liebt sie. Deshalb behält sie sogar die uralten, die nicht mehr legen.«

»Bernhard hatte auch Hühner, die sind aber mit nach Ungarn gezogen«, sagte Irmi und schluckte. »Und jetzt bekomme ich meine Eier von Lissi. Die hat übrigens auch so ein Hühnermobil.«

»Ja, aber die meisten Leute kaufen ihre Eier im Supermarkt. Die von MyEi sind jetzt ganz groß in die Werbung mit den Bruderhähnen eingestiegen. Schaut mal.« Andrea drehte den Bildschirm, damit alle die süßen Flauschküken sehen konnten. Der Slogan über dem Foto lautete: »Lasst die Brüder leben!«

Irmi ließ die Augen über den Bildschirm wandern. Die Worte Achtsamkeit und Gewissen kamen beinahe inflationär vor. Die Sprache hatte sich verändert, neue Worte hatten Hochkonjunktur. Vulnerabel, Mutante, Maskenpflicht, Inzidenz, Verschwörungstheoretiker, Superspreader und Schwurbler – das waren die Gewinner im Duden. Und jetzt waren die Bruderhähne dazugekommen.

»Das Kükentöten ist seit diesem Jahr verboten«, berichtete Andrea. »Vorher war es so, dass man nur weibliche Legehennen aufgezogen hat, weil sie nun mal Eier legen. Männliche Eintagsküken wurden getötet.«

»War das das mit dem Schreddern?«, fragte Kathi.

»Was ich mir auf die Schnelle anlesen konnte, wurden sie in der Regel per Gas getötet. Das Schreddern ist in Deutschland schon seit zehn Jahren verboten. Die Bilder, die man sieht, sind angeblich Polemik und stammen aus dem Ausland. War zumindest auf einer Seite der Geflügelhalter zu lesen. Ob das stimmt, weiß ich nicht.«

Sie schwiegen eine Weile und starrten auf den Bildschirm. Die gelben Küken blickten sie vom Bildschirm heraus ach so putzig an.

»Okay«, meinte Irmi schließlich. »Es bleibt dabei. Wir müssen mit Hubsi reden. Wir haben zwar die Nummer der Sekretärin, da wird heute aber keiner sein. Ich verdamme euch zu einem freien Sonntagnachmittag. Was macht ihr?«

»Ich putz meine Pferde«, sagte Andrea. »Die verlieren Berge von Winterpelz.«

»Und du, Kathi?«

»Ich mach nix. Setz mich in die Sonne und hoffe, dass Elli einen Kuchen gebacken hat«, meinte Kathi.

Was mehr als wahrscheinlich war, dachte Irmi. Und womöglich würde sie von Lissi auch ein Stück bekommen.

Als sie auf den Hof fuhr, rannte Raffi ihr entgegen. Wenig später kam Lissi. Sie sah ernst aus.

»Lissi, was ist los?«

»Der Kater …«

»Was ist?«

Irmi befürchtete immer, dass die Kater weiter weglaufen und unten an der Straße überfahren werden könnten. Sie war zwar nur für Anlieger frei, aber eben auch eine ländliche Rennstrecke. Doch die Alternative wäre gewesen, die beiden im Haus zu lassen, und das war für Irmi keine Option.

»Der Kleine, er liegt hinter unserem Holzregal. Raffi hat ihn gefunden.«

»Tot?«

»Nein, aber völlig apathisch.«

Sie folgte Lissi zu einer Holzbeige, die sich ans Ferienhaus lehnte. Irmi ging in die Knie, und hinter dem Holz, auf welken Blättern, lag er. Sie zog ihn ganz vorsichtig heraus und erschrak. Er wog fast nichts mehr. »Hilf mir«, sagte sein Blick, der Irmi erschütterte.

Sie trug ihn ins Haus und wickelte ihn in eine Decke. Das hätte er sonst nie zugelassen. Sie streichelte ihn mechanisch.

»Ich ruf an«, sagte Lissi.

Er dauerte eine halbe Stunde, bis die Tierärztin da war. Sie horchte ihn ab. Sah Irmi an.

»Ich bin ein bisschen geschockt, dass es nun doch so schnell gegangen ist. Wir könnten natürlich versuchen …«

»Nein«, sagte Irmi.

»Das ist sicher besser so. Wir gewinnen maximal eine Woche. Er steuert in ein Multiorganversagen.«

Die Tierärztin zog die erste Spritze auf.

»Er wird gleich schlafen«, sagte sie.

Schlafen? Irmi versuchte immer noch, die Tränen zurückzuhalten. Sie stammte schließlich aus einer Landwirtschaft. So war es nun mal – ein Kommen und Gehen. Ein sanfter Frühling, ein schneller Sommer, ein welkender Herbst, ein stiller Winter. Farbe und Tristesse im Wechsel. Ein ewiger Reigen.

Doch sie hatte sich nie daran gewöhnt. Nicht bei Wally, nicht bei Irmi Zwo und schon gar nicht beim Kater. Der Kleine, der immer schon so zart gewesen war, ganz anders als der Große mit dem dicken Katerschädel. Er war auch nie so selbstbewusst gelaufen wie der Große, der immer wie ein breitbeiniger Django unterwegs war. Und der Kleine war zwei Jahre jünger, warum musste er vor seinem Freund gehen? Er hatte schon beim letzten Wiegen nur noch zwei-einhalb Kilo gewogen, Pelz über einem Skelett. Das ruhelose Herz, die völlig entgleiste Schilddrüse. Es war nicht neu, doch es hatte sich in den letzten Monaten manifestiert. Die Verluste nahmen zu, überwogen längst das, was es noch zu gewinnen gab.

Irmi hatte immer gedacht, ihr würden die Krisen erspart bleiben, die andere an runden Geburtstagen befielen. Sie hatte sogar den Sechziger recht unaufgeregt überstanden. Aber nun sprang es sie an: Es würden immer mehr Tage kommen, die aus Abschieden bestanden, von Menschen, von Tieren. Von Ideen und Idealen. Von Hoffnungen. Warum war sie keine, die plötzlich nach Goa oder Sri Lanka flog, Yoga lernte und den dreißig Jahre jüngeren Lehrer vögelte? Warum begann sie nicht ein spätes Studium der Psychologie oder Philosophie, um sich selbst zu finden? Vermutlich, weil sie nichts mehr zu finden hatte. Die Fakten waren auf dem Tisch, genau wie die Brösel und ein Kaffeefleck. Sie war nun einmal so, wie sie war. Pragmatisch, praktisch, zufrieden. Und wenn sie diese berühmten drei Wünsche frei hätte? Raffi sollte ewig leben, der große Kater auch, und Fridtjof sollte bitte nicht vor ihr sterben ...

Der Kater schnarchte nun. Sie streichelte ihn mechanisch. Er übergab sich noch einmal. Ja, es war zum Kotzen, dieses ganze dumme Leben. Die Tierärztin horchte nochmals hin, zog die Spritze auf. Release hieß das Präparat, ein hübscher Name für den Tod.

»Er hat es geschafft«, sagte sie schließlich und drückte Irmis Hand.

Der Kleine hatte es geschafft, Irmi hingegen würde das

Bild nun mit sich herumtragen. Wieder ein Bild in der Totengalerie. Und da war dieser untröstliche Schmerz.

Sie ging hinaus. Der Himmel sah dramatisch aus – helltürkis mit orangefarbenen Schlieren. Die Berge standen schwarz und schweigend da, aber das Orange umgab sie wie ein Feuerschleier. Der Himmel zollte dem Kater allen Respekt.

Lissi hatte auch den Hasen angerufen, der plötzlich dastand. Er umarmte Irmi nicht, denn er wusste, dass sie das jetzt nicht konnte. Einen Moment sah er sie an, dann verschwand er und kam nach zwanzig Minuten wieder. Er hatte drüben zusammen mit Lissis Sohn Felix eine kleine Holzkiste zusammengeschraubt. Einen Sarg. Darauf stand: *Der Kleine, ein großer Jäger.*

»Ich habe ein Loch ausgehoben«, sagte er leise.

Ein Grab neben Wally. Sie setzten den Sarg hinein. Warfen Erde darüber. Stellten eine Grableuchte drauf.

»Auf den Kleinen«, sagte der Hase und reichte Irmi, Lissi und Felix einen Zirbenschnaps.

Sie heulten alle. Auch die Landwirtin Lissi gönnte sich Tränen an Katzengräbern, wenn ein Lamm einging oder ein anderes Lieblingstier gehen musste. Dafür liebte Irmi sie und den Hasen. Für vieles andere auch, aber ganz besonders für solche Momente.

Der Tod von Tieren wog genauso schwer wie der von Menschen – oder sogar schwerer. Als alle weg waren, Irmi im Bett lag und der große Kater sich auf ihre Füße legte, kamen die anderen Tränen. Die Flutwellentränen, die aber den Schmerz nicht wegspülten.

7

Als Irmi am nächsten Morgen ins Büro kam, war sie auf eine Weise müde, die nichts mit Anstrengung zu tun hatte.

»Du siehst scheiße aus«, war Kathis Begrüßung.

»Der Kleine ist tot. Wurde gestern eingeschläfert.«

»Ach, Mist. Aber er hatte dich«, sagte Kathi, und dieser Satz umfasste viel mehr als Plattitüden wie: Aber er hatte so ein schönes Leben.

Andrea hatte den Verlust auch mitbekommen und drückte Irmi die Hand.

»Lasst uns in der Lausitz anrufen«, sagte Irmi. Es musste weitergehen. Es ging auch weiter, aber die Gewichte an den Schuhen wurden schwerer. Es waren eben nicht mehr die Siebenmeilenstiefel der Jugend.

»Ich stell mal auf laut«, sagte Irmi, bevor sie wählte.

Man hörte Gackern. Dann Gesang.

»So, ihr lieben Hühner! GOCK!
Es gibt viel zu tun.
GOCK, GOCK, GOCK, GOCK, GOCK!
Schluss jetzt mit dem Schlendrian,
mit Gackern und mit Ruhen!
GOCK, GOCK, GOCK, GOCK, GOCK!
Hier in dieses weiche Stroh, GOCK,
setzt ihr euren kleinen Po! GOCK!«

»Alter!«, raunte Kathi.

»Eins, zwei, drei!
Ein schönes Hühnerei.
Eier, Eier! GOCK! GOCK!
Eier, Eier, yeah!
So, ihr lieben Hühner ...«

»MyEi, Sie sprechen mit Amelie Lohberger, guten Tag.«

Irmi war versucht zu gackern. »Interessanter Pausenton.«

Frau Lohberger lachte. »Das hören wir oft. Was kann ich für Sie tun?«

»Ich hätte gerne Hubertus von Ebersheim gesprochen.«

»In welcher Sache?«

»In einer polizeilichen. Hier spricht Hauptkommissarin Irmgard Mangold aus Garmisch-Partenkirchen. Es geht um zwei Todesfälle, wir müssen Herrn von Ebersheim als Zeugen befragen.«

»Ähm. Das wird schwierig. Er ist nicht da.«

»Dann geben Sie mir seine Nummer!«

»Das darf ich nicht.«

»Schauen Sie, Frau Lohberger, ich kann auch die Kollegen bei Ihnen da oben in Gang setzen, die gleich bei Ihnen auf der Matte stehen, oder aber Sie geben mir die Nummer.«

»Die wird Ihnen wenig nützen. Er ist nicht erreichbar.«

»Was heißt das?«

»Dass er nicht erreichbar ist.«

»Frau Lohberger, ich meine das ernst! Ich will Ihren Chef sprechen!«

Kurzzeitig herrschte Schweigen, dann sagte sie kleinlaut: »Ich erreiche ihn auch nicht.«

»Was soll das heißen?«

»Ich habe mehrfach versucht, ihn anzurufen. Auf beiden Telefonen, ich habe ihm auch Mails geschrieben. Er antwortet nicht.«

»Seit wann?«

»Wir haben am Dienstag, den 22. März noch telefoniert. Er war in Italien, wo er gerade eine Villa renovieren lässt. Er sagte mir, er hätte am Mittwoch einen Termin, auf den er sich freue.«

»Was für ein Termin war das?«

»Hat er nicht gesagt. Aber er hat gelacht. Muss etwas Positives gewesen sein. Was Privates, glaub ich. Am Donnerstag hab ich ihn aber nicht mehr erreicht. Normal haben wir da ein Zoom-Meeting mit allen Akteuren. Aber das ist kein Problem, die beiden Geschäftsführer können sich auch ohne ihn austauschen.«

»Das heißt, Sie haben seit Tagen nicht mehr mit Ihrem Chef kommuniziert? Ist das nicht ungewöhnlich?«, fragte Irmi.

»Ja und nein. Er ist öfter mal den ganzen Tag in Meetings oder im Ausland und deshalb nicht zu erreichen. Allerdings checkt er abends seine Mails.«

»Und jetzt antwortet er gar nicht? Sie sagen mir gerade, Ihr Chef sei verschwunden? Untergetaucht?«

»Er will eben nicht gestört werden. Das ist ja auch sein gutes Recht. Ich notiere mir Ihre Nummer.«

»Gibt es in der Firma sonst jemanden, der oder die Bescheid weiß, wo er sein könnte?«

»Wir haben zwei Betriebsleiter, einen in Niederbayern und einen hier. Die kann ich fragen.«

»Dann tun Sie das bitte. Holen Sie den Herrn vor Ort am besten ans Telefon!«

»Ich muss Herrn Kubasch anpiepsen. Er meldet sich gleich.«

»Gleich ist sofort!«

»Ja, natürlich. Ich leg jetzt auf.«

Irmi sah in die Runde.

»Ich fass es nicht!«, rief Kathi. »Der Mann ist nicht mal für seine Assistentin erreichbar, da stimmt doch etwas ganz und gar nicht! Ich sag euch, der hat da in Italien was am Laufen. Die Silvana war ihm nicht genug!«

»Eine Affäre?«, fragte Andrea.

»Na, er hat doch gesagt, er freut sich schon!«

»Abwarten, mal sehen, was der Betriebsleiter zu sagen hat«, wiegelte Irmi ab.

Der rief wenige Minuten später tatsächlich an. »Jakob Kubasch, was kann ich für Sie tun?«

Irmi stellte sich erneut vor und erläuterte ihr Anliegen. »Wie ermitteln im Fall zweier ungeklärter Todesfälle, und beide Opfer haben in der Villa von Herrn von Ebersheim gearbeitet. Wir möchten ihn sprechen.«

»Aha«, sagte Kubasch. »Da sollten Sie eher mit Adam Zieliński reden.«

»Dem Bauleiter? Der ist Ihnen bekannt?«

»Natürlich, ein guter Mann. Er hat hier bei uns in der Oberlausitz schon einige Umbauten vollzogen. Er selbst wohnt in Bautzen. Hubertus hat ihn schon öfter beauftragt. Jetzt hat er diese Villa am Lago Maggiore erworben und Adam mit der Renovierung betraut. Das wird bestimmt ein schönes Anwesen. Ich selber war noch gar nicht da.«

»Herr von Ebersheim aber schon?«

»Ja, natürlich. Er gibt die Dinge nie ganz aus der Hand. Zum letzten Mal war er übers Wochenende 19./20. März unten. Womöglich war er auf dem Weg nach Genua, da lag die Villa ja auf dem Weg.«

Das war interessant. Der Betriebsleiter wusste Bescheid, die Assistentin auch, nur seine Lebensgefährtin nicht? Kathi flüsterte grinsend: »Die Häfen.«

»Herr Kubasch, Frau Lohberger sagte uns, sie erreiche ihren Chef nicht.«

»Nun ja, das würde ich nicht so hoch hängen. Amelie hat einen kleinen Kontrollzwang. Wenn er ihr mal irgendwas nicht gleich abzeichnet, geht ihre Welt unter.« Er lachte. »Es kann durchaus mal vorkommen, dass er so beschäftigt ist, dass er sich nicht gleich zurückmeldet. Der Betrieb läuft, und er weiß ihn in guten Händen. In meinen und in denen von Josef.«

»Josef?«

»Josef Bieramperl, das ist der Betriebsleiter in Niederbayern. Wir arbeiten selbstständig, und einmal die Woche haben wir ein Zoom-Meeting, immer donnerstags.«

»Das letzte hat er verpasst.«

»Ja, aber das macht nichts. Dafür wird er am 31. März mit Sicherheit dabei sein.« Er lachte erneut.

»Wie schön, dieses Vertrauen in Ihre Kompetenz!«, bemerkte Irmi. »Hat er Ihnen gegenüber erwähnt, wohin er wollte? Frau Lohberger hat ihn zuletzt am 22. gesprochen, das ist fast eine Woche her. Haben Sie seitdem mit ihm telefoniert?«

»Nein, solange alles läuft, muss ich nicht telefonieren. Sie verstehen schon das Wesen eines Chefs? Er hat zwei Betriebsleiter für das operative Geschäft. Wenn er aus Italien kam, hat er womöglich einen Abstecher zum Standort Niederbayern gemacht. Da werden Sie den Josef fragen müssen. Der ist ein bayerisch jovialer Geselle, der gefällt Ihnen bestimmt. Wenn es nur um eine Zeugenaussage geht, wird das ja nicht hochbrisant sein. Bitte haben Sie Verständnis: Wir haben zurzeit wirklich sehr viel Arbeit, wir müssen umstrukturieren und reorganisieren.«

»Wegen der Bruderhähne?«

»Ja, unter anderem. Ich will Sie jetzt nicht mit Firmeninterna langweilen, die auch nichts zur Sache tun. Aber ja, wir sind da Vorreiter, was die Bruderhähne betrifft, es ist uns ein großes Anliegen, das Tierwohl hat oberste Priorität.«

Da hatte einer den PR-Talk aber sehr gut gelernt und verinnerlicht, dachte Irmi. Von dem Mann war nichts zu erwarten, er würde nie seinen Chef diskreditieren.

»Gut, danke. Wie erreichen wir Herrn Bieramperl?«

»Ich schicke Ihnen die Nummer auf das Handy, mit dem Sie mich angerufen haben. Einverstanden?«

»Sicher.«

Sie legten auf.

»Da liegt doch was im Argen! Daheim ist er nicht, im Büro ist er verschollen. Zum virtuellen Donnerstagsmeeting kommt er auch nicht. Und dann lacht dieser Typ die ganze Zeit so blöde.«

»Das sind eben fröhliche Menschen in der Oberlausitz«,

entgegnete Irmi grinsend. »Wo genau liegt die Firma eigentlich?«

»Irgendwo bei Horka im Landkreis Görlitz«, sagte Andrea.

»Wie das schon klingt! Das muss ja der totale Arsch der Welt sein!«

»Nicht unbedingt. Das ist gleich bei der A4, und die Gewerbemieten sind sicher sehr günstig«, meinte Andrea. »Außerdem liegen ganz in der Nähe der östlichste Punkt Deutschlands und die Polizeihochschule von Sachsen.«

Kathi grinste. »Echte Highlights!«

»Wenn wir das Geografische geklärt hätten, Kathi, was wissen wir jetzt eigentlich?«, fragte Irmi.

»Dass der Eierbaron weg ist. Was, wenn er auch das Zeitliche gesegnet hat?«, schlug Kathi vor.

»Na ja«, sagte Irmi. »Er kann doch wirklich in Niederbayern sein. Das klären wir. Womöglich sehen wir Gespenster.«

»Und wenn er auch, ähm, irgendwo tot in Italien liegt?«, fragte Andrea.

»Dann wäre unsere Theorie, dass er die beiden umgebracht hat, ziemlich wacklig«, sagte Irmi.

»Aber irgendwas stimmt da nicht. Und seine High-Heels-Trulla, die hat uns auch irgendwas verschwiegen«, meinte Kathi. »Die erreicht ihn doch ebenfalls nicht!«

»Würde man ihn dann nicht als vermisst melden?«, fragte Irmi.

»Nicht unbedingt«, entgegnete Kathi. »Ich sag euch: Der hat wirklich eine Affäre, womöglich mit einer schicken Italienerin, mit der er durch die Häfen zieht.«

»Wie kommst du auf Häfen?«, wollte Andrea wissen.

Kathi erzählte ihr von Silvana Siebers seltsamer Formulierung, dass ihr Mann auch mal zu den Häfen fahre.

Sie schwiegen und überlegten.

»Ich ruf mal den Bieramperl an«, sagte Irmi schließlich. »Ich stell mal den Lautsprecher an, dann könnt ihr mithören.«

»Bei dem Namen sollte man in der Brauerei arbeiten, nicht beim Eierbaron«, kommentierte Kathi.

Der Niederbayer war offenbar aus der Lausitz vorgewarnt worden, denn er wusste schon vom Anliegen der Kommissarinnen. Seine Aussage unterschied sich kaum von der des Kollegen. Nur sprach er anders als der sächsische Herr Kubasch ein breites Niederbayerisch. Außerdem berichtete er, dass von Ebersheim am 22. März gegen Nachmittag bei ihm gewesen sei.

»Und wo ist er dann hingefahren?«

»Er hat einen Anruf bekommen, der ihn augenscheinlich amüsiert hat.«

»Amüsiert?«

»Ja, er meinte, da käme eine Privatsache auf ihn zu, auf die er sich freue.«

So ähnlich hatte das die Assistentin auch formuliert.

»Inwiefern freute er sich?«, hakte Irmi nach.

»Keine Ahnung. Ich lausche doch nicht. Er hat gelacht und hinterher gesagt, es ginge um eine private Lappalie. Das war es auch schon.«

Private Lappalie? Womöglich hatte Silvana ihn heimzitiert, um ihn wegen der mutmaßlichen Affäre zur Rede zu stellen. Irmi sah Kathi an, die dasselbe zu denken schien.

Was, wenn Silvana ihn im Streit getötet hatte? Dann hätte sie Grund genug, sich mit Prosecco zu betäuben.

Es war still in der Leitung.

»Sie sind gar nicht so gesprächig wie angekündigt«, bemerkte Irmi lächelnd.

»Das haben Sie von Jakob, dem Spruchbeutl, oder?«

»Er hat Sie als jovial beschrieben.«

»Jovial meinethalben, aber nicht neugierig. Das Privatleben vom Hubertus geht mich nichts an. Wir haben am Donnerstag ein Zoom-Meeting, da wird er da sein.«

Auch das hatten sie schon gehört.

»Als er bei Ihnen losfuhr, wohin wollte er da?«

»Weiß ich nicht!«

»Garmisch?«

»Liebe Frau Kommissarin, ich bin doch nicht sein Kalender. Kann sein, dass er nach Garmisch ist.«

»Wissen Sie von seiner Villa am Lago Maggiore?«

»Ja, natürlich. Die wird grad renoviert. Er hat uns in Aussicht gestellt, dass wir alle mal da Urlaub machen können. Aber jetzt muss ich weitermachen. Hier brennt die Hütte. Es geht um …«

»… um das Tierwohl der Bruderhähne?«, bemerkte Irmi süffisant.

»Wenn Sie mich jetzt entschuldigen würden?«

»Sobald sich Ihr Chef meldet, richten Sie ihm bitte aus, er soll uns anrufen!«

»Richte ich aus.«

Klick, weg war er.

»Na toll!«, rief Kathi.

»Immerhin haben wir eine Art Zeitplan. Er war am letzten Wochenende in Cannobio. Von Jan Zieliński wissen wir, dass er dort mit Hannes Vogl gesprochen hat, der seinerseits am 22. März tot in der Schlucht lag. Am selben Tag ist von Ebersheim nachmittags in Niederbayern. Er hat offenbar was Privates vor und ist seit dem 24. definitiv nicht mehr erreichbar. Das Private könnte etwas mit Garmisch zu tun haben. Und wir haben ja den Eindruck, dass Silvana Sieber uns etwas verschweigt.«

»Ich sag es noch mal: Der hat eine Affäre!«, rief Kathi. »Seine Proseccomaus ist dahintergekommen, es gab Zoff in der Protzburg, und womöglich hat sie ihn in Prosecco ertränkt oder mit dem Absatz ihrer High Heels erstochen.«

»Na ja«, meinte Andrea wenig überzeugt.

»Oder sie weiß, dass er eine andere poppt«, fuhr Kathi fort. »Das wollte sie uns aber nicht auf die Nase binden. Erzählt man ja auch nicht jedem. Und er ist einfach weiter auf Vögel-Urlaub. Da würd ich mich auch nicht melden.«

»Ach was!« Irmi grinste.

Andrea schüttelte nur den Kopf.

»Kathi, alles recht und schön«, sagte Irmi. »Aber bevor wir jetzt bei Silvana die Tiefkühltruhe durchforsten oder nachschauen, ob der Garten auffällig umgebuddelt ist, würde ich doch lieber versuchen, ihn anderweitig aufzutreiben.«

»Wenn der überhaupt noch lebt. Ich trau das der Silvana schon zu. Die hatte was zu verbergen!«

»Mag sein, Kathi. Aber wir sind jetzt irgendwie von Hannes Vogl und Antonia Bauernfeind abgekommen«, warf Andrea ein.

»Ich habe immer noch das Gefühl, wir müssten mehr

über das Unternehmen MyEi wissen«, sagte Irmi. »Wie läuft das überhaupt in so einem Großbetrieb? Mir waren die beiden Betriebsleiter zu smart, zu glatt. Ich will wissen, mit wem ich es zu tun habe.«

»Wir könnten auch mal den Bruder kontaktieren, diesen Volker von Ebersheim«, schlug Andrea vor.

»Gute Idee. Du hattest neulich die Homepage erwähnt, oder?«

»Ja, ich mach sie mal auf.«

So eine Internetpräsenz war wirklich eine tolle Sache. Hochglanz für Emotionen. Auf der Startseite war ein Weiher zu sehen, an dessen Gestaden Weiden ins Wasser hingen. Ein Schwan zog seine Bahn, dahinter stand der Gutshof. Ein Sandweg, akkurat geharkt, endete an einer ausladenden Treppe. Das altehrwürdige Haus verfügte über ein Hochparterre, einen ersten Stock und ein Dachgeschoss. Irmi sah vor ihrem inneren Auge Damen mit langen Kleidern umherflanieren und auf dem Weiher einen Kahn, mit dem ein Herr seine Geliebte spazieren fuhr.

Auf den anderen Seiten wurde der Bioland-Betrieb vorgestellt, der Biogemüse und Getreide erzeugte. Die Fotos von Weizen, Roggen und Dinkel erinnerten an Gemälde, und die Pilze der Shiitakezucht sahen aus wie Kunstwerke. Eine Schafherde der Rasse Shropshire, die gerade durch ein lichtes Wäldchen zog, komplettierte das Bild. Eine Seite widmete sich einzig und allein den ökologischen Bemühungen des Betriebs. Es gab eine Hackschnitzelheizung und eine Photovoltaikanlage, Naturmaterialien wie Lehmputz und Seegras wurden bei Renovierungen als Dämmstoff eingesetzt, und man war offenbar sehr um Plastikvermeidung bemüht. Der Betrieb fungierte auch als Demonstrationsbetrieb – für Verbraucher, Berufskollegen und Vermarkter von Bioprodukten, aber auch für Auszubildende, Schüler und Studenten. Außerdem gab es drei hübsche, augenscheinlich neu gebaute Ferienhäuschen am Weiher, die in Naturmaterialien eingerichtet waren, puristisch und doch sehr ansprechend, fand Irmi.

»Sieht toll aus«, meinte Andrea.

»Auf einer Homepage kann man viel erzählen«, sagte Kathi wenig beeindruckt. »Da ist nie auch nur ein Fitzelchen Dreck zu sehen. Da kannst du vom Boden essen. Wenn ich da an so manchen Grattler-Bauern bei uns denke.«

»Na, die haben aber auch keine Homepage«, meinte Irmi und grinste. »Am besten rufen wir diesen Volker von Ebersheim mal an. Ich probier es mit der Handynummer.«

Es läutete länger, dann wurde abgehoben. Im Hintergrund war es ziemlich laut. Man hörte ein »Moment, bitte«, dann verstummte eine Maschine.

»Volker Ebersheim, guten Tag.«

Interessant, dachte Irmi, er ließ den Titel weg.

»Hier Irmgard Mangold, Kriminalpolizei Garmisch. Ich schalte mal auf laut, damit meine Kolleginnen mithören können. Sie sind es selber?«

Er lachte. »Mein Sekretär hat heute frei. Nein, im Ernst, warum sollte ich es nicht selber sein?«

»Sie führen einen großen Betrieb.«

»Ja, aber ich geh noch selber ans Telefon, und ich fahr auch selber Trecker. Ab den Osterferien haben wir Urlaubsgäste, da hilft mir eine Perle. Warum meldet sich die Kripo aus dem schönen Garmisch?« Er betonte das schön etwas merkwürdig.

»Wir suchen Ihren Bruder.«

»Inwiefern suchen Sie ihn?«

»Nun, wir erreichen ihn nicht, würden ihn aber gerne zu zwei Todesfällen befragen.«

Es wurde kurz still. »Todesfälle, die er verursacht hat?«, fragte Volker Ebersheim dann.

»Nein, es geht um eine Zeugenaussage, die aber sehr wichtig wäre«, wiegelte Irmi ab.

»Aha. Waren Sie schon bei Silvana? Sie ist seine Partnerin.«

»Sicher, aber sie konnte uns auch nicht helfen.«

»Aha. Wissen Sie, Frau Mangold, mein Bruder und ich pflegen schon seit Jahren keinen Kontakt mehr. Nur bei ganz seltenen Familienanlässen, Todesfällen zumeist, treffen wir uns. Ansonsten haben sich unsere Wege getrennt.«

»Zoff?«, warf Kathi ein.

Wieder lachte er. Es klang sympathisch. »Nein, wir haben einfach unterschiedliche Lebenswege eingeschlagen.«

»Sie haben den Hof übernommen?«

»Hubertus wollte sich hier nicht einbringen. Ich weiß aber auch nicht, was das mit Ihrer Frage zu tun hat.«

»Nichts, wir hatten nur die Idee, dass Sie ihn vielleicht kürzlich gesprochen hätten.«

»Nein, und falls Sie das interessiert, ich bin auch in keiner Weise über seine Geschäfte informiert. Mein Hühnerwissen reicht so weit, als wir acht Vorwerkhennen und einen Hahn haben. Für den Eigenbedarf.«

»Aber Sie kennen Silvana Sieber?«

»Auch nur von den wenigen Familienanlässen. Aber sie sollte ja am ehesten wissen, wo er ist.«

Sollte, ja!

»Herr von Ebersheim, dann entschuldigen Sie die Störung. Einen schönen Hof haben Sie da.«

»Sie sind herzlich eingeladen. Unsere Ferienhäuschen sind sehr beliebt. Falls Ihnen die Berge mal zu sehr aufs Gemüt drücken sollten – hier ist es ziemlich flach.« Wieder lachte er.

»Danke, das behalten wir im Hinterkopf. Auf Wiederhören.«

»Wiederhören.« Und weg war er.

»Gut, der hat mit seinem Bruder wenig zu tun. Etwas sagt mir aber, dass er bestimmt mit ihm Zoff hatte«, meinte Kathi.

»Das kommt in den besten Familien vor. Und wenn der Hubertus in einen großen Betrieb eingeheiratet hat, ist es doch nur logisch, dass er dem Bruder den Hof überlässt.«

»Trotzdem«, sagte Kathi.

»Der Anruf beim Bruder war eine Sackgasse. Wir brauchen Hintergrundwissen über Geflügelbetriebe. Nicht bloß geschönte Homepages und PR-Parolen.«

»Wir brauchen also wen, der sich auskennt mit Geflügelhaltung im großen Stil«, fasste Kathi zusammen. »Hat nicht Lissi so ein Hühnermobil?«

»Stimmt, da sind dreihundert Hühner drin oder so«, sagte Irmi. »Ich ruf Lissi mal an, womöglich hat sie noch irgendwelche Ideen oder Kontakte.«

Irmi ging hinaus. Sie mochte es nicht, wenn ihr jemand beim privaten Telefonieren zuhörte.

»Lissi, ich hätte ein Anliegen.« Sie erklärte, worum es ging. Und auf Lissi war Verlass.

»Also, die Veronika ist eine Bekannte von mir, und die hat einen Geflügelhof mit rund zehntausend Legehennen.«

»Nicht gerade klein, oder?«

»So groß ist das gar nicht. Aber Veronika ist sehr engagiert. Sie ist auch Kreisrätin und setzt sich immer für landwirtschaftliche Belage ein. Gute Frau.«

»Kannst du sie bitte anrufen und fragen, ob wir sie besuchen dürfen?«

»Klar, ich ruf dich gleich zurück.«

Tatsächlich klingelte wenig später Irmis Handy.

»Veronika würde euch schon was über ihre Arbeit erzählen. Es würde ihr sogar gleich heute passen. Sie kennt natürlich auch MyEi. Sie hätte nur gerne …«

»Was?«

»… dass ich mitkomme.«

»Das sollte möglich sein. Wo müssen wir hin? Soll ich dich abholen?«

»Veronikas Hof ist bei Weilheim. Ich schick dir die Adresse. Ich selber bin grad unterwegs. Ich komme direkt hin.«

Irmi lächelte in sich hinein. Es war großartig, dass Lissi »unterwegs« war. Seit einer Weile nahm sich ihre Nachbarin einmal in der Woche Zeit – für sich selber nämlich – und verließ für ein paar Stunden den Hof. Für eine Bäuerin fast unglaublich. Lissi war immer ein properes Energiebündel gewesen und niemals krank, doch dann hatte sie vor etwa zwei Jahren eine Sommergrippe erwischt. Bis dahin war sie nur selten zum Doktor gegangen, und es war der Hase gewesen, der sie sanft gezwungen hatte, einen Arzt aufzusuchen. Er hatte ihr seinen eigenen Arzt empfohlen, der Borreliose diagnostiziert hatte. Letztlich hatte Lissi eine Antibiotikatherapie machen müssen, obwohl sie so etwas bis zu dem Zeitpunkt verachtet hatte. Die Krankheit war bis auf seltene Gelenkschmerzen glücklicherweise ausgeheilt, aber für Lissi war das ein Alarmsignal gewesen. Ihr war bewusst geworden, dass auch sie nicht unverwundbar war. Seither gönnte sie sich ab und zu etwas. Sie unternahm harmlose Dinge wie einen Bummel durch Murnau, mal ging sie zur Kosmetikbehandlung, mal in Weilheim oder Kempten zum Friseur oder zum Einkaufen. Minireisen, für andere kaum der Rede wert, für Lissi aber ein Quantensprung.

Irmi hatte noch ein leichtes Lächeln auf den Lippen, als sie ihren Kolleginnen vom Telefonat mit Lissi berichtete. Sie bat Andrea, mehr über Hubertus von Ebersheim zu recherchieren. Dann setzte sie sich mit Kathi ins Auto. Sie fuhren durch Murnau und Weilheim und kamen dabei an Weinzirls Zuhause vorbei.

»Man hört wenig vom Kollegen«, bemerkte Irmi.

Kathi schwieg. Ihre Beziehungen, sofern man das Wort überhaupt benutzen konnte, waren eine Dauerbaustelle. Zäher als jede Wanderbaustelle auf der Autobahn.

»War das eine Frage?«

»Eher ein Impuls«, meinte Irmi lächelnd.

»Manche Impulse verhallen ungehört, oder?«

»Seid ihr zusammen? Habt ihr wilden Sex? Oder geht es womöglich um Gefühle? Das waren jetzt ganz konkrete Fragen!«

»Es geht doch immer um Gefühle«, sagte Kathi überraschenderweise. »Gute, schlechte, verwirrende, welche, die sich festsetzen, welche, die man loswerden möchte, welche, die einfach davonplätschern.«

Irmi sah sie interessiert von der Seite an. »Und mitten in der Betrachtung diverser Gefühle, wo stehst du da?«

»Es ist schwierig.«

»Ist es bei dir doch immer!«

»Es hat total scheiße angefangen.«

»An dieser Stelle müsste ich jetzt sagen: So ist es bei dir immer!«

Als Irmi und Gerhard Weinzirl vor zwei Jahren in einem Fall zusammengearbeitet hatten, war Kathi mit ihm in eine heiße Affäre geschlittert, die in seinem VW-Bus bei einer späten Mittagspause ihren Anfang genommen hatte. Und es war etwas geschehen. Er hatte irgendwie Kathis Panzer der Coolness aufgebrochen. Und als Irmi und Weinzirl ohne Wasser in einem eiskalten, hermetisch abgeriegelten Kühlhaus gefangen gewesen waren, hatte er ihr gestanden, dass Kathi ihn aufgewühlt habe. Aber so etwas gab man womöglich leichter zu, wenn man dem Tod ins Auge sah. Danach hatte man Kathi und Weinzirl öfter zusammen gesehen, aber der Kontakt schien im Lauf der Zeit abgeflaut zu sein. Und Irmi hatte nur selten Gelegenheit, Kathi auf solche Themen anzusprechen.

»Wir hatten Sex, ziemlich wilden sogar, und dann wart ihr da am Auerberg gefangen. Ich hatte Angst um ihn, und als ihr wieder raus wart, da waren wir uns sehr nahe. Aber mit jeder Woche Realität und Job und Verpflichtungen ist diese Nähe verschwunden. Ich bin ja schon schlecht darin, Gefühle zuzugeben, aber der Weinzirl ist noch schlechter.

Ich hab mal seine alte Freundin Jo getroffen, die beiden kennen sich ewig, und die hat gesagt, dass er die Kurve nicht mehr kriegt. Weil er nur einmal lieben konnte, und zwar die Miri, die Nichte von Kommissar Baier, seinem Vorgänger. Ein einziges Mal hat er es zugelassen, ohne diese Rüstung aus Zynismus und Bärengebrumme, sagt sie. Und als Miri gestorben war, da war er erloschen. Ich hab nachgelesen: Es gibt Arten, die blühen nur einmal im Leben. Agaven lassen sich sogar bis zu fünfzig Jahre Zeit, bis sie einmal blühen.«

Irmi war betroffen. So weit ging Kathi selten.

»Hast du ihn geliebt?«

»Ich … ich … ja.«

»Ach, Kathi!«

Sie schwiegen.

»Ich hatte um dich damals auch Angst«, sagte Kathi leise. »Und danke, dass du mir jetzt nicht mit Sprüchen kommst wie: Andere Mütter haben auch schöne Söhne.«

»Wollt ich gerade.« Irmi lächelte. »Nein, natürlich nicht. Habt ihr es inzwischen beendet?«

»Nicht offiziell, aber ich bin einfach eine emotionale Trümmerfrau, und der Weinzirl ist dann wohl eine Agave.« Kathi zuckte mit den Schultern. »Fragen beantwortet, jetzt lass uns über was anderes reden. Gock.«

Das war Kathi, das waren ihre Übergänge. So schützte sie ihr Herz, das gar nicht so hart war, wie alle immer dachten.

Sie waren mittlerweile nach Raisting abgebogen, wo die riesigen Parabolantennen grüßten.

»Schon spacig hier. Bestimmt sind die Raistinger alle verstrahlt«, meinte Kathi grinsend.

»Das lass hier mal keinen hören! Das ist schließlich eine

Attraktion von Weltruhm – eine der ersten und größten Erdfunkstellen weltweit!«

»Ja, natürlich, die Bundespost nahm sie Anfang der Sechziger in Betrieb, für Telefonie, Telegrafie, Fernsehen und Radio. Und dazu braucht es die parabolförmigen Reflektoren, die Signale bündeln und wie bei einem Scheinwerfer wieder abstrahlen. Man kann das hier irgendwo sogar selber testen! Zwei Antennen stehen, ich würd mal sagen, etwa vierzig Meter weit auseinander. Zwei Leute stellen sich jeweils auf die markierte Bodenplatte davor. Wenn der eine etwas in die Krümmung flüstert, hört das der an der anderen Antenne glasklar. Was logisch ist: Einfallwinkel gleich Ausfallwinkel. Physik achte Klasse.«

»Du überraschst mich immer wieder, Kathi! Und was ist das Ding, das wie ein Riesenballon aussieht?«

»Die Außenhaut war als Windschutz gedacht, eigentlich sollten alle Antennen so ein Überzieherli bekommen. Aber es gab schnell technische Alternativen, die Anlage war veraltet und sollte sogar abgerissen werden, aber ein Förderverein hat das Ding gerettet.«

Irmi wartete.

»Das Soferl musste mal ein Referat darüber halten. Da waren wir hier und haben eine Führung mitgemacht.«

»Und das hast du dir alles gemerkt?«

»Mein Gedächtnis ist legendär.«

»Das klingt wie eine Warnung«, witzelte Irmi.

8

Das Navi wies ihnen den Abzweig zum Hof. Ein kurzer Feldweg führte an einigen sehr großen Hallen vorbei zu einem Wohnhaus mit Terrasse. Zwei riesige Hunde unbestimmter Rasse kamen angestürmt, von denen der eine ziemlich unangenehm roch. Das schien auch der Frau aufzufallen, die soeben aus der Tür kam.

»Olli, schau, dass du dich schleichst!« Dann sah sie Irmi und Kathi interessiert an. »Der wälzt sich ständig in irgendwas«, erklärte sie. »Hallo zusammen. Kommt doch rein.«

Diese Veronika war eine Art Gegenentwurf zu Lissi. Sehr schlank, sehr attraktiv angezogen. Sie trug zwar Arbeitskleidung, sah dabei aber aus wie ein Model für den Engelbert-Strauss-Katalog. Irmi schätzte sie auf etwa vierzig. Sie wirkte tough, wie eine Frau, die wusste, was sie tat. Irmi und Kathi folgten Veronika durch einen Gang in eine große Wohnküche, wo Lissi schon saß und wie wild winkte.

Sie setzten sich an einen schönen Tisch aus Walnussholz. Auch die Küchenfronten hatten stylishe Holzfronten. Die Einrichtung war hochmodern und hatte rein gar nichts von so mancher Bauernhofküche, die man vorsichtig formuliert als lieblos bezeichnen würde.

Veronika brühte gerade einen Tee aus losen Kräutern auf. Irmi bekam schon wieder ein schlechtes Ernährungsgewissen. Sie trank zu viel Kaffee, und wenn es mal einen Tee gab, hängte sie einfach irgendeinen Beutel in die Tasse.

»Wollt ihr Kandis oder Honig in den Tee?« Sie stellte beides auf den Tisch. »Ist unser eigener. Beim Honig geht es ja auch drunter und drüber. In China zum Beispiel wird der Honig unreif geerntet, die Waben sind noch nicht verdeckelt. Die Süße im Honig sollte ja aus dem Nektar stammen, aber man kann es sich ja auch ein bisschen einfacher machen mit Industriezucker oder Rübenzucker. Das wird dann ein Supermarktprodukt, so ein Plastikflascherl, aus dem der Honig rausgequetscht wird, dann kommt noch ein Bildchen von einer Biene drauf – und fertig. Mal ehrlich: Wer weiß denn schon, wie der genau schmecken müsste? Es wissen ja auch die wenigsten, wie Schweinefleisch schmecken könnte, wenn es nicht aus Fleischfabriken stammte.« Sie sah in die Runde. »Lissi meinte, ihr wolltet was über die Erzeugung von Lebensmitteln wissen. In eurem Fall geht es um Eier, oder?«

Sie hielt sich wirklich nicht mit Small Talk auf.

»Nun, um Eier geht es auch, ja«, erwiderte Irmi. »Wir haben mit einem Fall zu tun, in dem wir Hubertus von Ebersheim als Zeugen benötigen. Aber wir erreichen ihn nicht, und wir haben das Gefühl, dass es gut wäre, wenn wir mehr über seinen Betrieb wüssten.«

Veronika schwieg, es war aber offensichtlich, dass ihr der Name von Ebersheim etwas sagte.

»Wir wären schon froh, wenn wir überhaupt etwas über solche Großbetriebe in Erfahrung bringen könnten. Wobei euer Unternehmen auch ziemlich groß ist, oder?«

»Nein, wir haben fünfundsiebzig Hektar und zehntausend Legehennen. Ein Betrieb wie MyEi hat, glaube ich, um die achthunderttausend Hennen, verteilt auf diverse

Ställe und dort jeweils in mehrere Gruppen getrennt. Unsere Hennen dagegen leben in fünf Gruppen in Freilandhaltung. Wir sind immer noch ein bäuerlicher Familienbetrieb.«

»Aber Freiland ist besser als Boden, oder?«, fragte Kathi.

»Na ja, etwa zwanzig Prozent der Legehennen leben in Freilandhaltung, das sind meist Betriebe in unserer Größenordnung. Im Stall sind die Bedingungen so wie bei der Bodenhaltung, nur dass die Hennen tagsüber zusätzlich Zugang zu einem Auslauf im Freien haben. Bei uns ist das von Dämmerung zu Dämmerung, man kann das aber auch zeitlich beschränken. Der Auslauf hat bei uns Wiesen und Kiesflächen zum Sandbaden. Und wir haben Büsche und diese schnell wachsenden Pappeln, die ihr draußen gesehen habt. Wenn man das nicht macht, kann man sich den Auslauf schenken, die Tiere trauen sich sonst nicht raus, sie brauchen dieses gegliederte Terrain.«

»Ihr wirtschaftet aber konventionell?«, wollte Irmi wissen.

»Ja, weil wir keinen so großen Unterschied zur biologischen Erzeugung sehen. Dort gibt es etwas geringere Besatzdichten, also sechs statt neun Tiere pro Quadratmeter, und die Gruppengrößen sind maximal dreitausend statt sechstausend Tiere pro Gruppe, aber diese Vorgaben erfüllen wir ohnehin schon freiwillig, und unser Futter ist selbst erzeugt und natürlich gentechnikfrei.«

»Ja«, fiel Lissi ein. »Ich finde, man gibt den Biobauern einen ganz schönen Vertrauensvorschuss. Sie verwenden auch Hühnermobile wie ich, bei denen sind nur zweihundertzweiunddreißig Hühner erlaubt. Ich darf zwar maximal dreihundertachtundvierzig Hühner haben, hab aber auch nur zweihundertneunzig. Bio bezieht sich vor allem auf das Futter. Interessanterweise können Biobauern selber entscheiden, wann die Hühner raus- oder reingehen. Bei mir steht ständig das Amt auf der Matte! Und Bioprodukte können auch von irgendwoher im Ausland kommen, wo die Vorschriften laxer sind.«

Bernhard hatte so ähnlich argumentiert, warum er nicht auf Bio umstellen wollte. Nun war er ganz weg. Wieder dieser Stich in Irmis Herz.

Veronika nickte. »Man kann auch konventionell sehr seriös wirtschaften. Aber natürlich ist das keine Bauernhofromantik. Wir wollen Geld verdienen. Wollt ihr die Tiere mal ansehen?«

»Ja, klar.«

»Dann kommt.«

Sie gingen hinaus. An der Längsseite der ersten Halle tummelten sich Hennen. Viele, wie Irmi fand. Einige scharrten, andere sonnten sich, manche rannten zum Zaun.

»Eure Hühner sehen alle ganz schön gleich aus«, kommentierte Kathi.

Veronika lächelte. »Du denkst an die bunte Hühnerschar?«

»Ja, wahrscheinlich.«

»Das sind Zweinutzungshühner. Alte Rassen, die sowohl Eier legen als auch Fleisch ansetzen«, übernahm Lissi. »Aber in der Menge, wie momentan Fleisch und auch Eier produziert werden, und vor allem zu den Preisen, funktioniert das nicht. Es gibt rund hundertachtzig Hühnerrassen in Europa. Früher waren alle Hühner Zwiehühner, die Eier legten und später zum Suppenhuhn wurden.«

»Und die da?«

»Tja, das sind Legehybriden.«

»Das heißt entweder Ei oder Fleisch?«, fragte Kathi. »Auch wenn es die Tiere ganz nett haben, ist das doch irgendwie industrielle Massenproduktion?« Sie sah Veronika direkt an.

»Ich würde meinen Betrieb jetzt nicht so bezeichnen, aber wenn du eine bäuerliche Haltung wie bei der Oma im großen Maßstab willst, also echte Ethik in der Tierhaltung, dann geht das nur über den Verzicht. Dann muss der Deutsche weniger Eier essen, und zwar vor allem in Convenience-Produkten. Man glaubt ja gar nicht, wo überall Ei drin ist. Leg mich jetzt nicht fest, aber ich denke, es gibt fünfundvierzig Millionen Hühner in Deutschland, die für die Eierproduktion gehalten werden.«

»In diesen Legebatterien? Ich hab da so Bilder vor Augen«, meinte Kathi.

»Die sind seit 2012 in der EU verboten, dafür gibt es nun Kleingruppenkäfige, die man bis 2026 verbieten will, mit Übergangsfristen bis 2029. Die sind in den Großbetrieben durchaus noch üblich, ich sag mal ab zweihunderttausend Hennen. Die Fläche für jedes Huhn in der Legebatterie war kleiner als ein DIN-A4-Blatt, in der Kleingruppenhaltung hat jedes Tier achthundert Quadratzentimeter zur Verfügung, das ist ein DIN-A4-Blatt plus fünf EC-Karten. Nicht so toll! Sechzig Prozent der Legehennen leben heute in Deutschland in Bodenhaltung, also in großen Hallen in Gruppen von bis zu sechstausend Tieren, und das bei eintausendeinhundertelf Quadratzentimeter je Huhn, das kannst du jetzt wieder in EC-Karten umrechnen.«

»Scheiße!«, sagte Kathi.

»Eher die Realität.«

Wieder betrachteten sie die Hennen, und Irmi fühlte sich plötzlich schwer und müde. Sie war froh, dass Kathi weiterfragte.

»Und wie alt werden die dann?«

»Während Rassehühner zum Teil über eine Dauer von drei bis vier Jahren zuverlässig Eier legen, lässt die Legeleistung bei Hybriden schnell nach. Zwar produzieren die Hybridhühner im ersten Jahr oft mehr als dreihundert Eier, doch schon im zweiten Jahr zeigt sich, dass die Hennen eben doch keine Maschinen sind. Die Legeleistung sinkt bis zum Ende des zweiten Lebensjahres immer weiter ab. Wir tauschen nach eineinhalb Jahren aus«, sagte Veronika.

Wie das klang! Wir tauschen aus …

»Und dann?«

»Suppenhühner«, sagte sie lapidar.

»Aber, aber …«

»Die Legehühner sollen nur legen. Die Tiere, die für die Fleischerzeugung gezüchtet werden, sind die Masthähnchen, das ist eine ganz andere Rasse. Sie wachsen nur acht bis zehn Wochen und werden dann geschlachtet. Mit zehn Wochen haben sie bereits ein Gewicht von zweieinhalb Kilo und könnten gar nicht länger leben. Sie sind zu schwer für ihre Statik. Die Beine verformen sich, ein Weiterleben wäre eine Qual.«

Sie schwiegen. Das war die bittere Realität.

»Es gibt auch Betriebe, die Masthähnchen mit Respekt vor dem Tier halten«, fuhr Veronika fort, »aber älter als zehn Wochen werden die auch dort nicht. Denkt an die vielen Frauen, die Salat mit Hühnerbruststreifen kaufen. Wenig Kalorien, kurzes Leben.« Sie zuckte mit den Schultern.

»Warum verkauft ihr kein Fleisch? Wenn die doch eh nach einem guten Jahr wegmüssen?«, fragte Kathi.

»Eben weil Legehühner kein Fleisch ansetzen – sie sollen ja legen! Und da sind wir auch schon bei den Bruderhähnen. Ihr habt davon gehört?«

»Ja. Seit Anfang 2022 ist das Töten der männlichen Küken verboten«, sagte Irmi. Sie war müde, und der Tod des Kleinen wirkte noch nach in ihr, aber sie wollte nicht desinteressiert wirken.

»Stimmt, so ist es.«

»Du klingst so, als wäre da ein Aber?«

»Es ist eine Meisterleistung der Unüberlegtheit«, entgegnete Veronika. »Und ein Alleingang der Deutschen. Da sind wir ja groß drin. Wir retten allein das Klima, während die anderen neue Atomkraftwerke bauen. Das mit den Bruderhähnen ist auch wieder viel zu kurz gesprungen und eine ganz fiese Verbrauchertäuschung.«

»Inwiefern?«

»Na ja, zum einen ist das Kükentöten nur bei Frischeiern verboten. Eier, die in Lebensmitteln verarbeitet werden, beispielsweise für Fertiggerichte, aber auch in Bäckereien und in der Gastronomie, kommen häufig billiger aus dem Ausland – inklusive Kükentöten. Zum anderen wurden bisher nur die männlichen Küken von Legehühnern getötet, also wohlgemerkt nicht von Masthühnern. Übrigens wurden sie in Deutschland schon seit Längerem nicht geschreddert, sondern mit Kohlendioxid oder in einem Strombad getötet. Auch nicht nett, gar keine Frage. Nun aber sollen diese Brüder aufgezogen werden. Klingt erst mal gut, auch große Handelsketten brüsten sich nun mit den Bruderhahneiern. Aber letztlich ist das Ganze Augenwischerei. Der Verbraucher sieht vor seinem inneren Auge vermutlich Scharen von glücklichen Hähnen, die über grüne Wiesen ziehen und dann irgendwann in hohem Alter eines natürlichen Todes sterben.«

Veronika blickte in die Runde. Mit ihren farbigen und zugleich fundierten Schilderungen und Erklärungen zog sie ihre Zuhörerinnen in den Bann. Irmi konnte sich gut vorstellen, wie sie als Kreisrätin für ihre Anliegen kämpfte.

»Leider ist die Realität eine ganz andere«, fuhr Veronika fort. »Die Bruderhähne werden laut Vorgabe vierzehn Wochen aufgezogen und dann geschlachtet. Damit werden also männlichen Legeküken gemästet. Die wachsen nicht wie ein Masthähnchen, müssen aber vor der Geschlechtsreife geschlachtet werden. Die Brüder brauchen einen Extrastall, sie fressen viel, der Stall muss geheizt werden, Futter- und Energiekosten sind explodiert. Fazit: Sie verursachen hohe Kosten, wenn man sie aufzieht. Diese Kosten kann man nur über eine Querfinanzierung reinholen. Die Eier der Legehennen müssen drei bis vier Cent mehr kosten, das muss der Verbraucher aber mittragen.« Sie griff nach einer Packung. »Wir vermarkten die Bruderhahneier nun als Bruder-Jakob-Ei. Mein Opa, der den Betrieb gegründet hat, hieß Jakob.«

»Wenn ich das recht verstehe, dann habt ihr jetzt quasi die Brüder am Hals und wisst nicht mal so genau, was ihr daraus machen sollt?«, fragte Irmi.

»Versteht mich nicht falsch. Am Hals würde ich nicht

sagen. Aber es erfordert Geld, Platz und eine neue Logistik. Wir haben anfangs herumexperimentiert, verworfen, überlegt. Jetzt machen wir aus dem Fleisch eine Geflügelwurst und haben außerdem ein Thai-Chicken am Start. Das läuft gut. Man kann es nämlich fertig im Glas kaufen. Heutzutage hat ja keiner mehr Zeit zum Kochen.«

Touché, dachte Irmi.

»Aber trotzdem ist das ein ungeheurer Mehraufwand für uns. Und wir sind ja sozusagen die Guten, wir ziehen schlupfäquivalent auf.«

»Was heißt das?«

»Wenn ich zweitausend weibliche Küken aus der Brüterei bekomme, dann nehme ich auch zweitausend Brüder dazu. Das machen wir und auch einige Kollegen so. Wir verpflichten uns, die Brüder in Deutschland aufzuziehen.«

»Das heißt, andere machen das nicht?«

»Nein, die kaufen sich frei. Sie ordern bei den großen Brütereien die weiblichen Küken und zahlen für die Brüder. Die gehen dann zum Beispiel nach Polen, in Mastbetriebe. Allerdings haben sie weniger Fleisch auf den Rippen und liefern auch nicht die großen Bruststücke der Mastrassen, die der Konsument so gerne aus der Kühltheke zieht.«

»Sie ergeben aber trotzdem eine gewisse Menge an Fleisch, oder?«, fragte Irmi.

»Genau, und das wird in Polen vermarktet oder geht weiter bis nach Afrika. Man verramscht das Bruderhahnfleisch auf der Resterampe. Afrika kauft es, anstatt eigenes Fleisch zu produzieren und Bauern eine Lebensgrundlage zu schaffen. Im Prinzip das Modell Nestlé, die Menschen zuschütten mit Produkten und damit die Eigenproduktion unterbinden.«

Wieder schwiegen sie eine Weile. Diese ganze globale Welt erschien Irmi mit jedem Gespräch dieser Art fragwürdiger. Und der Eindruck verstärkte sich, dass sie aus der Nummer längst nicht mehr rauskamen. Schon die Coronakrise hatte mit einem gnadenlosen Brennglas den Wahnsinn zum Entflammen gebracht, der Krieg in der Ukraine tat ein Übriges. Öl, Gas und Getreide gingen aus. Die Hamster stopften sich in den Supermärkten schon wieder die Backen voll, diesmal mit Sonnenblumenöl.

»Und diese Brüder bleiben auch in Polen vierzehn Wochen beim Mäster?«, wollte Kathi wissen.

»Theoretisch ja, aber wer bitte schön kontrolliert das? In Polen stehen jede Menge riesiger Hühnerhöfe leer, da packt man diese Brüder rein und zahlt dem Mäster eben Geld. Die Bruderhähne müssen üble Transporte, Enge und Stress erleben, wahrscheinlich auch schlechtes Futter. Es interessiert ja keinen, wie die leben, da sie sowieso in die Schlachtung gehen. Und wie die erfolgt, weiß auch keiner so genau. Die Hähne werden zu Tierfutter, und der Verbraucher denkt, er hätte einem Bruder das Leben geschenkt. Bahnbrechend für das Tierwohl ist das sicher nicht! Ganz ehrlich: Da wäre ich lieber als Eintagsküken gestorben, als das über vierzehn Wochen ertragen zu müssen.«

»Das ist ja voll fies!« Kathi war sichtlich betroffen.

»Darüber denken die wenigsten nach. Es klingt gut, wenn man das gelbe flauschige Brüderlein nicht tötet. Man tötet es dann, wenn es gar nicht mehr so nett aussieht und teilweise auch schon aggressiv ist. Aus den Augen, aus dem Sinn.«

Sie schwiegen, bis Lissi sagte: »Und wisst ihr noch was?« Die Frage war rein rhetorischer Natur.

»Mit den Bruderhähnen gibt es keine toten Küken mehr. Zoos und Falkner sind sauer, denn sie haben kein Futter mehr und müssen es jetzt dafür eingefroren aus dem Ausland beziehen, wo das Töten der Küken womöglich richtig fies abläuft«, sagte Lissi.

»Das überlegt sich doch keiner!«, rief Kathi.

»Nein, bloß nicht über den Tellerrand des Selbstbetrugs hinaussehen«, ergänzte Veronika.

Wieder war es still.

»Lasst uns wieder reingehen, es wird dunkel«, sagte Veronika. Sie folgten ihr.

Irmis Kopf arbeitete und arbeitete. Veronika servierte neuen Tee, und Irmi sah dem Kandiszucker zu, wie er ins Glas glitt.

»Von Ebersheim wirbt ja auch mit Bruderhähnen«, sagte sie. »Gehe ich recht in der Annahme, dass er nicht schlupfgleich aufzieht?«

»Das wäre bei der Größe seines Betriebs auch unmöglich. Er müsste ja die doppelte Menge Ställe bauen«, meinte Veronika. »Es ist alles ein undurchschaubares Gespinst mit vielen Grauzonen. Hinzu kommt die Ahnungslosigkeit beim Verbraucher. Du kaufst beim Discounter Bioeier, auf der Packung steht das Kennzeichen DE. Aber das ist nur die Packstelle, die Eier darin stammen aus den Niederlanden. Alles nicht verboten. Zum Glück gibt es Journalisten, die unhaltbare Zustände in Betrieben aufdecken, wo die

Biorichtlinien nicht eingehalten werden. Da ist so viel Raum zum Beschiss!«

»Du redest von investigativen Journalisten?«

»Ja, aber auch von Tierschützern, Bloggern und Whistleblowern, die solche Dinge herausfinden und an die Presse weitergeben. Viel läuft über die sozialen Netzwerke. All so was.«

All so was. Zwischen den drei kleinen Worten war viel Raum für Bilder. Für unschöne Bilder.

»Du hast mich echt frustriert«, sagte Kathi. »Ich bekomme Eier von den glücklichen Hühnern meiner Mutter, aber wenn du die nicht hast? Was kannst du als Verbraucher denn überhaupt noch tun?«

»Meine kaufen?« Veronika lachte. »Wir sind auch nur ein Rädchen in der industriellen Tierhaltung, unsere Tiere leben aber für eine kurze Zeitspanne gut. Wir fangen sie vorsichtig im Dunkeln ein, wir fahren in der Nacht zum Schlachten, um möglichst wenig Stress zu bereiten. Wir können Tiere würdig behandeln, aber der Tod ist immer im Spiel. Auch bei dir Lissi, oder?«

Irmis Nachbarin nickte. »Ja, klar. Wer Tiere essen will, muss sie töten. Kühe, Schweine, Hühner. Auch bei meinen Hybriden lässt die Legeleistung schnell nach. Ich muss auch nach einem oder eineinhalb Jahren den gesamten Bestand austauschen. Dann inseriere ich immer, und einige Hühner finden noch ein Plätzchen, andere werden Suppenhühner. Ich habe sogar einen Mann mit einem Schlachtmobil gefunden. Kein Transport, kein Stress, aber es bleibt am Ende ein kurzes Leben.«

»Was wir wirklich vorantreiben müssten«, sagte Veronika, »wäre die Geschlechtsbestimmung im Ei. Bisher muss das Ei wie bei einer Biopsie punktiert werden, dabei wird die Eischale verletzt. Darum macht man das ungern. Es wird auch an Methoden mit Laser geforscht, allerdings habe ich das Gefühl, dass mit den Bruderhähnen dieser Aspekt wieder weggerückt ist. Alles ziemlich zäh bei uns. Mithilfe des Seleggt-Verfahrens lässt sich über hormonelle Parameter im Ei nach neun Tagen bestimmen, welches Geschlecht das Embryo hat. Männliche Eier werden nicht weiter bebrütet und der Futtermittelverwertung zugeführt. Das funktioniert mit einer Sicherheit von etwa fünfundneunzig Prozent. Doch es besteht eine gewisse Einigkeit darüber, dass diese Embryonen bereits ab dem siebten Tag ein Schmerzempfinden haben.«

»Kann man das Geschlecht nicht früher bestimmen?«, fragte Kathi.

»Doch, mit der Raman-Spektroskopie kann man das Geschlecht bereits am dritten Bruttag bestimmen. Allerdings mit dem Nachteil, dass man relativ teure Geräte dafür braucht. Ökoverbände argumentieren, dass so wieder die Großbrütereien im Vorteil sind. Es gibt auch noch innovativere Methoden. Geschlechtsumkehr zum Beispiel.«

»Wie? Gentechnik?«

»Nein, das ist keine Gentechnik, sondern eine Methode, die gerade in Israel erprobt wird. Bei Vögeln kann sich das Geschlecht im Ei unter bestimmten äußeren Einflüssen noch ändern. Der Erfinder stammt aus einer landwirtschaftlich geprägten Familie, in der die Oma festgestellt hat, dass Eier, die unter Stromleitungen ausgebrütet wurden, öfter männliche Küken hervorbringen. Nun haben die

Israelis die Luftfeuchtigkeit und die Temperatur während der Brutphase verändert und die Eier in den ersten zwei von drei Brutwochen mit einer bestimmten Tonfrequenz beschallt. Dann schlüpfen etwa zwei Drittel weibliche und nur ein Drittel männliche Küken. Der Mann stellt in Aussicht, er könnte mit dieser Methode bis zu neunzig Prozent weibliche Küken erzielen.«

»Das wäre doch großartig«, meinte Irmi.

»Ja, schon, aber die Skeptiker überwiegen. Denn genetisch sind das falsche Weiberl, die aber Eier legen.«

»Die haben ein Transgender-Problem im Hühnerwesen?«, rief Kathi verdutzt.

Veronika lachte. »Tja, die Altvorderen sind eben nicht so innovativ. Und natürlich stehen die Israelis noch am Anfang. Ich will damit nur sagen: Es gäbe Methoden, man muss aber auch wollen! Und wahrscheinlich heißt es dann wieder: Das können sich nur die Großen leisten.«

Sie blickten in ihre Teetassen. Irmi fühlte sich zunehmend hilflos. Die Welt war derart komplex, und die Betrüger lagen wie Geisternetze am Meeresboden und schlugen früher oder später zu. Wieder war es Kathi, die das Gespräch erneut in Gang brachte.

»Aber sag mal, gibt es denn überhaupt so viele Brütereien?«

»Nein, meines Wissens sind das im konventionellen Sektor ungefähr zehn Familienbetriebe. Und dann ist da die weltweit operierende EW Group, zu der auch die Lohmann Tierzucht gehört, die mittlerweile Lohmann Breeders heißt. Was ihr hier seht, sind übrigens Lohmann-Brown-Hühner. Der Großkonzern hat das Patent auf diese Rasse.«

»Was doch eigentlich pervers ist«, meinte Irmi.

»Ja, sehr. Wie man es auch dreht und wendet. Wir Menschen sind schon viel zu weit gegangen. Wir haben auf Legeleistung und Fleischgewinnung selektiert.«

»Aber es gäbe sie doch, diese Zweinutzungslinien!«, rief Kathi.

»Klar, und sogar Lohmann arbeitet an einem Lohmann-Dual-Huhn, das man aus zwei Lege- und zwei Mastlinien bastelt, wo die Hennen genug Eier produzieren und die Hähne trotzdem ausreichend Fleisch ansetzen. Auch damit würde man die Tötung männlicher Küken vermeiden.«

Der Mensch bastelte an Tieren. Irmis Unbehagen nahm zu. »Könnte man denn nicht mit den alten Rassen arbeiten?«, fragte sie.

»Nicht, was die Menge betrifft. Wir reden hier von global agierenden Konzernen, selbst wenn Deutschland einen weiteren Alleingang machte, würden wir das Tierschutzproblem nur exportieren. Außerhalb der EU gilt nämlich kein EU-Recht.«

»Veronika, das ist so bitter!«

»Ja, ist es. Aber solange der Handel ständig mit irgendwelchen Rabattaktionen Lebensmittel verramscht, wird das nix. Jeder unterstützt das tierquälerische System, auch wenn er Bruderhahneier kauft. Wenn alle weniger konsumieren würden, könnte man auch Zweinutzungshühner halten. Die legen dann nur zweihundertdreißig Eier im Jahr, siebzig Eier weniger als eine Hochleistungshenne. Aber der Mensch verzichtet nicht gern.«

Sie nippten an dem Tee, der wirklich ganz köstlich war.

Irmi fand das alles frustrierend. Wissen war Macht? Wissen machte vor allem nachdenklich und wütend.

»Dann doch Veganer werden?«, fragte Kathi.

Veronika zuckte mit den Schultern. »In letzter Konsequenz wäre das wohl sinnvoll.«

»Und das aus deinem Mund?«, fragte Irmi überrascht.

»Wenn ich auf das vertrauen müsste, was es in Supermärkten gibt, dann würde ich Veganerin werden. Aber ich bekomme von einem Kollegen Weideochsenfleisch ab Hof und Käse von einer Hofkäserei, die mit Milch aus muttergebundener Kälberaufzucht arbeitet. Mit so einem Netzwerk kannst du mit gutem Gewissen Fleisch und Milchprodukte essen, wenn du aber eingeschweißten Scheißdreck im Supermarkt kaufst, solltest du zwangsverpflichtet werden, einen Tag in einem dieser Ställe zu arbeiten, wo die Schweine immer noch im Kastenstand gehalten werden. Die Zahl der Veganer würde minütlich steigen!«

»Mein Bruder ist nach Ungarn gegangen«, sagte Irmi. »Nicht zuletzt, weil er die Art der Agrarsubventionen nicht mehr mittragen wollte. Immer noch höher, schneller, weiter, anstatt die zu belohnen, die klein bleiben und auf Tierwohl setzen.«

»Am Ende kommen wir doch immer an den Punkt, dass wir Landwirte die Deppen sind«, meinte Veronika. »Immer neue Verordnungen zerstören am Ende die Freude am Beruf. Letztlich treibt die Politik die Landwirte dazu, ihre Betriebe aufzugeben, und dann wird Fleisch, Wurst und Milch aus dem Ausland bezogen, wo die Zustände für die Tiere vermutlich sehr viel schlechter sind als bei uns. Den Tieren ist damit nicht geholfen, wir machen uns abhängig und verschieben die Massentierhaltung ein Haus weiter!«

»Was versteht man eigentlich ganz genau unter Massentierhaltung?«, fragte Kathi.

»Eine sehr gute Frage! Das ist ein emotionaler Begriff, eine einheitliche Definition gibt es gar nicht«, sagte Veronika. »Die meisten Verbraucher gehen vermutlich davon aus, dass bei fünfhundert Rindern oder bei tausend Hühnern die Massentierhaltung beginnt. Demnach betreibe ich auch Massentierhaltung. Aber Tierwohl ist nicht in erster Linie eine Frage der Betriebsgröße. Wenn Tiere artgerecht untergebracht sind, wenn sie genug Platz, ausreichend Luft und Wasser haben und ihr Sozialverhalten ausleben können, geht es ihnen gut.«

»Aber so schlimme Fälle wie im Unterallgäu, so was darf doch nicht passieren!«, rief Kathi.

In den letzten Jahren hatte es immer wieder Klagen gegen Großbetriebe wegen Tierquälerei gegeben.

»Natürlich nicht«, sagte Veronika. »Einzelne Betriebe schaden der ganzen Branche! Da sind Grattler drunter, rohes Pack, denen die Tiere am Arsch vorbeigehen. Es gibt aber auch solche, denen ist das alles über den Kopf gewachsen. Der Haustierarzt schaut weg, die Amtstierärzte sind unterbesetzt und machen Dienst nach Vorschrift, und schon hast du kranke, leidende und tote Tiere.«

»Alle reden von Tierwohl, aber wo bleibt das Landwirtswohl?«, fiel Lissi ein. »Es gibt inzwischen immer mehr Landwirte mit Burn-out. Wir sind doch an allem schuld. Dabei wissen die meisten Kollegen, dass man sich am Rande der Kriminalität bewegt, wenn man ein nicht transportfähiges Tier am Schlachthof anliefert. Auch die Molkereien reagieren inzwischen viel sensibler, wenn es um tierschutzwidrige Zustände auf den Betrieben geht. Ich kann nur für mich sprechen: Ich leide mit, wenn eine Kuh krank ist, und ich habe es satt, dass in der Öffentlichkeit das Bild der pupsenden, umweltschädigenden Kuh vorherrscht! Dabei stammen nur sechs Prozent vom Methan aus der Landwirtschaft. Warum redet keiner mal davon, dass die Landwirtschaft eine wichtige Rolle bei der Kohlendioxidbindung hat? Das könnte man ja auch in den Emissionshandel einbinden.«

Irmi sah Lissi überrascht an. Was ihre Freundin da für Fakten raushaute!

»Ich halte demnächst einen Vortrag bei den Landfrauen«, sagte Lissi. »Drum bin ich in der Thematik ganz gut drin.«

»Du solltest Landwirtschaftsministerin werden, Lissi«, meinte Irmi lächelnd.

»Nie! Ich hasse Berlin, und ich hasse Fliegen.«

»Du müsstest eh radeln wie der Cem wegen des ökologischen Fußabdrucks«, konterte Veronika mit einem Grinsen.

»Ich hasse aber auch Radeln!«

»Aber im Ernst: Nur wenn die Politik klare Kante zeigt und nur wenn der Konsument nicht immer nur die Billigware aus dem Supermarkt kauft, geht es den Tieren besser. Letztlich müssen wir uns auch fragen, in was für einer Landschaft wir hier am Alpenrand leben wollen«, meinte Veronika.

Lissi nickte. »Wir haben ein paar Steillagen zu mähen

und die Strahwiesen im Moos. Wenn wir das nicht mehr tun, sieht es zappenduster aus mit den Blumenwiesen. Und wenn alle Veganer werden, dann brauchen wir keine Landwirte mehr, die Tiere halten. Dabei sollte man nicht vergessen, dass Weidetiere für die Artenvielfalt grasen. Ohne Tiere gibt es keine Flora und Fauna mehr, die von ihr abhängt. Eigentlich ist das gar nicht so schwer zu begreifen. Es sind ja nicht die Landwirte per se die Bösen, sondern die Massentierhaltung ist entgleist, insbesondere hier in Deutschland, wo der Preis für Lebensmittel immer so niedrig sein soll.«

Auch Irmi hatte bei ihrem Sabbatical auf der Alm miterlebt, wie schnell das Grünland ohne Beweidung verkrautet und verbuscht war. Dort oben war sie unvermittelt und ungewollt in einen Fall verwickelt worden, genau wie jetzt am Lago Maggiore. Das Universum schien ihr keine Pause zu gönnen. Und deshalb war sie ja auch zu Veronika gekommen.

»Ich mache jetzt mal einen gedanklichen Sprung«, sagte Irmi. »Mir ist klar, dass du dich eh schon weit aus dem Fenster gelehnt hast, aber wie ist der Ruf von Ebersheim denn so in der Branche?«

»So genau kann ich dir das nicht sagen. Man munkelt, dass seine Frau sich von ihm getrennt habe, weil sie mit seinem Geschäftsgebaren nicht einverstanden war. Offenbar ging es dabei um Futtermittel, die falsch deklariert waren.«

»Wie das?«

»Seine damalige Frau hatte schon vor zwanzig Jahren begonnen, auf Bio umzustellen, er schien es mit dem Futter aber nicht so genau zu nehmen.«

Kathi horchte auf. »Seine Lebensgefährtin redete davon, dass er zu den Häfen fährt und ...«

»... und dort jemanden schmiert! Ganz genau. Da kommt konventionelles Futter an, der Empfänger schmiert den Kontrolleur, der das überwacht und zertifiziert, und der deklariert dann um. Und am Ende füttert er dann seine Biohennen mit angeblichem Biofutter, damit sie hinterher Bioeier legen.«

»Wow! Aber das ist damals aufgeflogen?«

»Wie das ganz genau war, krieg ich auf die Schnelle nicht mehr zusammen. Das müsstet ihr nachrecherchieren. Aber sie hat sich von ihm getrennt, beruflich und privat. Man munkelt, dass er einen ordentlichen Batzen Geld bekam, und damit hat er sich dann in den maroden Betrieb in der Oberlausitz eingekauft. Was allgemein für Verwunderung gesorgt hat, aber er wurde ja extrem erfolgreich damit.«

»Aber schaut man so einem nicht besonders auf die Finger?«, fragte Kathi.

»Zu Beginn wahrscheinlich schon, aber das Ganze ist über zwanzig Jahre her. MyEi gilt als Leitbetrieb der Branche, ob Ebersheim heute immer noch rummauschelt, kann ich nicht sagen.«

Irmi sah sie an. Lange.

»Wenn du mich persönlich fragst, würde ich tippen, ja«, sagte Veronika schließlich. »Er ist nur besser im Vertuschen geworden.«

»Und was ist Ebersheim für ein Typ?«

»Ich kenne ihn nur von zwei Branchenmeetings, aber ich habe mich mit seiner Ex-Frau länger unterhalten, und sie hat anklingen lassen, dass er ein ziemlicher Egomane sei. Ich halte ihn für einen Machtmenschen, vielleicht auch einen Soziopathen. Nach außen ist er durchaus charmant und auch nicht unattraktiv, wenn man auf Glatzköpfe steht.« Sie lächelte.

»Na ja«, meinte Kathi. »Meins ist das nicht so.«

»Solche Typen werden auch nicht erwählt, sie suchen sich die Frauen aus. Sie sind die Macher. Einer wie von Ebersheim ist nie der Bittsteller, sondern immer der, der anschafft.« Veronika suchte noch mal Irmis Blick. »Ich hab euch jetzt gesagt, was ich weiß. Und ihr? Warum seid ihr wirklich da? Nur weil ihr etwas über diese Branche wissen wollt? Weil ihr Ebersheim wegen der Zeugenaussage braucht?«

»Ja, weil wir in der Tat mehr über ihn wissen wollen.« Irmi hielt kurz inne. »Und weil es im Umfeld einer Villa, die von Ebersheim in Italien besitzt, zu zwei Todesfällen gekommen ist. Beide Tote stammen aus dem Oberland.«

»Und von Ebersheim hat etwas damit zu tun?«, wollte Veronika wissen.

»Das ist die Frage«, meinte Kathi ausweichend.

»Wenn es so ist, zieht euch warm an. Er ist schwer zu greifen. Er hat gute Anwälte.«

Schwer zu greifen war gut gesagt, dachte Irmi. Er war gar nicht zu greifen, aber das konnten sie Veronika natürlich nicht verraten. Sie verabschiedeten sich schließlich. Lissi wollte noch bleiben.

»Puh«, meinte Kathi, als sie vom Hof rollten. »Too much information, oder?«

»Irgendwie schon. Je tiefer man ins Wesen der Lebensmittelherstellung eindringt, desto bitterer wird es. Nichts als Beschiss. In dieser vernetzten Welt sind die Wege verschlungen, und man kann vieles verschleiern. Und wenn es um eine Menge Geld geht, sind doch einige bereit, Risiken einzukalkulieren.«

»Stimmt, aber was nützt uns das jetzt für unseren Fall?«

»Ich weiß es nicht. In meinem Kopf geistern gerade nur noch Hühner herum. Und diese Bruderhähne. Wenn die wirklich irgendwo unter erbärmlichen Bedingungen gehalten werden, ist doch rein gar nichts gewonnen.«

»Ich wäre lieber gleich tot, als vierzehn Wochen unter elenden Bedingungen zu verbringen. Oder auch nur acht.« Kathi schüttelte unwirsch den Kopf. »Was machen wir jetzt?«

»Wir folgen mal der Anregung und recherchieren weiter. Vielleicht hat Fridtjof inzwischen etwas aus Italien gehört. Wenn die tatsächlich ein übermaltes Fresko gefunden haben, das Antonia und Hannes entdeckt hatten, haben wir endlich unser Motiv.«

»Irmi, ich kenne dich als Realistin. Keine Utopien bitte.« Kathi lachte.

»Kann es denn nicht einmal einfach sein?«

»Doch nicht bei uns. Einfach können die anderen. Wir sind im Team kompliziert.«

Irmi sah ihre Kollegin dankbar an. Wir und Team – das waren Worte, die guttaten.

»Ich muss heute mal früher ins Bett«, sagte sie.

Irmi war keine dreißig mehr, und Tage, an denen so viel geredet wurde, wo das Gehirn fast platzte, die schlauchten sie. Insofern war sie ein klein wenig froh, dass der Hase am Abend etwas vorhatte. Sie wollte einfach nicht mehr reden.

Während sie im Fernseher herumzappte, ertappte sie sich dabei, all die Ukraine-Specials und Brennpunkte nicht mehr sehen zu wollen. Too much information. Schließlich schaute sie eine Folge *Inspector Barnaby*, das war die einzige Krimiserie, die sie sich als Kommissarin ansah, und sei es nur wegen der englischen Schlösser.

Um zehn rief der Hase an. Er wusste, dass sie noch sehr unter dem Tod des Kleinen litt. Sie thematisierten es nicht, aber der Hase machte sich Sorgen.

»Wollte dir nur gute Nacht wünschen«, sagte er. »Was machst du?«

»Das Dümmste, was man tun kann. Fernsehen.« Sie lachte. »Wir waren heute übrigens bei einer Bekannten von Lissi. Ich kann dir aber heute nicht mehr davon erzählen. Ich bin einfach zu platt. Wir sehen uns ja morgen im Büro.«

Er hauchte ein Busserl ins Handy und legte auf.

Raffi leckte ihre Hand. Ihre Augen wurden feucht. »Ja, der Kleine fehlt hier.«

9

Irmi hatte tatsächlich acht Stunden durchgeschlafen und fühlte sich besser als gestern. Ihr Kopf schien wieder zu arbeiten.

Im Büro brachten sie und Kathi die anderen auf den aktuellen Stand und fassten zusammen, was sie bei Veronika gehört hatten. Dann verfielen sie alle in betretenes Schweigen. Es war Andrea, die schließlich in die bleierne Stille hineinsprach.

»Selbst wenn diese Bruderhähne vierzehn Wochen gut leben, dann leiden viele Millionen Legehennen doch trotzdem. Meine Tante bekommt von einer Hühnerrettung immer ausgediente Hybriden. Es ist echt bitter. Diese Hennen sind krank und werden nicht alt. Ihre Knochen brechen schnell. Sie haben verletzte Kloaken vom vielen Eierrausquetschen. Es wird sich doch nichts ändern.«

The world has gone too far, dachte Irmi.

»Während ihr weg wart, hab ich weiterrecherchiert. Und ich glaub echt, ich kotz«, fuhr Andrea fort, und so ein Ausdruck aus ihrem Mund war eher ungewohnt. »Wenn man sich da reinkniet, mag man gar nichts mehr essen! Ähm, ja, und das geht quer über den Globus. Die karren zum Beispiel Tiermehl nach Malaysia, das als Mineraldünger getarnt, dort aber verfüttert wird. Es enthält Material aus kranken und verendeten Rindern, das seit der BSE-Krise nicht mehr verfüttert werden darf. In Malaysia wird wundersamerweise Futter daraus. Dünger lässt sich nämlich nur für fünfzehn Euro pro Tonne verkaufen, ein Futtermittel dagegen für bis zu dreihundert Euro.«

»Wow!«, sagte Kathi.

»Im Jahr 2010 wurden dreitausend Tonnen dioxinverseuchtes Industriefett unter das Futter für Legehennen, Mastgeflügel und Schweine gemischt. Der Verkauf von Eiern aus zweiundzwanzig Betrieben, die dieses Futter verwendet hatten, wurde damals gestoppt.«

»War da die Firma von Ebersheims Ex-Frau dabei?«

»Nein, das nicht, da war ihr Ex schon ein Ex. Die hatten sich schon 2004 getrennt. Aber vor der Umstellung auf Bio soll die Firma in großem Stil angeschlagene, verschmutzte und verdorbene Eier verarbeitet haben. Sie wurden bundesweit als Flüssigeiprodukte an Nudelhersteller und Großbäckereien geliefert. Das ist eh der Wahnsinn! Die Kennzeichnung der Haltungsform entfällt, wenn das Ei schon verarbeitet ist. Und überlegt mal, wo überall Eier drin sind! Du kannst als Verbraucher also nicht sehen, aus welcher Haltung die Eier stammen. Wobei du davon ausgehen kannst, dass es schon draufstehen würde, wenn es Bioeier wären.«

»Laut Veronika ging es damals um Betrug bei Futtermitteln«, sagte Irmi.

»Von Ebersheim hatte Hühnereier und Hühnerfleisch mit Biozertifikat verkauft. Doch dann kam raus, dass er sie nicht mit Biofutter, sondern mit konventionellem Futter gemästet hat.«

»Wie kann das sein? Wird da nicht kontrolliert?«, fragte Kathi ungläubig.

»Doch, aber die Kontrollen der Zertifizierungsstellen waren immer angekündigt, und da hat er natürlich Öko-futter präsentiert.«

»Und wie kam das letztlich doch raus?«, wollte Kathi wissen.

»Eher zufällig. Ein italienischer Händler, der Sojaboh-nen, Sojakuchen und Rapskuchen verkauft hat, hatte ir-gendwelche Probleme mit dem Finanzamt. Daher wurden auch seine Kunden überprüft, und dabei fiel auf, dass von Ebersheim für einen Biobetrieb verdammt viel konventio-nelles Futter eingekauft hat. Er ist aber aus der Nummer irgendwie rausgekommen, weil er ja auch noch konventio-nelles Geflügel gemästet hat, natürlich nicht auf demselben Hof, denn das ginge ja nicht. Ich glaube einfach, er ist seit-dem noch pfiffiger und vorsichtiger geworden, aber so einer bescheißt doch weiter! Es ist echt zum Kotzen!«

»Das meinte Veronika auch«, sagte Irmi leise.

»Na gut, Leute, das wäre dann ein Fall von Wirtschafts-kriminalität, aber wir haben zwei tote Handwerker, die womöglich ein Fresko in einer alten Villa gefunden ha-ben. Denen gingen die Eier doch am Arsch vorbei!«, rief Kathi.

»Und wenn es doch etwas mit seinem elastischen Ver-ständnis für Recht und Unrecht zu tun hat?«, gab Irmi zu bedenken.

»Darum ginge es im Fall des Freskos ja auch! In jedem Fall müssen wir den Typen finden. Der kann doch nicht ewig bei seinem Gspusi in Italien bleiben.«

»Wenn wir mehr in der Hand hätten, würde ich ihn zur Fahndung ausschreiben lassen«, meinte Irmi. »Aber ein temporär nicht erreichbarer Geschäftsmann ist ja per se noch kein Drama.«

Irmi versuchte, den Ball flach zu halten, und redete sich auch selber ihr mieses Gefühl aus, denn je länger sie im Leben des Eierbarons stocherten, desto weniger gefiel ihr die Geschichte.

»Sag mal, Andrea, hast du eigentlich noch irgendwelche Verwandte von Antonia Bauernfeind und Hannes Vogl finden können?«, fragte Irmi.

»Es ist tragisch. Hannes hat wirklich niemanden mehr. Seine Eltern sind beim Bergsteigen in den Anden ums Leben gekommen, und er hatte keine Geschwister. Es gibt nur Onkel und Tante in Mindelheim, die wollen sich um die Beerdigung kümmern. Und was Antonia betrifft, gibt es noch die Mutter, die auf den Kanaren lebt. Ich hab mit ihr telefoniert, und sie hat tatsächlich gesagt, dass ihre Tochter für sie schon länger gestorben sei. Sie habe mit ihr nichts zu tun und werde auch sicher nicht nach Deutschland fliegen. Hat einfach aufgelegt. Ich habe ein zweites Mal angerufen, dann ging aber nur noch die Mailbox dran.«

»Wie reizend!«, bemerkte Kathi. »Das heißt, Antonia kriegt ein Armenbegräbnis?«

»Ordnungsbehördlich heißt das«, sagte Andrea, »wenn man von Amts wegen und auf Staatskosten beerdigt wird. Das Amt wird in jedem Fall versuchen, jemanden zu finden, der die Kosten trägt. Für enge Verwandte besteht Bestattungspflicht – die Mutter kann sich also nicht einfach weigern, die Kosten von Antonias Beerdigung zu übernehmen. Stell dir mal vor, du wirst einfach verscharrt und niemand kommt zum Begräbnis.«

»Wenn du tot bist, kann dir das wurscht sein«, sagte Kathi. »Und letztlich ist das nicht unsere Sache. Für uns wären die Angehörigen nur interessant gewesen, wenn sie uns etwas über die beiden hätten sagen können.«

»Du bist … du bist …«

»Was, Andrea? Pietätlos? Was hast du davon, wenn sich die bucklige Verwandtschaft beim Leichenschmaus den Wanst zuballert?«

»Es gibt Menschen, die wirklich trauern. Die einen Ort dafür brauchen. Ein Grab.«

»Um mich muss niemand trauern«, brummte Kathi und ging hinaus.

Andrea sah ratlos aus. Sie stammte aus einer typischen Werdenfelser Familie mit Verwandten bis übers Dach. Natürlich gab es neben Geburtstagen und Hochzeiten auch immer wieder Trauerfeiern. Wer in so einem Kosmos lebte, kannte es nicht anders. Bestimmt gab es unter den Verwandten auch Ratschkathln, die sich noch posthum das Maul über den Toten zerrissen, jene, die wirklich nur zum Fressen kamen, aber natürlich auch solche, die zutiefst trauerten. Kathi hingegen hatte kaum Verwandte. Ihr Vater hatte sich aus dem Staub gemacht, das saß immer noch tief.

Irmi lächelte Andrea zu. »Lass sie. Du kennst sie doch.«

Dann verschwand sie in ihrem Büro. Sie hatte einiges aufzuarbeiten, ein paar Telefonate zu führen, denn der Chef war nicht direkt amused über die Ermittlungen. Hannes Vogl war in Italien verstorben, das ging die Polizeiinspektion Garmisch schon mal gar nichts an, fand er. Und der Tod von Antonia Bauernfeind war seiner Meinung nach kein Mord. Er wollte den Fall schließen. Wie man es auch drehte und wendete: Der Angelpunkt blieb Hubertus von Ebersheim.

Am Abend fuhr Irmi nachdenklich nach Hause. Der Hase hatte sich angekündigt. Er hatte ein paar Tupperdosen dabei und eine Flasche Wein. Irmi lächelte, aber das Lächeln war ein wenig bemüht.

»Du siehst unzufrieden aus und müde«, sagte der Hase. »Magst du ein Glas Wein?«

»Gerne.«

Er kredenzte einen Sauvignon Blanc aus der Steiermark, der sehr schmeichelhaft und leicht aprikosig daherkam.

»Der ist gut. Danke!« Irmi nippte am Wein. »Sag mal, hast du schon mal über deine Beerdigung nachgedacht?«

Er runzelte die Stirn. »Eine Urnenbeisetzung – und am Grab Alan Parsons *Old and wise*. Warum?«

Irmi erzählte vom Zusammenprall von Andrea und Kathi.

»Ich verstehe sie beide. Es gibt kein Rezept. Jeder trauert anders«, meinte der Hase.

Kein gutes Thema, denn es erinnerte schon wieder an den Tod von Fridtjofs Sohn Robin. Irmi versuchte einen etwas uneleganten Themenwechsel: »Ich bin wirklich alle. Wir haben eine solche Fülle an Infos über die Betrugsmaschinerie in der Lebensmittelindustrie bekommen, dass ich gar keinen Hunger mehr habe.«

»Das wäre aber schade, denn ich habe ein wunderbares Weideochsensteak mit Rosmarinkartoffeln dabei. Das Steak müsste ich hier braten. Es stammt vom Riegsee. Und die Gewürze, ich versichere es dir, hab ich selber angebaut.«

»Was auch sonst.«

Das hatte unfreundlich geklungen. Irmi rief sich zur Räson. »Sorry, ich meinte nur, dass man bei Gewürzen ja nicht … also nicht …«

»… nicht so viel falsch machen kann? Zumindest keine Tiere quält? Das stimmt, aber Lebensmittelbetrug gibt es auch bei Gewürzen. Die entsprechenden Pflanzen stammen gern aus Anbauländern mit einem hohen Maß an Korruption.«

Wenn Irmi ehrlich war, hätte sie auch heute lieber allein vor einem Bier und einem Käsebrot gehockt. Aber sie wollte den Hasen nicht enttäuschen.

»Gewürze kann man super fälschen«, fuhr der Hase fort. »Papayakerne statt Pfeffer. Olivenblätter ergeben wunderbaren Oregano, immerhin ist das in der Regel nicht gesundheitsschädlich. Bei Fisch sieht es anders aus: Du kannst Thunfisch färben, damit er wunderbar rötlich aussieht, obwohl er eigentlich alt und grau ist, und manche, die eh schon Probleme mit Histamin haben, können ganz schön heftig darauf reagieren. Da kommt es schon mal zu einem Krankenhausaufenthalt.«

»Bist du sicher, dass mich das aufheitert? Veronika hat auch was von Fake-Honig erzählt, und was sie uns über Eier, Masthühner und Bruderhähne berichtet hat, ist auch nicht dazu angetan, dass ich mich beim Konsum besser fühle.«

»Ganz oben auf der Betrugsliste stehen übrigens nicht Gewürze oder Honig, sondern … Rate mal!«

»Keine Ahnung, ich glaub, ich will das gar nicht wissen!«

»Olivenöl! Da gibt es gewaltige Gewinnspannen, und das Umfeld ist natürlich angenehmer als beim Drogenhandel.« Der Hase lachte. »Es gab mal vor ein paar Jahren ein Tasting auf der Grünen Woche in Berlin. Aus Spinat wurde eine ölige Lösung hergestellt, dann Rapsöl zugegeben und für die leichte Schärfe Wasabi und Pfeffer. Über die Hälfte der Verbraucher fand es lecker. Dabei war es komplett olivenfrei.«

»Ach, Fridtjof, der Tag wird echt nicht besser mit solchen Geschichten.«

»Stimmt, aber man sollte wissen, dass bei vielen Lebensmitteln getrickst wird.«

»Was ich nicht weiß, macht mich nicht heiß«, meinte Irmi. »Wobei ich mich spätestens seit heute frage, woher die ganze Bioware kommt, die bei den Discountern angeboten wird.«

»Gute Frage. Der Verbraucher will es, also liefert der Supermarkt. In Spanien und Italien werden konventionelle Betriebe quasi binnen Tagen zu Biobetrieben. Normal wäre eine Umstellungszeit von zwei, drei Jahren. Aber wir haben plötzlich so viel Biomilch, dass wir darin baden könnten.«

»Kannst du mit einem Analyseverfahren gefakte Biomilch erkennen?«

»Biomilch hat einen erhöhten Gehalt an Alpha-Linolensäure im Vergleich zur konventionellen Milch, deren Kühe mit Kraftfutter gefüttert werden. Der kluge Fälscher mischt Biomilch mit konventioneller – dann kannst du an den Werten wenig erkennen. In Deutschland ist die Lebensmittelkontrolle Ländersache, da rutschen die meisten durchs Raster. Wer soll denn das alles kontrollieren? Und wer ist am Ende der Verursacher? Denk nur an den Pferdefleischskandal. Das Fleisch wurde von Rumänien nach

Frankreich verkauft, dann zwischen Fleischhändlern in Belgien und Holland hin- und hergeschoben, um am Ende als Rinderhack zu den Verarbeitern zu gelangen.«

»Das ist frustrierend. Und total undurchschaubar«, meinte Irmi. »Am Ende kann man vermutlich nur noch das essen, was im eigenen Garten wächst.«

»Also, ich mache jetzt das Steak, für dessen Herkunft ich wirklich garantieren kann«, sagte der Hase.

Ein schales Gefühl blieb zurück. Irmi kaufte aus Zeitnot auch mal ein verarbeitetes Produkt aus dem Supermarkt. Nicht alle Menschen forschten wie der Hase schon beim Einkauf akribisch nach, was die Güte und die Herkunft des Produkts betraf. Er zelebrierte die Küchenkunst wie ein Sternekoch, während Irmi nur im Notfall kochte, weil man eben etwas essen musste. Es gab sicher mehr Menschen wie sie, die auf Supermärkte angewiesen waren. Doch dass dort alles mit rechten Dingen zuging, war offensichtlich nur Wunschdenken …

Wenig später kam das Steak, das perfekt medium war. Die Kartöffelchen waren ebenfalls exzellent, und Irmi beschloss, es einfach zu genießen. Sie plauderten noch ein wenig, bewusst nicht über Lebensmittel, dann fuhr der Hase nach Hause. Derzeit hatten sie sehr wenig Sex. Irmi fehlte die Muße. War es nur eine Ausrede, dass sie der Tod des Katers so mitgenommen hatte? Oder dass sie nicht abschalten konnte wegen des Falls? Brauchte sie Ausreden?

In dieser Nacht schlief Irmi nur mäßig. Sie hatte in letzter Zeit immer wieder diese luziden Träume, die sie anhalten konnte, bevor sie weiterträumte. Dann taperte sie im Dunkeln aufs Klo, um nicht gänzlich aufzuwachen. Sie wollte ja wissen, wie der Traum ausging.

Offenbar war sie doch wieder ganz tief eingeschlafen, denn sie erschrak, als das Handy fiepte und penetrant auf dem Nachttisch vibrierte. Es war Sailer. Irmi setzte sich auf und ging dran.

»Ich hätt da was«, sagte er.

»Ach. Bisschen früh vielleicht?«

»Oben hängt oaner. Mausetot.«

»Sailer, echt! Wenn Sie mir noch verraten, wo oben ist?«

»Vordergraseck. Bei der Kaiserschmarrn-Alm.«

Irmi musste das erst mal einordnen. Vordergraseck? Sie dehnte ihr Kreuz. Was erzählte Sailer da für einen Schmarrn?

»Wie, der hängt da?«

»Ziemlich in der Früh san zwo Bergsteiger Richtung Schachen auffi, oiso sehr früh. Und wie sie an der Alm vorbeiwolltn, san sie no schnell zur Bruckn. Und do is er g'hängt. Sie ham versuacht, an der Alm den Pächter rauszumklopfen. Da war koaner. San dann zum Hotel und ham uns informiert. Koaner hot was mitkriegt.«

»Sie reden von einem Toten, der an einer Brücke hängt? Wo genau?«

»Na, an der Eisernen Bruckn.«

»Über der Klamm?« Irmi hatte plötzlich ganz ungute Bilder im Kopf. »Aber die ist doch gesperrt, oder? Muss die nicht sogar ganz abgerissen und ersetzt werden?«

»Ja scho, aber die Wanderer wollten eben sehn, wie's da oben aussieht. Und jetzt wartn die zwoa Finder auf uns.«

Die Finder. Das klang nach verlorenem Handy und Finderlohn.

»Ich komme. Rufen Sie die Kathi an.« Sie stutzte. »Wie kommen wir da hoch?«

»Ab sieben mit der Bahn. Sonst mit dem Auto.«

»Okay, wir treffen uns an der Graseckbahn.«

Irmi legte auf und rief den Hasen an, der längst wach war. Er war schon joggen gewesen, obwohl das Wetter heute, nach diesem schier ewigen Betonhoch, kühl und nass war.

»Sailer hat keine guten Nachrichten«, berichtete sie. »Wenn ich es richtig verstanden habe, dann hängt ein Toter an der Eisernen Brücke über der Partnachklamm.«

»Nein, oder?«

»Leider wohl doch. Kommst du direkt zur Talstation der Graseckbahn?«

»Ja, klar.«

Er klang besorgt. Irmi wusste, dass es Fridtjof besonders berührte, wenn Menschen im Gebirge zu Tode kamen. Er sah in den Bergen Verbündete und wusste, dass man sie mit Demut begehen sollte. Bergtote stellten für ihn eine Bestrafung der Menschen dar, weil sie nicht akzeptieren wollten, dass die Berge Wohnsitze der Götter waren.

Ob es bei dem Mann an der Brücke ein Suizid gewesen war?, fragte sich Irmi. Wahrscheinlich. Wie bei dem erbarmungswürdigen Hannes Vogl. Wobei dessen Tod ja immer noch so nebulös war. Vor lauter Hektik trat Irmi dem Kater auf den Schwanz, woraufhin sich das Tier wüst beschwerte.

»Latsch mir doch nicht immer vor den Füßen rum!«

Er fauchte. Natürlich gab es noch schnell Futter, denn es war nicht ratsam, sich den Zorn des Katers zuzuziehen. Der Ältere, so hatte Irmi den Eindruck, wurde allmählich etwas dement und altersstur. Er pinkelte öfter mal auf einen

Teppich, um seinem Unmut Ausdruck zu verleihen. Jeder trauerte anders, schoss es ihr durch den Kopf. Seit der Kleine tot war, orientierte sich der Große mehr an Raffi. Der Hund sah Irmi aus seinen Knopfaugen vorwurfsvoll an. Er hatte bestimmt auf die Uhr gesehen und diese Zeit als unchristlich bewertet. Später würde er durch die vergrößerte Katzenklappe zu Lissi rübergehen. Raffi war ein autarker Hund, der aber niemals weiter weg gelaufen wäre. Er war ein kleiner Satellit, der die beiden Höfe umkreiste.

Irmi fuhr los. Als sie nach Garmisch kam, setzte gerade der Berufsverkehr ein. Sie bog rechts ab, hielt auf das Sprungstadion zu. Man hatte sie wie alle Garmischer Kinder in zahlreichen Schulausflügen durch die Partnachklamm gescheucht. Sie alle hatten diese ewigen Wandertagsklassiker wie Schloss Linderhof und Schloss Neuschwanstein hinter sich gebracht. Leider musste man zu diesen Zielen immer erst hinwandern – was sie damals alle als Zumutung empfunden hatten. So weit zu hatschen! Und natürlich die Partnachklamm. Sie musste überlegen, wann sie zuletzt dort gewesen war. Vor Urzeiten! Aber warum hätte sie sich auch in den Schlund des internationalen Tourismus begeben sollen?

Die Polizei war immer wieder mit tragischen Vorfällen entlang der Partnach befasst gewesen. Suizide, Familiendramen, Tod durch Ertrinken. Nach den schweren Unwettern 2018 war die Klamm lange geschlossen gewesen. Später war ein Baum in die Eiserne Brücke gefallen und hatte sie irreparabel beschädigt. Irmi hätte lügen müssen, wenn sie ihre Gedanken an diesen Ort als rundum positiv beschrieben hätte. Es war immer so schattig hier unten zwischen den steilen Wänden. Auch heute empfand sie ein gewisses Unbehagen. Sie stellte ihr Auto auf dem Talparkplatz ab, der zum Wellnesshotel oben am Graseck gehörte. Sailer, Sepp und der Hase waren schon da. Der Hase lächelte sie an, und ihr wurde schlagartig wärmer.

»Die Kathi kimmt aa. Sie nimmt dann die Bahn. Mir kannten scho amoi fahrn«, sagte Sailer.

Sie stiegen alle in den Polizeiwagen. Die Straße hatte den Charakter einer Sprungschanze, senkrecht in den Berg gefräst, und Irmi hoffte auf Sailers Fahrkünste.

Oben weitete sich die Landschaft, ein paar Höfe, die kleine Kapelle und das Wellnesshotel. An den Bergen hing noch immer der Nebel. Es war düster, dennoch war sie inzwischen hellwach. Sailer fuhr bis kurz vor die Kaiser-schmarrn-Alm, wo schon ein paar Menschen standen. Es war kalt, ein frischer Wind kam aus dem noch tief verschneiten Wettersteingebirge. Irmi stieg aus und nickte kurz in die Runde.

»Wo?«

Einer der beiden jungen Männer deutete nach rechts. Es war nicht weit zur Brücke, die hoch über dem Schlund lag. Unten rauschte und gurgelte das Wasser. Es war die Zeit der Schneeschmelze, wenn die Natur ihre Kraft und ihren Zorn zeigte. Sich hier aufzuknüpfen kam Irmi besonders gruselig vor, weil der Ort so naturgewaltig war.

Sailer, Sepp und der Hase zogen den Toten hoch, was gar nicht so einfach war. Und nicht ungefährlich, denn keiner wusste, ob die Brücke halten würde.

»Die trägt sich selber, dann trägt sie auch uns«, hatte der Hase lapidar gesagt.

Aber der Mann war groß und massiv, das Geländer war hoch, es war ein unwürdiges Gehieve. Irmi wandte sich kurz ab, dann sah sie wieder hin. Sie war heilfroh, dass der Tote nun vor der Brücke auf der Erde lag, fast wie in stabiler Seitenlage, nur war da nichts mehr zu retten. Die Kleidung war teuer, es war jene olivenfarbene Nobeluniform, die geldige Jagdpächter gerne trugen.

Irmi fasste in die Seitentaschen der Cargohose, die allerdings leer waren. Sie nickte Sailer zu, der den Mann auf den Rücken drehte. Irmi sah dem Toten genauer ins Gesicht und war genauso sprachlos wie die anderen.

Das ganze Gesicht des Mannes war mit Eiweiß, Eigelb, Eierschale und Federchen verklebt. Sein ganzer Körper war mit etwas übersät, das aussah wie Hühnermist. Es roch wie in einem Stall, in dem man selten ausmistete, wo sich Keime und Milben Guten Tag sagten. Und so entstellt das Gesicht auch war, erkannte Irmi den Mann sofort. Vor ihren Füßen lag Hubertus von Ebersheim.

»Der Eierbaron«, sagte der Hase leise.

»Is der scho vorher an dem Hühnerdreck erstickt?«, fragte Sailer. »Hot den wer hing'hängt? Oder is der g'sprunga?«

»Das sollte die Obduktion ergeben«, sagte Irmi und merkte, dass ihre Stimme blechern klang.

Der Hase blickte den Weg hinauf. »Wir müssen herausfinden, von wo er gekommen ist und woher dieser Hühnerdreck stammt. Ich warte auf meine Leute. Wir sperren ab.«

Irmi nickte. Sie dachte an Hannes Vogl im türkisfarbenen Wasser und an Antonia auf ihrer Sonnenblumenbettwäsche. Und jetzt dieser Tote über der tosenden Klamm.

»Ich würde gerne mit den beiden jungen Männern reden, die den Toten gefunden haben«, sagte sie.

Während die Kollegen die Stellung hielten, ging Irmi zur Alm zurück. Die beiden jungen Männer standen noch immer vor dem Gebäude und wirkten völlig paralysiert.

»Möchten Sie nicht hereinkommen?«, fragte der Pächter der Alm, der inzwischen eingetroffen war.

»Gerne«, sagte Irmi. »Danke.«

Wenig später saß sie mit den beiden Männern in der urigen Stube. Die beiden Bergsportler tranken einen Tee und Irmi einen Cappuccino. Die Männer erzählten, dass sie vorgehabt hatten, in Richtung Schachenhaus aufzusteigen. Sie wollten nur schnell ein Foto von der Brücke machen, denn sie wollten das über hundert Jahre alte Bauwerk noch einmal ablichten, bevor es womöglich Geschichte war. Dabei hatten sie den Mann entdeckt.

»Zu dem Zeitpunkt war er schon tot?«, erkundigte sich Irmi.

»Mit Sicherheit«, sagte der eine. »Ich bin bei der Feuerwehr und hab eine Sanitätsausbildung. Da war mir klar, dass der nicht mehr lebt. Wir haben den Fundort lieber unberührt gelassen.«

»Danke, das war vorbildlich. Kann ich Ihre Personalien aufnehmen, falls wir später noch Fragen hätten?«

Die beiden nickten.

»Vielen Dank. Das war jetzt kein guter Start in den Tag«, meinte Irmi mitfühlend.

»Nein, der Mann ist mir irgendwie auf den Magen geschlagen«, sagte der Zweite. »Ich glaube, wir haben keine Muße mehr für eine Bergtour. Wir gehen wieder ins Tal.«

»Tun Sie das! Vielleicht einen Frühschoppen auf den Schrecken?«, schlug Irmi lächelnd vor.

»Ich glaub, da braucht's einen Schnaps.«

Irmi sah den beiden nach. Sie hatten es gut. Sie konnten gehen – und das Erlebte hoffentlich bald vergessen.

Dann rief sie Kathi an, die schon unterwegs war, und brachte sie auf den neuesten Stand.

Anschließend unterhielt sie sich mit dem Pächterpaar. Die beiden hatten zwar eine Wohnung am Berg, übernachteten aber häufig im Tal, zumal jetzt, da noch keine Saison war. Keinem von ihnen war irgendetwas Besonderes aufgefallen.

Der Pächter verschwand in der Küche, und für einen Moment war es ganz still. Irmi war allein in der Stube. Die Einrichtung stand in wohltuendem Gegensatz zum Ambiente des Hauses von Hubertus von Ebersheim. Auf dieser Alm hatte einer gewirkt, der Geschmack mit Kreativität und Selbstbewusstsein zu vereinen wusste. Lampen wie Notenschlüssel, einfache, aber doch witzige Stühle. Altes beredtes Holz. Irmi entdeckte eine Broschüre und erfuhr, dass die Balken von einem einsturzgefährdeten Hof in Niederbayern stammten. Dass die Decke einst ein Fußboden gewesen war, dass der Holzboden von einem anderen Bauernhaus stammte und der Kachelofen aus Tirol. Alpenländische Geschichte neu verbaut, Recycling, das auch die Seele mitnahm.

Einst hatte hier die Almwirtschaft Wetterstein gestanden. Natürlich kannte Irmi die Geschichte vom Hannesla-Toni und seinem Bruder, die diese Wirtschaft geführt hatten. Die beiden Burschen waren »wuide Hund« gewesen – nicht nur große Fingerhakler und Musikanten, sondern auch Wilderer. Irmi war mit Bernhard und ihren Eltern Anfang der Siebziger mal hier oben gewesen – bei einem der ganz wenigen Familienausflüge, die sich die Landwirte gegönnt hatten. Es war ein jäher Flashback. Irgendwo gab es noch alte Bilder, die wellig waren und diesen Rotstich hatten. Irmi hatte das Posieren immer schon gehasst, und ihre Mutter hatte die Bilder auch meist verwackelt. Sie nahm sich vor, nach den Fotos von damals zu suchen. Es musste ein Geburtstag der Mama gewesen sein, der Toni hatte aufgespielt, und der Bernhard war seitdem ein glühender Verehrer der Hannesla-Buam gewesen.

Irmi wollte gerade in der Broschüre weiterlesen, als Kathi hereinstürmte.

»Spinn i? Der Hubsi, der Eierschale entstiegen!«

»Oder so.«

»Ich musste viel zu früh aufstehen und mit einer Konservenbüchsenseilbahn anreisen. Da darf man schon was erwarten. Hat sich aber gelohnt. Gibt es hier Kaffee? Hallo!«

Der Pächter kam aus der Küche. »Die Dame?«

»Espresso. Doppelt. Geht das?«

»Sicher.«

Wenig später stand das Getränk vor Kathi. Sie kippte es wie einen Willi auf der Skihütte.

»Noch einen Doppelten?«, fragte der Pächter lächelnd.

»Unbedingt.« Kathi grinste.

»Das war dann aber eine merkwürdige Geschäftsreise vom Hubsi«, meinte sie, als der Pächter den zweiten Espresso gebracht hatte.

»Selbst wenn er auf einer solchen gewesen sein sollte, wurde sie nun recht ungut unterbrochen.«

»Allerdings! Das ist jetzt aber schon Mord, oder?«, fragte Kathi.

»Du klingst, als wäre dir das ein Anliegen. Er könnte doch auch selber gesprungen sein.«

»Aber keiner frisst vorher freiwillig Hühnerscheiße. Und nach den merkwürdigen Umständen bei dem Vogl und seiner Buchbinderin hätte ich jetzt gern mal einen Fall, der ein sauberer Mord ist.«

»Na ja, sauber …«

Der Hase kam herein. »Der Arzt konnte außer dem Dreck wenig feststellen. Wir werden auf die Rechtsmedizin warten müssen. Bisher gehen wir davon aus, dass der Mann durch die Strangulation gestorben ist. Er ist in das Seil gestürzt. Außerdem hat er Verletzungen an den Handgelenken, ich tippe auf Kabelbinder.«

»Eben! Der Hubsi wurde gefesselt, mit Eiern beschmiert und dann über die Brücke geworfen!«, triumphierte Kathi.

»Bitte, wir warten auf die Rechtsmedizin.«

»Ja, Irmi. Lass uns zahlen!«

Der Pächter kam und erklärte, dass die Getränke aufs Haus gingen. »Ich hab ja nicht gelauscht«, sagte er, »aber ich hab den Namen Hubsi aufgeschnappt.«

»Kennen Sie denn einen Hubsi?«

»Ich kenne einen Hubertus von Ebersheim.«

»Tatsächlich? Den kennen Sie?«

»Na ja, kennen ist vielleicht zu viel gesagt. Aber er war immer mal wieder hier oben. Auch mit Geschäftspartnern, glaube ich. Er hat, na ja …«

»Was?«

»Eine große Zeche gemacht. Alles sehr großspurig. Unangenehm, aber ...«

»Der Kunde ist König?«

»Ja, sonst dürfen Sie nicht in der Gastronomie arbeiten. Augen auf bei der Berufswahl. Wir haben uns das so ausgesucht. Es kommen viele höfliche, nette Gäste, aber eben auch solche, die keine Zeit haben, die sich immer über irgendwas beschweren müssen, und solche Großkotze, die so tun, als wären wir die Domestiken.« Er zuckte mit den Schultern. »Man braucht eine dicke Haut. Es wird immer erst im Spätherbst anstrengend, da sind die Batterien leer. Und der Tote an der Brücke ist wirklich Hubertus von Ebersheim? Was wollte der denn hier?«

»Das müssen wir herausfinden«, erwiderte Irmi. »Die Sache wird sich herumsprechen wie ein Lauffeuer, da mache ich mir keine Illusionen. Dennoch wäre es angesichts der laufenden Ermittlungen ...«

»Es wäre schön, wenn wir nichts rausposaunen, oder?«, meinte der Pächter. »Keine Sorge, wir fliegen morgen in Urlaub, mich interessiert nur, dass ich den Flug erwische und noch einmal durchatmen kann, bevor die Saison losgeht.«

»Könnte ich Ihre Nummer haben? Für Notfälle?«

»Sicher. Kann ich zusperren?«

»Ja, wir sind schon weg.« Kathi, Irmi und der Hase erhoben sich.

»Wenn der öfter hier war, dann ist das doch kein Zufall«, meinte Kathi.

»Womöglich«, sagte der Hase. »Ich würde euch noch gerne ein Stück mitnehmen.«

»Zu Fuß?«

»Ja, leider.«

»Ich wusste, dass das heute ein Scheißtag wird«, schimpfte Kathi.

10

Es lag noch genug Schnee auf der Schattenseite und am Waldrand. Kathi keuchte, und auch Irmi empfand ihre Kondition als sehr ausbaufähig. Sie querten den Weg zum Eckbauer und hielten auf den Wald zu. Dort stand ein kleiner Stadl aus Rundholz, wie man sie früher hatte, bevor es Bretterstadl gegeben hatte. Sie galten inzwischen als Kulturgut und gehörten zum Landschaftsbild. Auch zu Hause am Hof hatten sie so einen alten Baumstadl. Bernhard war es ein Anliegen gewesen, ihn zu erhalten. Noch vor seinem Umzug hatte er ein paar Stämme ersetzt.

»Mir ham Holz, da werd i ja wohl so an Stadl erhalten«, hatte er gesagt. Es versetzt Irmi wieder einen Stich. Bernhard fehlte ihr. Wie oft hatte er ihr bei Fällen manchmal ganz ungewollt geholfen, weil er jemanden gekannt hatte, weil er Insiderwissen gehabt hatte, weil sein pragmatischer Landwirtsblick aus einer ganz anderen Richtung gekommen war. Seine knappe, wortkarge Klarheit fehlte ihr mehr, als sie gedacht hätte.

Während Sepp an der Brücke die Stellung hielt, stand Sailer am Eingang des Stadls, der offenbar nachträglich verändert worden war. Normal hatten diese Stadl nur eine Dachluke, hier hatte man aber eine Tür hineingeschnitten. Licht fiel durch den Eingang und zwischen die Baumstämme hindurch ins Innere. Der Boden war erdig. In der einen Ecke lag eine vergammelte Matratze mit Stockflecken. Zwei große Rupfensäcke lagen herum und überall Hühnermist.

»Der Mist wurde mit Säcken extra hergebracht?«, fragte Kathi verwundert. »Hier hält doch keiner Hühner, oder?«

»Ich denke nicht«, sagte der Hase.

Auf dem Boden befanden sich zerschnittene Kabelbinder und ein großes Taschentuch. Etwas in Irmi wehrte sich. Kabelbinder passten so gar nicht ins historische Umfeld. Aber hätte der Mörder oder Entführer, oder wer immer das getan hatte, auf so etwas achten müssen?

Der Hase hob das Schnäuztuch auf. Es wies keine Initialen auf, wahrscheinlich hatte es als Knebel gedient. Der Hase versenkte es in einem Beutel.

»Jemand bringt den Hubsi hierher, fesselt ihn. Kippt Hühnerkacke über ihm aus. Bringt ihn dann zur Brücke und nötigt ihn zu springen?«, fragte Kathi.

»Das wäre möglich«, sagte der Hase.

»Oder er entkommt und springt selber?«

»Ich glaube nicht, dass er selber gesprungen ist. Das klingt für mich nicht schlüssig«, meinte der Hase. »Jemand hat ihn hier festgehalten, und irgendetwas ist aus dem Ruder gelaufen.«

»Wir müssen weiter rumfragen, ob jemandem etwas aufgefallen ist. Ein Wagen, der nicht hergehört. Unbekannte Personen. Hat man eventuell Schreie gehört?«, sagte Kathi.

»Ich wüsste gern, ob es eine Entführung war und ob es eine Lösegeldforderung gab. Denn diese Silvana Sieber war sehr unentspannt, als wir sie befragt haben«, meinte Irmi. »Und zwar beide Male! Ich hatte die ganze Zeit den Eindruck, sie hätte ganz andere Fragen erwartet. Die wusste doch etwas!«

»Diese dumme Schnepfe! Hätte sie uns ins Boot geholt, würde der Hubsi womöglich noch leben!«, schimpfte Kathi. »Was wir über ihn gehört haben, spricht nicht dafür, dass er ein Selbstmörder war!«

»Von Ebersheim war ein großer, stattlicher Typ, den kippt man nicht einfach so von der Brücke«, sagte Irmi nachdenklich.

»Es kannten mehrere g'wesen sein. Oder man hat eam a Pistole ans Hirn g'halten«, schlug Sailer vor.

Sicher, jemand könnte ihn mit Waffengewalt gezwungen haben. Aber warum hatten diese Leute so einen Aufwand betrieben?, fragte sich Irmi. Warum hatten sie ihn nicht gleich erschossen?

»Okay, Sailer. Sie und Sepp befragen die Leute«, sagte sie. »Außerdem möchte ich wissen, wem der Stadl gehört. Kathi und ich fahren zu Silvana Sieber.«

Die Szenerie in dem Stadl war unwirklich und unlogisch. Wer schleppte extra Hühnermist zu einem Entführungsopfer? Ähnliches schien auch Kathi im Kopf herumzuschwirren.

»Ein Eiermann unweit einer Kaiserschmarrn-Alm, wo man jede Menge Eier braucht – könnte das ein Statement sein?«, meinte Kathi.

»Und das ist hier natürlich auch ein sehr historischer Platz«, sagte der Hase.

»Sie meinen wegen dem Hannesla?«, fragte Kathi.

»Nachdem er immer sehr viel getrunken hatte …«, begann der Hase.

»Die ham g'soffn wia die Löcher«, warf Sailer ein. »Es gibt die G'schicht, dass die Hannesla-Buam einen Auftritt beim Bayerischen Fernsehen verpasst ham, weil sie sich vorher Mut ang'soffn ham und sturzbetrunken ins Studio san. Sie sollen a andermal bei einem Wettsaufen auf dem Eckbauer von Freitag bis Sonntag so g'soffen ham, dass der Toni am Ende mit hundertsiebn Halben g'wonnen hat. Aber vielleicht war das Bier damals auch weniger stark.«

»Trotzdem, das ist ja Irrsinn. Diese ganze Flüssigkeit. Das kannst du doch nicht derbrunzen«, entfuhr es Kathi.

Der Hase lächelte. »Gerne auch in dieser Formulierung, Frau Reindl. Jedenfalls wurde der Toni – erzählt man sich – von einem Tag auf den anderen Antialkoholiker und Veganer. Darauf will ich hinaus.«

»Hä?«, machte Kathi.

»Nun, wem ist Massentierhaltung ein Dorn im Auge?«

»Sie denken, das ist ein Statement für den Tierschutz? Jemand wollte ein Zeichen setzen?«

»Sie moanen so welche wia die, die wo Versuchstiere befrein und in Ställen heimlich Fotos machen?«, fragte Sailer.

»Ohne solche Aufdeckungsvideos würde vieles nicht ans Licht kommen«, meinte der Hase. »Auch wenn es nicht immer ganz legal zugeht.«

Das hatte auch Veronika angedeutet, dachte Irmi, die eine ganze Weile nur zugehört hatte. Es war mehr als logisch, sich im Umfeld von Tierschützern umzusehen. Und doch störte sie irgendetwas. Und sei es nur die Tatsache, dass ihr die Lösung sehr plakativ vorkam, beinahe vorhersehbar. Anderseits hatten sie lange genug im Dunkeln herumgestochert, nun kam endlich Bewegung in die Sache.

Dabei hatten sie sich allerdings unendlich weit wegbewegt vom Ausgangspunkt ihrer Ermittlungen: dem toten Hannes Vogl und der toten Antonia Bauernfeind. Dass die beiden auf der Baustelle des Eierbarons mit etwas Tödlichem in Berührung gekommen waren, konnte eigentlich nichts mit dem grausigen Tod des Hubertus von Ebersheim zu tun haben. Oder doch?

Wie so oft schlug Irmi sich mit der Frage herum, ob das wirklich alles Zufall war und in keinerlei Kausalzusammenhang stand. Es war ja auch Zufall gewesen, dass Irmi und der Hase an jenem Tag am Orrido gestanden hatten. Oder Schicksal? Oder eher Pech? Seit Beginn ihrer beruflichen Tätigkeit beschäftigte Irmi das Wesen des Zufalls. Und es war im Lauf der Jahre nichts klarer geworden. Eher im Gegenteil.

»Kathi, lass uns gehen«, sagte sie. »Ach so, wie kommen wir denn runter, wenn die anderen noch hierbleiben?«

»Na, mit der Konserve. Allein fahr ich damit nicht noch mal«, meinte Kathi.

Irmi grinste. »Dann los.«

Sie verabschiedeten sich von den anderen und eilten den Hang hinunter auf den Weg. Der Wind war eisig, Schneeregen kam auf. Aber es war nicht nur der Wind.

»Ein kalter Ort«, sagte Kathi. »Vordergründig ist es idyllisch. Bergeinsamkeit und so. Aber hier stimmt etwas nicht. Elli würd hier räuchern.«

Irmi war überrascht. Kathi beschrieb genau das, was sie auch fühlte. Dazu diese Klamm, das rauschende Wasser, die

Gewalt der Natur. Ja, man müsste das Böse ausräuchern. Elli war Kathis großartige Mutter, eine Frau, die tief in der Natur verwurzelt war.

»Wie geht es Elli?«

»Gut. Sie hat sich ein E-Bike gekauft. Zähneknirschend. Eigentlich wollte sie sich erst mit siebzig eins kaufen, aber ihre Knie zicken etwas rum. Nun ist es doch drei Jahre früher eins geworden. Ich befürchte, sie wird nun auf alle Almen radeln und noch mehr Kräuter pflücken. Früher ist sie den steilen Weg zur Bichlbacher Alm zu Fuß rauf, jetzt radelt sie. Mir wäre das auch mit E-Bike zu steil!«

Sie hatten plaudernd das große Wellnesshotel umrundet und standen nun vor der Bahn. Die Konserve war da. Es waren nur vier Personen pro Gondel zugelassen, und die Kabinenfalttür schloss sich selbsttätig. Bei ihrer Eröffnung 1953 war die Graseckbahn eine Sensation gewesen, denn ihre Stütze war waagrecht in der Wand verankert. Und so fuhr sie bis heute und überwand mühelos hundertfünfzig Höhenmeter. Sie gingen die wenigen Schritte von der Talstation zum Parkplatz. Langsam kamen mehr Menschen herauf, und Irmi war froh, dass ihnen der Anblick des toten Eierbarons erspart wurde.

»Wie bringen wir das jetzt der Silvana bei?«, fragte Kathi plötzlich.

»Keine Ahnung.«

Leider war die Fahrt zur Villa so kurz, dass sie sich gar nicht richtig vorbereiten konnten. Aber auf Todesnachrichten war man ohnehin selten gut vorbereitet. Sie läuteten und hörten schon bald Silvana Sieber heranstöckeln.

»Sie schon wieder!«

Heute trug sie einen Jumpsuit in Leopardenmuster, der am Kragen, den Handgelenken und an den Fesseln mit schwarzem Puschelpelz besetzt war. Beim Anblick des Kleidungsstücks bekam Irmi beinahe Augenkrätze.

»Dürften wir Sie kurz sprechen?«, fragte sie.

»Sie wollen ja nichts zu trinken«, stellte Silvana Sieber fest und gesellte sich zu ihrem Prosecco, der heute in Rosé perlte. »Und wenn Sie schon wieder wissen wollen, wo der Hubsi ist, ich weiß es nicht.«

»Genau darum geht es«, sagte Irmi vorsichtig.

»Wir wissen, wo er ist«, haute Kathi raus.

Silvana Sieber zuckte zusammen. »Wie? Ja, aber wieso?«

Irmi beobachtete sie genau. »Das wundert Sie? Frau Sieber, wollen Sie uns nicht endlich sagen, was Sie wissen?«

Sie begann zu weinen. Doch schon bald hatte sie sich wieder gefasst. »Wo ist er?«, fragte sie mit zitternder Stimme.

Irmi verbat sich jetzt noch weiteres Taktieren. »Frau Sieber, ich muss Ihnen leider sagen, dass er tot ist.«

Es blieb still. Silvana Sieber starrte ins Leere.

»Haben Sie mich verstanden? Ihr Lebensgefährte ist tot. Es tut mir leid, Ihnen das mitteilen zu müssen.«

Da wendete Silvana Sieber den Kopf und sah Irmi an. In ihrem Blick lagen Ungläubigkeit und gleichzeitig die Hoffnung, dass sie sich verhört hatte. Irmi kannte diesen Blick, und er tat ihr jedes Mal weh.

»Warum?«, fragte sie.

Warum? Weil er ein Arsch war, schien Kathi zu denken und behielt es netterweise für sich.

»Frau Sieber, Ihr Freund wurde am Vordergraseck tot aufgefunden. Sagt Ihnen dieser Ort etwas?«

»Wo?«

»Kaiserschmarrn-Alm«, warf Kathi ein.

»Wir waren da manchmal mit Geschäftsfreunden«, hauchte Silvana Sieber. »Aber wie? Wie?«

Sollten sie ihr wirklich erzählen, wie er zu Tode gekommen war?, überlegte Irmi. Selbst ihre Kollegin schien Skrupel zu haben.

»Was kann er da gewollt haben?«, fragte Kathi stattdessen.

»Nichts. Nichts!« Silvana Sieber begann zu weinen, ihre Schluchzer schlugen ins Hysterische um.

Sie warteten, und Irmi reichte ihr schließlich ein Taschentuch. Silvana Sieber schnäuzte sich, stand plötzlich auf und holte ihr Handy von der Anrichte. Nach ein paar Handgriffen hielt sie Irmi das Gerät hin. Irmi las eine SMS. *Wir haben ihn, er wird an seinen Taten ersticken.* Sie gab das Handy an Kathi weiter.

»Er wurde entführt?«

Silvana Sieber nickte kaum merklich. »Ich glaube, ja.«

»Sie glauben? Die letzten Male, als wir bei Ihnen waren, haben Sie aber nichts gesagt?«

»Nein, man sieht das doch im Fernsehen, dass man keine Polizei holen soll.«

»Man sieht da aber auch, dass es immer schiefgeht, wenn man keine Polizei holt«, bemerkte Kathi. Sie riss sich wirklich zusammen, dachte Irmi.

Kathi hielt immer noch das Mobiltelefon in der Hand. Sie wählte die Nummer, von der die SMS gekommen war. »Diese Nummer ist uns nicht bekannt«, sagte eine Automatenstimme, die Kathi auf Lautsprecher stellte. Sie notierte die Nummer, aber es war bestimmt ein Prepaidhandy gewesen, das man nicht finden würde.

»Sie kannten die Nummer nicht?«, wollte Kathi wissen.

»Nein.« Auf Silvana Siebers Stirn sammelte sich Schweiß. Sie wurde immer weißer.

»Von welchen Taten war da die Rede? Haben Sie eine Idee?«, fragte Kathi.

»Nein.«

»Frau Sieber, Ihr Freund war mit Hühnerkot und Eiern befleckt. Es muss etwas mit seiner Arbeit zu tun haben!«

»Hühnerkot?«

»Hatte er Probleme mit Tierschützern? Mit Umweltverbänden?«

»Ich weiß das nicht. Es gibt immer welche, die neidisch sind. Die ihm den Erfolg nicht gönnen. Aber er hat mit mir nur wenig übers Geschäft geredet. Wozu auch?«

Wozu auch? Das war natürlich auch ein Beziehungsmodell. Wahrscheinlich eines, das gar nicht so selten vorkam.

»Gab es Probleme mit Tierschützern?«, wiederholte Kathi ungewohnt geduldig.

»Nein. Keine Ahnung. Fragen Sie im Betrieb nach. Das weiß ich nicht. Es gibt immer welche, die spinnen. Aber Eier wollen alle«, schluchzte sie.

»Kam denn eine Lösegeldforderung?«, fragte Irmi.

»Eben nicht. Ich dachte, es müsste eine kommen«, flüsterte die Frau in ihre Tränen hinein.

»Frau Sieber, seit wann ist Ihr Lebensgefährte weg?«

»Am 22. hat er mir noch geschrieben, am 24. kam die SMS.«

Am 22. März war von Ebersheim noch in Niederbayern gewesen. Er hatte von einem rätselhaften privaten Termin gesprochen, und seit dem 23. war er für niemanden mehr erreichbar gewesen. Nun wussten sie, warum.

»Und dann kam gar nichts mehr?«

»Nein«, wimmerte sie.

»Haben Sie mit jemandem gesprochen? Darüber, dass er womöglich entführt wurde?«

»Nein.«

»Auch nicht mit Ihrer Tochter?«

»Nein. Ich dachte, man soll so wenig Menschen wie möglich mit hineinziehen.«

Tolle Idee.

»Wo ist der Hubsi jetzt?«, schluchzte sie.

»Ihr Freund ist in der Rechtsmedizin. Wann die Leiche freigegeben wird, wissen wir nicht.«

»Rechtsmedizin?«

»Das ist so Usus. Könnte Ihr Freund Selbstmord begangen haben?«

»Warum Selbstmord?«

»Die Todesursache ist etwas unklar.«

»Unklar? Er ist tot. Ich bin ganz allein.« Silvana Sieber begann zu schreien. »Allein, allein. Er kann mich nicht verlassen!« Sie rannte zur Theke, riss wahllos Gegenstände herunter.

Irmi rief den Notarzt an, und Kathi brüllte: »Stopp!« Das wirkte. Silvana Sieber taumelte zur Couch und sank nieder. Ihre Atmung war auf einmal sehr flach. Sie war leichenblass, und ihre Haut glänzte feucht.

»Frau Sieber?«

Sie reagierte nicht mehr. Ihr Puls war kaum noch tastbar. Der Rettungswagen war schnell da, ein Notarzt auch. Sie wurde versorgt, und die Trage verschwand wenig später in Richtung Eingang.

»Wir nehmen sie mit. Das ist ein Schockzustand«, sagte der Notarzt. »Keine Sorge. Es besteht keine Lebensgefahr mehr.«

Wahrscheinlich würde man für psychologische Betreuung sorgen. Es war ein momentaner Aufschub, die wirklich harten Zeiten lagen noch vor ihr.

Der Notarzt nickte ihnen zu und verschwand ebenfalls. Kathi und Irmi standen allein in diesem merkwürdigen hallenartigen Ambiente. Sie zogen die Tür zu und verließen das Haus. Atmeten durch.

»Puh! Ich glaube, sie hat ihn wirklich geliebt«, meinte Kathi. »Sie war nicht nur auf das Geld aus.«

Vielleicht war er zu Hause netter gewesen? Hatte Hüllen aus Professionalität und Profitgier fallen gelassen? Und Macht machte anscheinend sexy. Irgendetwas musste die beiden jedenfalls aneinandergefesselt haben. Einer wie der Eierbaron hätte eine Frau, mit der er nicht mal verheiratet war, locker entsorgen können. Oder war es um eine bürgerliche Fassade gegangen? Beziehungen zwischen Menschen waren kompliziert und sehr fragil. Es lag im Wesen ihres Berufs, dass sie die Menschen immer dann kennenlernten, wenn sie in einer Extremsituation waren. Oder tot. Sie wickelten Lebenslinien rückwirkend ab. Und das hatte Tücken, denn es gab kein objektives Bild. Sie bekamen immer Bilder gemalt, die die Farben des subjektiven Pinsels der Erzähler trugen.

»Und nun?«, fragte Kathi.

»Wir wissen, dass er entführt wurde. Dieser ganze Hühnerdreck ist ein Statement. Natürlich müssen wir an Tierschützer denken. Und wir brauchen die Ergebnisse der Rechtsmedizin.«

»Aber du glaubst doch nicht wirklich an Selbstmord?«

»Nein. Oder doch?«

»Wie? Er befreit sich, rennt zur Brücke und hüpft runter? Komm, das ist doch Schmarrn!«

»Wir müssen rausfinden, was da oben passiert ist. Andrea muss die Firma daraufhin durchleuchten, welche Tierschutzorganisationen MyEi im Fokus hatten. Da muss es etwas geben!«

»Bestimmt, und wir sind in jedem Fall wieder drin. Da kann kein Chef und kein Staatsanwalt was sagen!«

Bis sie im Büro eintrafen, waren auch Sepp und Sailer zurückgekehrt. Der Baumstadl gehörte einer der Familien am Graseck, die ihn schon lange nicht mehr benutzt hatten. Es gab keinen Grund, daran zu zweifeln. Interessanter war, dass eine Frau glaubte, zweimal einen alten Subaru Forester gesehen zu haben. Sie glaubte, das sei am Mittwoch und am Freitag letzter Woche gewesen. Sie hatte gedacht, es sei ein Jagdpächter gewesen. Ein Kennzeichen hatte sie nicht gesehen. Und so ganz sicher war sie sich bei der Automarke am Ende auch nicht mehr.

Sie waren mal wieder zum Warten verdammt. Auf die Ergebnisse aus der Rechtsmedizin und auf eine Aussage von Silvana Sieber, die im Klinikum lag und sich erst mal erholen musste.

Als Irmi zu Hause auf den Hof fuhr, sprang Raffi ihr

freudig entgegen und zwinkerte ihr mit seinen Grinseaugen zu. Hinter ihm kam Lissi, die überrascht wirkte, dass Irmi schon da war. Sie hielt eine Reine in den Händen.

»Ich wollte dir den Rest von der Gemüselasagne bringen.« Sie wischte sich ein paar Tränen ab. »Dem Alfred ist da zu wenig Hackfleisch drin.« Sie versuchte ein Lächeln.

»Was ist los mit dir? Doch nicht wegen der Lasagne? Der Alfred wird nie Vegetarier!«

Lissi war keine, die leicht weinte. Wenn sie es tat, dann verbarg sie es weitgehend. Auch in schweren Zeiten ihrer Erkrankung war sie nach außen immer sehr souverän gewesen. Auch weil sie ihre Männer nicht hatte beunruhigen wollen.

»Nichts.«

»Klar, so sieht es auch aus. Ist ein Tier gestorben?« Womöglich der zweite Kater. Nein, das durfte nicht sein!

»Nein, nein! Kein Tier. Gott sei Dank. Gestorben ist nur … na ja … wieder ein Stück Glauben ans Gute.«

Irmi wartete.

»Du hast ja unsere Gäste gesehen«, sagte sie zögerlich.

Lissi verwendete wie viele andere auch das Wort »Gäste«, nicht Flüchtlinge. Sie hatte eine ukrainische Mutter mit Sohn und vier kleinen Hunden in einer ihrer Ferienwohnungen aufgenommen. In der ebenerdigen wegen der Hunde. Lissi hatte jede Menge Fahrten unternommen. Zum Landratsamt, zur Gemeinde, nach Garmisch, um eine kostenlose Telefonkarte zu besorgen, und zur Tierärztin. Sie hatte sogar eine Frau gefunden, die die Hunde umsonst getrimmt hatte. Lissi hatte im Bekanntenkreis Geld gesammelt, hatte Lebensmittel rübergebracht und für den Jungen Schule und Fußballverein organisiert.

»Wie läuft es denn? Das mit dem Fußball war eine tolle Idee.«

»Da war er genau einmal. Dann hat er sich nach einer halben Stunde absentiert und am Handy Autorennen gespielt. Er hat alle auflaufen lassen.«

»Na ja, er kann die Sprache nicht. Das ist eine schwere Situation.«

»Was muss man beim Fußball verstehen? Die anderen Jungs haben sogar Worte auf Ukrainisch gelernt und wollten ihm Schuhe schenken.«

Irmi wartete.

»In der Schule war er auch einen Tag. Auch da hat man sich sehr bemüht. Der Schulbusfahrer hätte extra für ihn unten an der Straße gehalten. Am Tag zwei hatte er hier einen Tobsuchtsanfall, dass ich echt Angst bekommen habe. Da geht er nicht mehr hin. Da gibt es nur Idioten. Seine Mutter hat mir gesagt, er sei zwölf. Man könne ihn ja nicht hintragen.«

»Und jetzt?«, fragte Irmi.

»Die hocken jetzt eigentlich nur noch in der Bude.«

»Aber die Hunde? Die müssen doch Gassi gehen!«

»Nein.«

»Wie, nein?«

»Nur einmal am Tag fürs große Geschäft. Ansonsten pinkeln die Tiere in der Bude auf Inkontinenzunterlagen.«

»Das ist nicht dein Ernst!«

»Doch, in Kiew hatten sie ein Hundeklo. So, wie es hier Katzenklos gibt.«

»Ja gut, wenn ich in einer Großstadt im fünfzehnten Stock wohne. Aber hier ist das doch was anderes. Hast du nichts gesagt?«

»Doch, aber es fällt mir so schwer, diese Menschen zu kritisieren. Mein Englisch ist ja nicht gut, aber den Satz *You want us to be convenient* hab ich verstanden. Das stimmt ja gar nicht, mir war klar, dass das alles andere als praktisch und einfach wird. Aber ich hätte mir … ach!«

»Du hattest dir ein klein bisschen Dankbarkeit erhofft?«

»Nicht mal das, nur Respekt. Weißt du, sie waren von Anfang an entsetzt: keine Straßenbeleuchtung, kein Bus, keine Shops.«

Nein, Shops gab es nur wenige am Land. Und die Busse fuhren selten. Aber es gab hier Frieden und mit Lissi die wahrscheinlich wohlmeinendste Person auf Erden. Und eine unfassbar liebevoll eingerichtete Wohnung.

»Ach, Irmi, ist es nicht wie mit jeder Beziehung? Es beginnt oft hochemotional, dann konsolidiert es sich, und am Ende kommt die Ernüchterung. Nur wenn sich mit der Konsolidierung auch etwas Tragfähiges entwickelt, kann es weitergehen – und das auf einem Level, das weniger Dramatik braucht und auch keine Dankbarkeit.«

Besser hätte man es nicht ausdrücken könnten.

»Wie geht es weiter?«, wollte Irmi wissen.

»Alfred ist ausgerastet wegen der verpissten Bude. Er hat natürlich gleich gewusst, dass ich mit meinem Gutmenschentum auf die Schnauze fallen würde. Sie werden in einer Woche gehen. Das Amt organisiert das alles.«

»Das ist doch eine gute Lösung.«

»Nichts ist gut. Ich fühle mich schuldig. Ich habe versagt.

Ich hätte mir noch mehr Mühe geben sollen, diese Menschen zu verstehen und zu tolerieren.«

Irmi zögerte, sie hatte keine Kinder. Es war immer dünnes Eis, als Nicht-Kinderhalterin über Erziehung zu urteilen. Aber ihr tat Lissi so leid.

»Was den Jungen betrifft, steckt bestimmt noch ein anderes Problem dahinter, das nichts mit seiner Erfahrung als Geflüchteter zu tun haben muss«, meinte sie.

»Das sagt mir der Verstand auch, aber ich mache mir trotzdem Vorwürfe. Dann lese ich in der Zeitung von Familien, in denen das alles super klappt, wo sich die Gäste einbringen, auch mal was kochen und fragen, ob sie mithelfen können. Familien, deren Kinder gerne in die Schule gehen. Was ist an mir so falsch?«

Irmi hätte sie gerne getröstet.

»Ich glaube, das geht anderen auch so. Du hast getan, was du konntest. Aber da treffen halt ganz unterschiedliche Lebenswelten aufeinander, Lissi, und manchmal passt es eben nicht!«

Irmi kannte das Dilemma, in dem ihre Freundin steckte, nur zu gut. Es war nicht einfach, sich einzugestehen, dass nicht alles perfekt lief. Nicht erst seit Corona und dem Krieg in der Ukraine waren die Positionen in der Gesellschaft so extrem geworden. Es gab nur noch schwarz und weiß, und die Tatsache, dass wenig fundierte Meinungen über soziale Medien hinausposaunt wurden, machte es nur noch schlimmer. Wo war diese Welt hingedriftet? Es gab keine saubere Argumentation ohne persönliche Verletzung, keine echte Diskussion, an deren Ende ein Kompromiss stand. Stattdessen wurden schnelle Tweets gepostet, die man notfalls wieder löschen konnte. Warum überlegte keiner mehr so lange, bis er etwas äußerte, wozu er stehen konnte und was er nicht zurücknehmen musste?

»Wo gehen sie jetzt hin?«, fragte Irmi schließlich.

»Irgendwohin, wo es urbaner ist. Da die Hunde eh nicht rausdürfen, ist es ja eigentlich egal.«

»Kann man die nicht entführen?«, schlug Irmi vor, um sie aufzumuntern.

Zum ersten Mal lächelte Lissi. »Daran habe ich auch schon gedacht. Tiere sind am schlimmsten dran. Einem Kind kannst du etwas erklären, kannst es schönen, Puderzucker drüberstreuen. Das Tier ist dir auf Gedeih und Verderb ausgeliefert. Zwei der Hunde sind Chihuahuas wie Kicsi. Du weißt, wie die rennen konnte.«

»Schade für die Hunde. Es wäre eine tolle Chance gewesen«, sagte Irmi leise.

Wäre gewesen. Konjunktiv zwei. Was, wenn sich im Leben der Konjunktiv zwei häufte?

11

Schon am Vormittag gab es einen Bericht von der Rechtsmedizin. Man hatte von Ebersheim wohl auch gezwungen, Federn, Kot und Eierschalen zu schlucken, das war allerdings nicht die Todesursache. Der Bericht besagte, dass es zu einer Kompression des Halses mittels eines Strangwerkzeugs durch Zugwirkung des eigenen Körpergewichts gekommen sei. Das Strangwerkzeug, ein Seil, sei eintourig um den Hals geschlungen gewesen. Die Stranglage sei allerdings atypisch, ohne Gleitknoten in der Nackenmitte. Der Rechtsmediziner hatte Simonsche Blutungen festgestellt.

Es klang alles so geschäftsmäßig, fand Irmi. Ob der Mann selbst gesprungen war, vermochte der Rechtsmediziner nicht zu sagen. Der Tote hatte natürlich Kratzer und Läsionen am Körper, insbesondere Abdrücke von den Kabelbindern. Inwieweit ihn jemand gezwungen hatte zu springen, war nicht festzustellen.

Kathis Kommentar war klar – und wahr. »Scheiße!«

Dem war wenig hinzuzufügen.

»Was wäre eure nächste Idee?«, fragte Irmi.

»Wir könnten mal checken, was an Subarus so zugelassen ist«, schlug Andrea vor.

»Ja, sicher, nur welchen Radius willst du legen? Nur hier im Landkreis? In den Nachbarlandkreisen? Nach Österreich rüber? Versuch es. Womöglich ist unter den Haltern jemand, der uns weiterbringt.«

»Wissen die in der Firma schon, dass er tot ist?«, fragte Kathi.

»Wahrscheinlich nicht. Silvana Sieber kann sie nicht informiert haben.«

»Dann tun wir das doch!«, rief Kathi. »Ich freu mich aufs Gock.«

Irmi wählte und aktivierte den Lautsprecher. Das wohlbekannte Gackern und der Gesang füllten das Büro.

»So, ihr lieben Hühner! GOCK!
Es gibt viel zu tun.
GOCK, GOCK, GOCK, GOCK, GOCK!
Schluss jetzt mit dem Schlendrian,
mit Gackern und mit Ruhen!
GOCK, GOCK, GOCK, GOCK, GOCK!
Hier in dieses weiche Stroh, GOCK,
setzt ihr euren kleinen Po! GOCK!«

Es wurde nicht besser, wenn man das Intro schon kannte. Diesmal ging Amelie Lohberger schneller ans Telefon, eine weitere Gock-Serie blieb ihnen erspart. Es war nicht zu überhören, dass die Assistentin über den erneuten Anruf der Kommissarinnen nicht begeistert war.

»Ich habe immer noch nicht mit ihm gesprochen«, sagte sie vorauseilend, »aber heute um vierzehn Uhr ist unser Wochenmeeting, und dann sage ich ihm, er soll Sie anrufen.«

»Er wird daran nicht teilnehmen«, sagte Irmi.

»Ich sage doch, er ruft Sie an. Er …« Amelie Lohberger stutzte. »Warum sollte er nicht teilnehmen?«

»Wir haben Hubertus von Ebersheim gestern tot aufgefunden. Bei Garmisch.«

Es war still in der Leitung.

»Frau Lohberger?«

»Aber das kann nicht sein.«

»Doch, es tut uns leid. Wir schließen ein Gewaltverbrechen nicht aus.«

»Aber ... aber ... nein!«

»Frau Lohberger, mehr denn je sind wir auf Ihre Mithilfe angewiesen. Wir müssen annehmen, dass der Tod Ihres Chefs etwas mit der Firma zu tun hat. Dass zum Beispiel Tierschützer involviert sein könnten.«

Irmi versuchte immer noch, vage zu bleiben, sie wollte nicht zu viel von der laufenden Ermittlung preisgeben.

»Was denn für Tierschützer?«

»Das frage ich Sie.«

»Er ist wirklich tot?« Amelie Lohberger begann zu weinen. »Ich kann das nicht glauben. Was soll denn nun werden?«

»Können Sie mich zu Ihrem Betriebsleiter durchstellen?«

Diesmal schien er im Büro zu sein. Der Gock-Terror ging wieder los. Nach geraumer Zeit war Kubasch am Apparat. Amelie Lohberger musste ihn auf den aktuellen Stand gebracht haben.

»Der Chef ist wirklich tot? Ermordet?«

»Er ist tot. Wir ermitteln gerade die genauen Todesumstände und sind dabei auf Ihre Mithilfe angewiesen.«

»Amelie sprach von Tierschützern?«

»Herr Kubasch, Sie führen einen Großbetrieb. Diese Art der industriellen Tierhaltung gefällt doch nicht jedem.«

»Hier geht es nicht um Gefallen oder Nichtgefallen. Wir halten uns an alle Standards, wir werden von Amtsveterinären überprüft.«

»Es gab nie Ärger?«

»Wir hatten vor Jahren eine gerichtliche Auseinandersetzung. Da haben ein paar Anwohner geklagt, weil ein Betrieb außerhalb einer Ortschaft nur dann einen Stall errichten darf, wenn er wenigstens die Hälfte des Futters für die Tiere darin auf eigenen oder auf Pachtflächen erwirtschaften kann. Sie haben unterstellt, dass wir das nicht können. Doch wir haben genug Pachtflächen und konnten alle Vorwürfe entkräften. So ist es doch immer: Keiner will in der direkten Nachbarschaft eine Schweinemast oder einen Hühnerbetrieb, manche stören sich bei Ihnen da unten ja schon an Kuhglocken oder Kirchturmuhren. Man will keine Windräder, weil dann das Haus nichts mehr wert ist. Pech für die Kuh Elsa, kann ich da nur sagen. Wir agieren korrekt, und ich verstehe sogar, dass so mancher Hausbesitzer nicht neben uns wohnen will. Aber es gibt rechtliche Rahmen, und die halten wir ein.«

»Wenn das Haus aber wirklich nichts mehr wert ist?«, warf Kathi ein.

»Aber das ist doch kein Grund, jemanden umzubringen!«

»Warum nicht? Gab es einen Anführer des Protestes? Eine Leuchtturmgestalt?«

»Nicht dass ich wüsste. Bei Betrieben in dieser Größenordnung ist immer Gegenwind, das war Hubertus auch bewusst. Er mochte Auseinandersetzungen sogar.«

Hubertus von Ebersheim mochte Auseinandersetzungen? Das war vorstellbar. Wenn er sich wirklich für unverwundbar gehalten hatte, dann war er womöglich ein schwarzer Ritter gewesen, der immer siegte. Der das Turnier liebte.

»Wie war es denn in Niederbayern? Gab es da auch so prickelnde Auseinandersetzungen?«, hakte Kathi nach.

»Auch da hat eine Bürgerinitiative irgendwas gefordert. Ist aber schon ein paar Jahre her. Fragen Sie doch dort nach. Ich muss jetzt aber …« Er brach ab.

»Herr Kubasch, es tut uns leid, Ihnen solch eine Nachricht überbringen zu müssen, aber es dürfte ja auch in Ihrem Interesse sein, uns bei der Aufklärung zu helfen.«

»Wenn mir etwas einfällt, melde ich mich. Aber ich habe keinen konkreten Verdacht. Wirklich nicht. Wir müssen jetzt erst mal sehen, wie wir das hier im Betrieb kommunizieren.«

»Wer erbt denn eigentlich?«, wollte Kathi wissen.

»Das entzieht sich meiner Kenntnis. Aber genau diese Fragen werden kommen. Bei den Angestellten werden Ängste hochkommen, dass sie den Job verlieren. Sie entschuldigen mich?«

»Natürlich«, entgegnete Irmi. »Danke und alles Gute.«

»Wer erbt denn nun wirklich?«, fragte Kathi nach dem Telefonat.

»Silvana Sieber?«, schlug Andrea vor.

»Die waren doch nicht verheiratet«, meinte Kathi.

»Womöglich hat er ein Testament gemacht?«, mutmaßte Irmi.

»Selbst wenn, ich glaube nicht, dass er ihr das ganze Unternehmen vermacht hat. Die kann doch keinen Betrieb leiten. Der hielt sich doch eh für unverwundbar und göttlich. Ich glaube eher, er hat gedacht, er habe alle Zeit der Welt. Aber wer erbt denn ohne Testament?«

»Die nächsten Verwandten, das wäre wohl der Bruder«, meinte Andrea.

Kathi grinste. »Hat der ihn gemeuchelt, weil er erben wollte?«

»Der hat einen gut gehenden Betrieb. Ich glaube, so ein Erbe würde ihn eher belasten. Dann schon eher Silvana Sieber«, konterte Andrea.

»Dann müsste sie aber wissen, dass es ein Testament gibt und dass sie erbt. Vielleicht hat sie ja einen perfiden Racheplan geschmiedet, weil der geile Eiersack halt doch eine Affäre in Italien hatte«, triumphierte Kathi.

»Traust du ihr das zu?«

»Ich glaube, die ist gar nicht so blöd, wie sie tut.«

»Sie kann den Schock aber nicht gespielt haben!«

»Das eine hat mit dem anderen nichts zu tun. Wenn sie dahintersteckt, dann stand sie ja erst recht unter extremer Belastung, oder?«

Diese Hypothese hatte schon etwas. Irmi blies Luft aus. »Wenn, dann müsste ihr aber jemand da oben am Graseck geholfen haben.«

»Vielleicht hat sie auch einen Lover?«, schlug Kathi vor.

»Das klingt jetzt aber schon sehr nach Klischee!«, meinte Andrea.

»Alte Weisheit: Die Realität toppt jedes Klischee. Die Silvana hat uns definitiv belogen. Die verarscht uns nach Strich und Faden.«

»Dann lassen wir diese Hypothese mal zu. Aber ist Silvana Sieber wirklich zu so was in der Lage?«

»Ihr erster Mann, der Herr Sieber, ist auch tot. Sie ist gelernte Arzthelferin und arbeitet in der Altenpflege.«

»Und da gibt es lauter Todesengel?«, erwiderte Andrea. »Kathi, du spinnst!«

»Wir könnten mal den Pflegedienst aufsuchen, bei dem sie arbeitet, und mal fragen, wie sie so ist.«

»Was soll das bringen? Die wissen sicher auch nicht, wer ihr Lover ist. Wenn es denn einen gibt.« Irmi war immer noch nicht überzeugt.

»Was ist mit, ähm, irgendwelchen Freundinnen? Die wissen so was doch eher«, schlug Andrea vor.

»Gute Idee! Lasst uns doch mal schauen, ob sie einen Insta-Account hat.« Kathi suchte ein bisschen auf ihrem Handy herum. »Aha, sechshundertfünfundvierzig Beiträge. Sie ist offenbar recht zeigefreudig.«

»Ich glaub, ich will das gar nicht alles sehen«, bemerkte Irmi.

Und während sie durch die Bilder wischten, fühlte sie sich in ihrer Einschätzung bestätigt: Sie mochte dieses Eindringen ins Private nicht. Natürlich, die Menschen wollten zeigen, wie großartig ihr Leben war, aber Irmi verabscheute nun einmal Neid und Angeberei.

Es gab Urlaubsbilder aus Miami. Silvana in kurzen Röckchen, mit riesigen Sonnenbrillen im Haar. Nur ein einziges zeigte sie am Strand zusammen mit Hubsi, der einen Don-Johnson-Anzug trug, die Hose hochgekrempelt, ein T-Shirt drunter, die Augen gegen die Sonne zusammengekniffen. Er sah wirklich nicht schlecht aus, ein bisschen wie Bruce Willis.

Es gab eine Serie von Bildern, die Silvana Siebers aktuelles Nageldesign zeigte. Mal hatte sie lange Krallen, mal Micky Maus auf den Nägeln, dann wieder Hello Kitty. Die Frau war Ende vierzig, aber die Welt generell schien infantiler geworden zu sein. Oder war das nur Irmis Wahrnehmung? Hatte es womöglich etwas mit ihrem eigenen Alter zu tun?

Silvana Sieber hatte Blumen im Garten gepostet und einen Blick in ihren Kleiderschrank. Mit dem Kommentar: *Ich bewerbe mich mal bei Shopping Queen*. Drei Smileys.

»Wenn das Ironie wäre, dann wäre sie mir fast sympathisch«, sagte Kathi. »Ich glaub aber, die meint das ernst.«

Es gab Bilder von einer Grillfete im Garten des Landhauses. Bilder vom Champagnerkühler. Viele Menschen, die alle sehr stylish gekleidet waren. Eines von ihrer Tochter am Grill. Es war ein Schnappschuss. Die junge Frau wirkte in ihrer abgeschnittenen Jeans und dem T-Shirt völlig deplatziert. Man sah Silvana in diversen Prosecco-Schlürfposen. Eine Frau mit rabenschwarzem Haarhelm war mehrfach zu sehen. Vielleicht war das jene Freundin, die Silvana besser kannte.

Als Nächstes kam eine Fotoserie von einer Vernissage, mit extrem bunten Bildern von Hirschen, Elchen und Wildsauen. Das Bild zu Hause bei Silvana Sieber schien aus derselben Hand zu stammen. *Ist Lora nicht extrem begabt, was meint ihr?*, lautete der Untertitel. Hashtag *Genie*. Hashtag *LoraLaurentis*.

»Lora. Heißen so nicht Papageien?«, kommentierte Kathi giftig.

Andrea googelte. »Lora Laurentis, Künstlerin. Die malt

solche pinken Schinken. Dann war das sicher ihre Vernissage. Das ist die mit dem Pagenkopf.«

»Wie Mireille Mathieu. Furchtbar! Wie kann man freiwillig so eine Frisur haben?«

»Du kennst Mireille Mathieu?«, staunte Irmi grinsend.

Kathi begann, »Akropolis Adieu« zu schmettern.

»Nein, halt, bitte!«

»Elli ist ein großer Fan. Sie hört so was beim Kochen. Ich wunder mich auch immer, dass da die Milch nicht sauer wird.«

»Diese Mireille zwo scheint zumindest eine Bekannte oder Freundin zu sein«, meinte Irmi. »Die könnten wir mal aufsuchen.«

»Sie hat eine Galerie in Murnau«, erzählte Andrea.

»Wo sonst? Dort, wo das gepflegte Kulturvolk residiert«, meinte Kathi. »Los, weiter Bildchen gucken. Womöglich taucht der Lover auch noch irgendwo auf!«

Es folgte eine Italienreise. Noch mehr Prosecco. Bilder vom Lago Maggiore. Das war Mitte Januar gewesen, was zu ihren Aussagen passte. Auf einem Bild fasste sie einer Statue an den Pimmel.

»Sehr witzig!«, maulte Kathi.

Es gab noch ein paar Schnee- und Skibilder, auf denen Silvana Sieber Pelzstiefel trug, die mal keine High Heels hatten. Auf einem Foto war sie nur ganz dezent geschminkt und sah wirklich hübsch aus. Auch jünger, wie Irmi fand. Silvana war in Arosa gewesen und fütterte Eichhörnchen am Eichhörnliweg. Im Februar hatte sie wenig gepostet, einmal sich selbst an der Nähmaschine. *Ich liebe das, ist sooo kreativ.*

»Die näht selber?«, staunte Kathi.

»Wie du gesagt hast: Sie ist wohl nicht das verwöhnte Dummchen. Zumindest nicht nur. Sie scheint auch bodenständige Seiten zu haben.«

Im März gab es ein paar Sonnenuntergänge, einen Saharastaub-Post und ein Grab. *Gute Reise, Elvira Schneider.* Vielleicht hatte sie diese Frau gepflegt.

»Kein Lover, Kathi. Schade, oder?«, bemerkte Irmi lächelnd.

»Wäre ja auch blöd, es auf Insta zu posten. Das hätte der Hubsi doch sehen können.«

Irmi griff nach Kathis Handy und fing noch mal von vorne an. Sie blieb an den Bildern von der Gartenparty hängen. Da war auch diese Lora zu sehen. Bianca am Grill sah wirklich sehr genervt aus. Irmi schaute genauer hin und zoomte das Bild heran. Eindeutig, sie war es. Antonia Bauernfeind.

»Seht euch das an!«, rief sie.

»Antonia Bauernfeind. Ja, okay, finde ich aber nicht so überraschend. Es war doch die Rede davon, dass sie sich flüchtig kennen würden.«

»Ja, es hieß, sie hätten sich einmal auf einer Vernissage getroffen«, meinte Irmi. »Das ist aber ein Grillfest.«

»Erinnerst du dich immer so genau an unwesentliche Details?«, wollte Kathi wissen.

Irmi schaute sich alle Bilder der Gartenparty noch einmal an. Auf einem waren Antonia und Bianca hinter dem Hauptmotiv zu sehen, einem Schokoladenbrunnen. Sie standen nahe beieinander und schienen in ein ernstes Gespräch vertieft zu sein.

»Für mich sehen die so aus, als hätten sie sich besser gekannt«, sagte Irmi.

»Ja, und wenn schon? Silvana wollte uns möglichst schnell los sein. Weil da der liebe Hubsi schon längst entführt war. Und wenn sie es selber war, dann musste sie uns noch schneller loswerden, oder?«

Kathi war nicht zu bremsen.

»Und der Hühnermist?«

»Der war ein Ablenkungsmanöver«, fuhr Kathi fort. »Silvana wusste natürlich sehr genau, dass Tierschützer den Betrieb im Fokus haben. Sie dachte, dass die Polizei da als Erstes draufkommt. Das hat die ganz geschickt eingefädelt.«

»Puh!«, rief Andrea. »Jetzt hast du es uns aber gegeben mit deinen Ursache-Folge-Ketten.«

»Ich hol mal ein paar Brezn«, meinte Kathi. »Sollten wir nicht mal checken, ob an der Sache mit den Tierschützern was dran ist? So als Hintergrundinfo?«

»Guter Plan, ich schau mal, was ich finde«, sagte Andrea und nickte Irmi zu. »Dann sehen wir uns in einer Dreiviertelstunde hier?«

»Passt«, entschied Irmi. »Kathi holt die Brezn, ich mach Kaffee.«

Nach vierzig Minuten saßen sie alle vor Andreas Computer.

»Brösel hier nicht so rum«, sagte Andrea.

Kathi grinste. »Ach, und ich wollte grad den Kaffee in deine Tastatur kippen. Los, was hast du gefunden?«

»Es hat einige Beschwerden und auch juristische Auseinandersetzungen wegen der MyEi-Standorte gegeben.

Wie das der Typ in der Lausitz erzählt hat. In Niederbayern hat sich eine Bürgerinitiative formiert, die sich über Schmutz und Staub beschwert hat. Ähm, ja, es hat eine Gerichtsverhandlung gegeben, bei der entschieden wurde, dass der Hühnermist nur noch in geschlossenen Behältern abtransportiert werden darf. Der Betrieb musste dann eine immergrüne dichte Hecke pflanzen, die von Beginn an mindestens zweieinhalb Meter hoch zu sein hatte. Das Ganze ist, ähm, in eine zweite Runde gegangen, denn es gab auch Klagen wegen Verunreinigung eines Bachs durch Oberflächenwasser. Hier musste von Ebersheim ebenfalls handeln und ein Leitungssystem anlegen.«

»Okay«, sagte Kathi. »Aber er hat immer was gemacht, oder?«

»Ja, und er hat das Ganze jedes Mal PR-mäßig voll ausgeschlachtet. Er hat eine Biogasanlage gebaut, am Bach irgendwelche Büsche gepflanzt und Bienenwiesen angelegt und sich dann von der Lokalpresse gebührend feiern lassen. Schaut mal!«

Am Bildschirm sah man von Ebersheim und einen anderen Mann im Handschlag vor einer Blumenwiese stehen. Bildunterschrift: *Hubertus von Ebersheim, MyEi-Gründer, und Betriebsleiter Josef Bieramperl freuen sich über den neuen Blühstreifen.* Die Überschrift des Artikels lautete: »*Die Bienen werden es ihm danken.*«

»Voll die Amigos. Wie feist die grinsen!«, echauffierte sich Kathi.

»Immerhin haben sie reagiert.«

»Ohne die Beschwerden hätten die nie was getan. Frage: Wer war denn da führend bei der Bürgerinitiative?«

»Eine Frau Dr. Moll und ein Herr Dr. Rohrbach. Die Initiative heißt *LÖ – Lebenswertes Öd*.«

»Bitte, nein! LÖÖÖ. Und dann auch noch so ein Akademikerauftrieb«, kommentierte Kathi.

Häufig waren es zugezogene Akademiker, vorzugsweise Lehrer oder Juristen, die sich auf dem Land in Bürgerinitiativen engagierten. Und gar nicht selten wurden sie dann aktiv, wenn das Problem sie persönlich betraf. Da hatte Kubasch den Nagel auf den Kopf getroffen. Da kauft man sich im Neubaugebiet ein Grundstück, das bis an den idyllischen Bach reicht. Baut sich ein Haus und stellt sich einen Deckchair aus fairem Tropenholz in den Garten, trinkt seine Soja Latte oder den Hugo mit Minze aus dem eigenen Beet. Und dann wagt es so ein Landwirt, jenseits des Bachs zu odeln. Oder eine Eierfabrik verunreinigt das Gewässer. Da geht man natürlich auf die Barrikaden. Weniger wegen des Gemeinwohls.

»Wollen wir die mal anrufen, die LÖs?«, fragte Andrea.

»Klar, wenn du uns die Nummer gibst.«

Wenige Klicks später hatte Andrea die Kontaktdaten herausgesucht. Es stellte sich heraus, dass die beiden verheiratet waren. Irmi wählte die Nummer, und eine Männerstimme meldete sich.

»Rohrbach?«

»Guten Tag, Herr Rohrbach, hier Irmi Mangold von der Kripo in Garmisch-Partenkirchen. Meine zwei Kolleginnen hören mit.«

»Ach was, geht es um den Tod von Ebersheim?«

»Das ist schon zu Ihnen durchgedrungen?«

»Ach, die Welt ist klein. Josef Bieramperl und ich spielen

Golf zusammen. Ich bin gestern in die Saison eingestiegen. Da war noch alles gut. Und gerade ruft er mich an und sagt mir, dass von Ebersheim wohl gewaltsam zu Tode gekommen ist.«

Da waren die Infokanäle von der Lausitz nach Niederbayern ja schnell gewesen.

»Ach was, Sie golfen mit Ihrem Widersacher?«, warf Kathi ein.

»Josef und ich sind alte Schulfreunde, keine Widersacher.«

Er war schon mal kein Zuagroaster. Diese Schublade musste Irmi wieder schließen.

»Aber Sie sind gegen die industrielle Tierhaltung und deren Auswurf«, konterte Kathi.

»Schön formuliert. Ein Germanist würde sich freuen.« Er lachte.

Jurist war er also keiner, Lehrer war noch nicht aus dem Rennen, dachte Irmi.

»Wenn Sie darauf hinauswollen, dass wir Grund gehabt hätten, Hubertus von Ebersheim umzubringen, muss ich Sie leider enttäuschen«, fuhr er fort. »Wir haben mit den uns zur Verfügung stehenden rechtlichen Mitteln gekämpft und das erreicht, was wir wollten. Von Ebersheim ist kein Idiot, er weiß sehr genau, dass ein solcher Betrieb nur existieren kann, wenn ein gutes Verhältnis zu den Nachbarn herrscht.«

»Hat er auch mit Ihnen Golf gespielt?«

»In der Tat, einige Male. Seine Abschläge sind exorbitant, er weiß wirklich den Driver zu führen. Sein Annäherungsspiel hingegen ist kritisch, ihm fehlt die Demut, die dieses Spiel erfordert.«

»Herr Rohrbach, wir glauben, dass der Täter aus Tier- oder Umweltschützerkreisen stammen könnte.«

»Und da dachten Sie an uns?« Rohrbach lachte. »Sie haben Glück, dass Sie mich heute erreichen. Ich war bis vorgestern verreist. Meine Frau ist noch gar nicht zurück. Wir nutzen die Semesterferien immer für eine längere Reise. Ich weiß ja nicht, wann der Mann zu Tode kam, ich war jedenfalls die letzten sechs Wochen im Urlaub.«

»Sie sind Dozent an der Uni?«

»Ja, in Passau. Ich arbeite im Fachbereich Geografie, meine Frau ist Germanistin. Das Sommersemester beginnt Ende April.«

»Wo waren Sie denn im Urlaub?«

»Auf Island. Die Aurora jagen.«

»Wen?«

»Aurora borealis. Das Nordlicht. Wir hatten ein paar großartige Sichtungen und haben wunderbare Fotos gemacht. Wir waren nämlich auf Fotosafari, mit den Profis vom Polarlichtcenter in Reykjavík.«

»Aha«, sagte Kathi.

»Nicht dass Sie denken, wir würden Sie verdächtigen«, meinte Irmi. »Wir versuchen nur, uns ein Bild zu machen, wer von Ebersheims Gegner gewesen sein könnten.«

»Ich fand von Ebersheim gar nicht so verkehrt, doch meine Frau empfand ihn als einen furchtbaren Macho. Er ist ein kluger Mann, der taktiert und auslotet, wie weit er gehen kann, der aber auch umkehrt, wenn er muss.«

»Er ist umgekehrt, wie Sie das nennen, weil er daraus Vorteile für seine PR-Arbeit ziehen konnte!«, rief Kathi.

»Das analysieren Sie ganz richtig. Aber es zeugt von

Intelligenz, eine Niederlage in einen Sieg umzumünzen und das Ganze so zu verkaufen, dass es am Ende seine Idee war. Wir haben bekommen, was wir wollen. Und er hat sein Gesicht gewahrt.«

»Gab es auch Menschen, die nicht bekamen, was sie wollten?«, fragte Kathi.

Es war kurz still am anderen Ende. »Bestimmt«, sagte Rohrbach schließlich. »Ich habe viel recherchiert, als wir Munition gegen die Anlage sammelten. Dabei bin ich auf einige Artikel und Blogs gestoßen, die sich mit Hühnerhaltung im Allgemeinen und mit MyEi im Besonderen beschäftigten. Mehrmals war die Rede von einer Organisation namens Animal Patrol, die vor dem Betrieb in der Lausitz demonstriert hat. Soll ich Ihnen das Material raussuchen? Ich kann es Ihnen nachher mailen.«

»Das wäre großartig. Danke.«

»Nicht dafür.«

Man verabschiedete sich.

»Geht mir das auf die Eierstöcke!«, grummelte Kathi nach dem Telefonat.

»Du Dramaqueen«, meinte Andrea. »Er hat doch recht. Die Bürgerinitiative hat sich durchgesetzt, und der Eierbaron war in der Defensive.«

»Klar, in dem Fall, aber der gibt doch immer nur so weit nach, wie er unbedingt muss!«

»Kathi, willkommen in der Welt von Konzernen und Machthabern. Du glaubst doch nicht, dass so einer plötzlich eine Erleuchtung hat«, sagte Andrea.

Irmi lächelte in sich hinein. Andrea wurde immer selbstsicherer.

»Aber so was gibt es«, insistierte Kathi. »Dass einer die völlige Kehrtwendung vollzieht. Vom Wurstmogul zur Ökolandwirtschaft. Allerdings übernehmen nur die wenigsten so eine Vorreiterrolle für die erfolgreiche Vermarktung von Ökoprodukten wie die Herrmannsdorfer Landwerkstätten!«

Irmi hörte den beiden weiter zu. Das tat sie in letzter Zeit öfter. Manchmal hatte sie das Gefühl, dass sie schon alles gesagt hatte. Dass sie ihre Schlagzahl erreicht hatte. Klopfte da womöglich ihre innere Stimme an und fragte mal ganz dezent nach, ob Irmi nicht doch langsam aufhören und das Geschäft mit Manipulation und Mord, mit Lügen und Lamento den Jüngeren überlassen sollte. Die beiden würden das mit Sicherheit auch ohne sie schaffen.

»Da kommt die Mail von dem Rohrbach. Da sind einige Anhänge dran. Er schreibt, dass ein Großteil der Infos, die von den Journalisten verwendet werden, von Animal Patrol stammt. Das erste Dokument ist ein Artikel aus der *Passauer*. Da geht es um Ammoniak.«

»Ja, komm, lies vor. Mir ist jetzt schon schlecht«, sagte Kathi.

Den Anwohnern stinkt es
Bürgerinitiative »Lebenswertes Öd« gibt nicht auf

Noch immer kämpft die Initiative »Lebenswertes Öd« gegen den Betrieb MyEi am Betriebsstandort »Im Öd 2«. Die Initiative hat den Betreiber mehrfach aufgefordert, die Belastung durch Staub und Mist zu reduzieren. Der Betreiber hat eine Hecke gebaut, aber das reichte der Initiative nicht. Sie bekommt nun Unterstützung vonseiten der Organisation Animal Patrol. Diese hat wegen der Ammoniakbelastung Anzeige beim Veterinäramt erstattet. »Werden viele Hennen in einem Raum gehalten, sind Luftverunreinigung und eine starke Ammoniakbelastung die Folge. Das Gas entsteht durch die Zersetzung der Ausscheidungen, hat einen stechenden Geruch und schädigt die Atemwege der Tiere. Der Staub besteht hauptsächlich aus Hautschuppen, Federn, Futterresten und Einstreu. Da Staub immer auch Träger für Bakterien, Viren und Pilzen ist, streuen die Betreiber so wenig wie möglich ein. Was für die Tiere mehr Stress bedeutet, weil sie ihrem natürlichen Trieb zu picken und zu laufen nicht nachkommen können. Das hat schwere Verhaltensstörungen zur Folge«, erklärt Fabian May von Animal Patrol. Neben dem Tierschutzaspekt sticht nun aber noch ein Ass. Es haben sich zwei Mitarbeiter gemeldet, die wegen der Staubbelastung gesundheitliche Probleme haben und ihre Arbeitsbedingungen verbessert haben wollen. Josef Bieramperl, Geschäftsführer von MyEi, sagte gegenüber unserer Zeitung, dass man zwar alle Grenzwerte einhalte, aber dennoch um Nachbesserung bemüht sei.

»Die Leute, die sich beschwert haben, arbeiten bestimmt nicht mehr für den Hubsi«, unkte Kathi.

»Wahrscheinlich nicht«, sagte Andrea. »Der zweite Artikel, den Rohrbach geschickt hat, ist einige Wochen später erschienen. Die Zeitung berichtet darin von allem, was MyEi so geleistet hat. Das ist der Artikel mit dem Bild, das wir uns vorhin angesehen haben.«

»Der Bierdimpfl und der Eierarsch in inniger Umarmung!«, kommentierte Kathi.

»Was gibt es noch?«, fragte Irmi.

»Er hat einen Blogbeitrag mit jeder Menge Hintergrundwissen mitgeschickt. Der Beitrag ist von 2017 und stammt von einem gewissen Fabian May«, meinte Andrea. »Das müsst ihr aber selber lesen. Ist mir zu lang zum Vorlesen.«

Kathi und Irmi rückten an den PC und vertieften sich in den Text.

Trauriges Leben für die Legeleistung, lautete die Überschrift. Der Beitrag schilderte das Sozialverhalten von Hühnern, die normalerweise in Kleingruppen von etwa fünf bis zwanzig Hennen mit einem Hahn lebten. Sie brauchten frisches Wasser und liebten Sandbäder, hieß es. Wenn die Henne von ihrem Nachwuchs getrennt werde, stießen Mutter und Kinder typische Rufe aus, die sie wieder zusammenführten.

»Hör mal, was hier steht«, sagte Kathi. »Bei der heutigen Hühnerhaltung werden die Tiere nie Mutter, weil die Küken aus Brütereien stammen. Das Eierlegen ist komplett entkoppelt von der Fortpflanzung. Es geht nur noch um die Massenproduktion von Eiern für den Nahrungsmittelmarkt. Und das gilt für alle Haltungssysteme! Das wusste ich gar nicht.«

Mit Entsetzen las Irmi, dass eine Hochleistungshenne dazu gezwungen wird, knapp dreihundert Eier im Jahr zu legen, was viel mehr ist, als was ein Huhn normalerweise legen würde. Im Grunde sei der frühe Tod gut für die Tiere, hieß es im Blogbeitrag, denn die Hühner seien oft krank, ihre Knochen brächen, ihr Brustbein splitterte. Verletzte Kloaken könnten sich nach der Eiablage nicht mehr zurückziehen und lösten bei den Artgenossinnen einen Pickreiz aus. Dabei bepickten und verletzten sie das betroffene Huhn schwer.

»Hier geht es um diese Legehybriden«, meinte Kathi. »Die werden in Deutschland vor allem von Lohmann Breeders vermarktet. Es gibt weltweit nur noch vier große Unternehmen, die Legehennen züchten. Die EW Group hat Patente auf eine Reihe von Legehennen und wurde 2011 vom Amtsgericht Cuxhaven tatsächlich wegen Tierquälerei verknackt. Zur Markierung haben die den Hähnen die Kämme und Zehen abgeschnitten. Total krass! Hat die hunderttausend Euro gekostet, was für so eine Firma eine lächerliche Summe ist.«

Sie erfuhren, dass Federpicken und Kannibalismus Verhaltensstörungen waren, deren Ursache in der falschen Haltung zu suchen war. Den Schnabel zu nutzen war für Hühner offenbar ein Grundbedürfnis. Wenn ihnen das verwehrt blieb, wurden eben die Artgenossinnen bepickt. Das sei keine Aggression, hieß es, sondern Verzweiflung und Langeweile. Einstreu als Beschäftigungsmöglichkeit wäre geeignet, um das Federpicken zu reduzieren, doch aus wirtschaftlichen Gründen werde es lieber weggelassen.

Irmi sah ein Foto von einem Huhn, dem eine andere Henne Federn herausgerissen hatte. Es sah sehr schmerzhaft aus. Ein beschädigtes Federkleid seinerseits mache krank, las sie, denn es fehle als Schutz gegen Hitze, Kälte und Nässe. Unter Legehennen komme es sogar zu Kannibalismus, denn wo es blutige Verletzungen gebe, pickten Artgenossinnen erst recht. Die Informationen über die verschiedenen Haltungsformen deckten sich mit den Aussagen von Veronika. Offensichtlich führte ein Huhn ganz unabhängig von der Haltungsform ein Horrorleben.

Irmi schluckte. Auch Kathi war ganz still geworden.

»Hier ist noch ein Beitrag aus einem Blog von 2018, den Rohrbach uns eingescannt hat«, sagte Andrea schließlich. »Er stammt von der Seite von Animal Patrol, und es geht darum, dass von Ebersheim wohl immer noch Schnabelkürzungen vorgenommen hat.«

Irmi las, dass es in der konventionellen Legehennenhaltung lange Zeit ganz normal gewesen war, den Tieren im Kükenalter den Schnabel ohne Betäubung zu kürzen. Das Tierschutzgesetz ließ diesen Eingriff als Ausnahme vom geltenden Amputationsverbot zu, weil man das als unerlässlich ansah. Dabei war ein solcher Eingriff die reine Tierquälerei, denn die Schnabelspitze als wichtiges Tastorgan war von vielen Nerven und Gefäßen durchzogen. Einzelne Tiere waren sogar verblutet. Die Begründung war immer gewesen, dass auf diesem Weg das unerwünschte gegenseitige Bepicken der Tiere eingedämmt würde. Was aber nicht stimmte, denn auch schnabelkupierte Tiere konnten die Federn erfassen und herausreißen.

»Seit 2017 ist das Schnabelkürzen verboten, schreibt Fabian May in seinem Blog. Er hat aber die Betriebe aufgelistet, die sich über dieses Verbot hinwegsetzen«, meinte Kathi. »Und natürlich ist MyEi dabei ganz vorneweg.«

»Dieser Fabian May scheint der produktivste Aktivist

gewesen zu sein. Damit muss er ein ganz schöner Stachel im Fleisch der Eierindustrie gewesen sein. Wissen wir mehr über ihn, Andrea?«, fragte Irmi.

»Ich google ihn grad mal.«

Es verging etwa eine halbe Minute.

»Ich finde nur Artikel, in denen er zitiert wird«, berichtete Andrea.

»Mach mal die Homepage von Animal Patrol auf«, schlug Kathi vor.

Andrea tippte. »Komisch, die Seite gibt es nicht mehr. Hier steht nur, die Organisation habe ihre Arbeit eingestellt. Sie dankt ihren Unterstützern und verweist darauf, dass man zum Thema Nutztierhaltung gute Informationen bei PETA, Animals Angels und Vier Pfoten bekomme. Und dass man deren Arbeit unterstützen solle.«

»Komisch, oder?«

»Allerdings«, sagte Irmi. »Such bitte weitere Informationen über diesen Fabian May zusammen, Andrea.«

»Noch einen verschwundenen Mann, der später tot in irgendeiner dunklen Schlucht auftaucht, verkrafte ich echt nicht!«, rief Kathi.

Andrea verzog das Gesicht. »Malen wir mal nicht den Teufel an die Wand. Ja, ähm, da wäre noch ein letztes Dokument, das der Rohrbach uns gemailt hat. Es ist von 2018, damals scheint die Homepage noch existiert zu haben. Eine Passage hat Rohrbach mit dem Textmarker angestrichen, und das ist … Puh …«

»Andrea!«, rief Kathi. »Was ist puh?«

»Schaut selber.«

Die Überschrift lautete: *Mahnwache bei MyEi*. Man sah

Aktivisten mit Plakaten. »Kein KZ für Legehennen«, stand darauf und: »Hubertus von Ebersheim ist ein Mörderyuppie: Eklig und infam!«

»Die sind ja kreativ!«, rief Kathi.

»So viele Wörter mit Y gibt es auch nicht.«

»Mörder-Yukkapalme?«, schlug Kathi vor.

»Habt ihr's dann?«, rügte Irmi und betrachtete den Bildschirm. Das Mörder-Yuppie-Plakat wurde von zwei jungen Frauen gehalten. Und Irmi traute ihren Augen nicht. Auch Kathi hatte es entdeckt.

»Mach das größer!«, rief sie.

Andrea zoomte.

»Scheiße!«

Sie waren es. Bianca Sieber und Antonia Bauernfeind.

»Die kannten sich von der Tierschutzorganisation! Schon länger! Drum auch die Bilder von der Grillfete. Die waren beide Aktivistinnen. Die waren beide bei Animal Patrol! Ich nehme an, Bianca hat Hubsi gehasst! Er hat all das verkörpert, was ihr so zuwider war. Wogegen sie angekämpft hatte. Die haben ihn bestimmt auf dem Gewissen!«

»Antonia sicher nicht. Die war da längst tot«, sagte Irmi leise.

»Bianca wusste, dass er ihre Freundin getötet hatte, und hat sich gerächt«, spann Kathi den Faden weiter. »So rum wird ein Schuh draus. Es ging nicht um ein blödes verschollenes Fresko. Diese Antonia hat sich da womöglich nur eingeschlichen und wollte eigentlich an Hubsi ran. Irgend so etwas!«

»Und Hannes Vogl?«

»Der war ihr Freund, vielleicht war der auch Aktivist.«

»So ganz bringe ich das noch nicht zusammen«, meinte Irmi. »Ich denke, wir sollten mit Bianca Sieber reden. Außerdem wüsste ich gerne etwas über diesen Fabian May. Warum ist die Homepage deaktiviert?«

»Versuche ich rauszufinden«, versprach Andrea.

»Reicht bis morgen. Wir müssen auch sehr genau überlegen, wie wir das mit Bianca Sieber angehen. Wir sollten den Ball flach halten. Lasst uns heimfahren.«

»Genau, und morgen krallen wir uns Bianca«, sagte Kathi. »Tut mir ja leid für sie. So ein Stiefvater kann einen schon zum Äußersten bringen.«

Sie schien sich ihrer Sache sehr sicher zu sein.

Irmi hatte sich mit dem Hasen verabredet. Als sie bei ihm eintraf, kochte er gerade. Während der Sugo noch vor sich hin köchelte, erzählte sie ihm in der Kurzfassung von ihren neuen Ergebnissen.

»Du schaust ziemlich konsterniert«, sagte sie. »Was ist los?«

»Nun, Raffaele hat vorhin angerufen.«

»Oje. Weißt du wieder alles über die Mama?«, fragte Irmi.

»Auch. Die Mama hat Diabetes und offene Füß.«

»Hat er das so formuliert?«

»Eher plastischer, ich konnte den Eiter förmlich riechen.«

»Hör auf!«

»Komm, das ist doch interessant. Die Mama vertraut anscheinend nur den sardischen Hausmitteln, die sie sich aus Castelsardo von ihrer Schwester schicken lässt. Sie verachtet die Schulmedizin und wohnt bis heute nicht so gerne am Lago.«

»Warum?«

»Weil sie vom Meer stammt, aus besagtem Castelsardo. Sie hat wohl bis heute Heimweh.«

»Warum ist sie dann am Lago?«

»Irmi, l'amore! Es gab in Cannobio bis 1985 ein Sanatorium – zuerst für tuberkulosekranke Kinder, später dann für kranke und behinderte Kinder aller Art. Raffaeles Mama kam wie viele andere junge Frauen aus ganz Italien als Krankenschwester ins Sanatorium. Und wie viele andere hat auch sie sich in einen Mann aus Cannobio verliebt. Das Sanatorium ist seit seiner Schließung verfallen und wohl auch zugewuchert. So ähnlich wie die Villa Mimosa. Mittlerweile hat wohl ein Schweizer Investor das Ganze gekauft. Es sind immer wieder ganz ähnliche Geschichten.«

»Und bei der Mimosa, was gibt es da Neues? Irgendwann kommt ja sogar Raffaele zum Punkt«, meinte Irmi lächelnd.

»Bei Raffaeles Neuigkeiten geht es weniger um die Villa. Es wurde etwas gefunden.«

»Wie? Wo? Was?«

»In den Uferfelsen des Cannobino, ganz in der Nähe von der Stelle, wo Hannes Vogl später aufgefunden wurde. Ein paar junge Männer sind da rumgeklettert und haben ein wattiertes Kuvert gefunden. Es war noch zugeklebt. Durch die Folie im Inneren war der Inhalt noch gut erhalten.«

»Und worin bestand der?«

»Im Umschlag steckten Zweihundert-Euro-Scheine.«

»Wie bitte?«

»Fünfzigtausend in Zweihundertern.«

»Und die Burschen haben das abgegeben?«

»Waren eben gute Jungs. Raffaele versucht gerade, Fingerabdrücke oder DNA sichern zu lassen. Falls ...«

»Falls was?«

»Du denkst doch, was ich denke. Und was Raffaele denkt«, sagte der Hase.

»Ihr denkt, Hannes Vogl hatte das Geld bei sich?«

»Du nicht?«

»Doch. Es ist viel Geld. Könnte er Hubertus von Ebersheim erpresst haben? Womöglich wusste Hannes von irgendeiner Sauerei, was die Hühner und deren Fütterung betrifft. Oder das Fresko existiert eben doch, und Hannes Vogl wusste, wie der Denkmalschutz reagieren würde«, spekulierte Irmi. »Ebersheim wollte sich aber nicht erpressen lassen und hat Hannes über die Brücke gestoßen.«

»Ohne ihm das Geld vorher wieder abzunehmen?«, gab der Hase zu bedenken.

»Handgemenge, Rangeleien, wer weiß, was da passiert ist. Oder Hubertus von Ebersheim wurde gar nicht erpresst. Womöglich wollte er Hannes schmieren, damit der nicht ausplaudert, dass es ein Fresko gibt«, überlegte Irmi weiter.

»Und weil der Hannes mit so viel Geld nicht umgehen konnte, ist er gesprungen? Das kommt mir seltsam vor. Was ist denn mit diesen Tierschützern? Sind wir jetzt doch wieder beim Fresko?«

»Ich weiß es nicht. Ich weiß gar nichts mehr! Wir versuchen gerade, herauszufinden, ob Hannes Vogl auch ein Tierschutzaktivist war. Dann ist es womöglich um etwas ganz anderes gegangen. Vielleicht haben er und Antonia sich nämlich als Handwerker dort eingeschlichen, weil sie etwas aufdecken wollten. Mehr Beschiss? Mehr Tierquälerei?«

»Klingt gut, Irmi, aber da passt so vieles nicht zusammen. Mir fehlt das Versmaß.«

»Dann musst du eben etwas dichten«, entgegnete Irmi. »Der Hannes ist tot, der Hubsi sah rot. Zu mehr als zu einem Paarreim reicht es bei mir nicht.«

»In tiefer Schlucht, am blauen See
Und talwärts liegt das Haus.
Der Hass wiegt schwer, o weh, o weh,
Und trotz der Sonn' am blauen See
Bleibt Todeshauch im Haus«,

trug der Hase nach einer Weile vor.

»Und was war das?«

»Ich glaube, jambische Vier- und Dreiheber. Aber mir geht diese Villa nicht aus dem Kopf. Und Hannes Vogl auch nicht.«

»Und ich muss die ganze Zeit an die Hühner denken. Billionen von Hühnern. Sie klagen uns an«, sagte Irmi.

»Wir sind ein bisschen sentimental, wir zwei«, sagte der Hase lächelnd.

»Glaubst du, dass ich zu dünnhäutig werde? Heute habe ich zum ersten Mal ernsthaft darüber nachgedacht, aufzuhören und die Jüngeren ranzulassen.«

»Wäre das so abwegig? Du hast jahrzehntelang gearbeitet und vielen Menschen geholfen, indem sie mit einem unklaren Todesfall abschließen konnten. Das muss man nicht bis ultimo machen.«

Irmi schwieg, denn die Kernfrage blieb. Was würde sie als Pensionärin im Ruhestand tun? Allein schon das Wort Pensionärin. Der Hase hatte seine Passionen, sie aber kochte nicht, sie hatte keinen grünen Daumen, sie betrieb keinen Sport und las nur selten Bücher. Wann war sie zum letzten Mal im Kino gewesen? Sie sah wenig Heil in ausgedehnten Reisen. Sie hatte nur noch einen Kater und einen Hund.

Louise würde weitere Tiere mitbringen, aber das waren nicht Irmis Tiere. Da Irmi keine Kinder hatte, gab es auch keine Enkel, denen sie sich widmen konnte. Und sie fand, dass man sich nicht einfach ein Hobby zulegen konnte. Es gab nichts, was sie immer mal hatte machen wollen. War der Umkehrschluss, dass sie arbeiten musste, bis man sie raustrug?

Schließlich fuhr sie heim. Sie fühlte sich aufgehoben in ihrer Umgebung, aber reichte das für den Ruhestand?

12

Als Irmi am nächsten Morgen ins Büro kam, war sie nervös. Sie waren der Lösung näher denn je, das spürte sie. Und sie durften jetzt keinen Fehler machen. Der Hase und Kathi waren auch gerade eingetroffen.

»Warst du erfolgreich, Andrea?«, fragte sie.

»Ja und nein.«

»Will meinen?«

»Also, zu Hannes Vogl habe ich rein gar nicht gefunden. Einen Eintrag bei StayFriends von seiner Abschlussklasse. Kein Insta, kein Facebook. Ich glaube nicht, dass der bei Animal Patrol war oder sonst irgendwie im Tierschutz.«

»Okay, und weiter?«

»Na ja, ähm, dieser Fabian May …«

»Sag jetzt nicht, er ist wirklich verschwunden.«

»Nicht direkt.«

»Andrea, lass dir die Worte nicht aus der Nase ziehen wie bei Sailer!«

»Fabian May und eine gewisse Elena Brichetto haben 2009 Animal Patrol gegründet, als Organisation, die sich gegen die Ausbeutung von Nutztieren in Europa und teils in Afrika wehrt. Sie haben vor allem ehrenamtliche Rechercheteams losgeschickt, die Informationen aufbereitet und Journalisten zur Verfügung gestellt. Offenbar haben sie dabei großen Wert auf Seriosität gelegt.«

»Also keine krassen Plakate mit einem Hündchen in der Vakuumpackung?«, fragte Kathi.

»Na ja, das war ein Protest von PETA gegen die Ungleichbehandlung von Haus- und Nutztieren. Der Hund war übrigens nur eine Attrappe. Und es stimmt ja irgendwie auch, dass es kein Unterschied ist, ob das Fleisch von einem Huhn, Rind, Pferd oder Hund stammt«, erwiderte Andrea.

»Na ja, ich finde, der Verzehr von Hunde- und Katzenfleisch hat schon eine andere Dimension«, fiel Irmi ein.

»PETA provoziert und übertreibt sicher auch mal, aber sie bekommen damit eben Aufmerksamkeit«, sagte Andrea.

»Das führt uns jetzt aber von Fabian May weg, oder?«, meinte Irmi, die sich nach diesen ganzen Gesprächen über Tierhaltung und Ernährung nicht schon wieder runterziehen lassen wollte. »Was hast du über ihn herausgefunden?«

»Fabian May scheint sich radikalisiert zu haben, was ja eigentlich nicht zu dieser angestrebten Seriosität passt. Dann kam es wohl zu der Kampagne vor MyEi mit den Plakaten, die wir gestern gesehen haben. May hat immer wieder Nazivergleiche gezogen, nicht bloß das mit dem Mörderyuppie. Ja, ähm … und von Ebersheims Anwälte haben ihn verklagt.«

»Echt?«

»Ja, und May wurde zu einem Jahr auf Bewährung verurteilt. Er hat sich dann nichts weiter zuschulden kommen lassen. Das war 2019, also in dem Jahr, als Animal Patrol seine Arbeit einstellte. Sie sind nicht mehr im Register der eingetragenen Vereine geführt. Diese Elena Brichetto arbeitet jetzt in Costa Rica bei einem anderen Tierschutzprojekt. Ich versuche noch, an eine Liste der ehemaligen Mitglieder zu kommen. Antonia Bauernfeind war jedenfalls im Vorstand. Über Bianca Sieber hab ich nichts weiter gefunden.«

»Und der May?«, fragte Kathi.

»Fabian May ist studierter Biologe und arbeitet jetzt für ein Projekt auf den Vesterålen.«

»Wo?«, fragte Kathi.

»Die Vesterålen sind eine Inselgruppe bei den Lofoten, jenseits des Polarkreises«, sagte Irmi. Nun konnte sie auch mal brillieren, denn sie war wegen eines Falls einst auch im hohen Norden Norwegens gewesen, wenn auch auf dem Festland, in Alta.

»Dreihundert Kilometer nördlich des Polarkreises«, ergänzte der Hase.

»Da ist es ja immer dunkel! Was will man da?«

»Nur im Winter, wenn Polarnacht ist. Da kommt die Sonne nicht mehr über den Horizont. Aber dafür herrscht magisches Licht, vier bis fünf Stunden lang. Bläuliches Licht, das Schlieren in den Himmel malt. Gegen zwei wird der Farbkasten gelb und orange, die schwarzen Fjordberge zeichnen scharfe Konturen, und dann entgleitet das Licht – langsam, sanft und sphärisch.«

»An Ihnen ist ja ein Dichter verloren gegangen«, kommentierte Kathi. »Wieso waren Sie überhaupt im Winter da, Fridtjof?«

»Weil es um diese Jahreszeit umso eindrücklicher ist. Ich war Weihnachten vor zwanzig Jahren dort. Merkwürdige Christbäume hatten die. Es existierten ja keine Nadelbäume, also bohrten die armen Fischer Löcher in einen Birkenstängel und steckten Wacholderzweige hinein. Ich war wandern, nicht dichten.« Er lächelte. »Man sollte sich den Langen Mann nicht entgehen lassen, ein Land-Art-Kunstwerk. Er blickt über die Inseln und steht fest verankert da. Dem Wasser abgewandt ist sein starkes Rückgrat, und darin ist eine goldene Frau zu sehen.« Er warf Irmi einen tiefen Blick zu.

Ihr war eine solche Intimität hier in dieser Runde peinlich. Die sensible Klugheit des Hasen kam ihr vor wie feines Glas. Sie selbst war eher wie ein fester Keramikbecher, der sich am besten auf einem Holztisch vor ihrem Haus machte. Das verunsicherte sie – gerade jetzt im Kreis der Kollegen. Kathi schien ihre Unsicherheit zu spüren und fragte ruppig:

»Und der Fabian dichtet jetzt auch im sphärischen Licht?«

»Nein, er arbeitet bei einem internationalen Projekt mit, das den Zusammenhang zwischen dem Atlantischen Hering und den Walvorkommen erforscht«, erklärte Andrea. »Der Fisch ist wohl die wichtigste Futterreserve für Seevögel und Wale. Wenn ich das englische Abstract richtig verstanden habe, ist das Zugverhalten des Herings extrem schwer vorherzusehen, und ebenso schwierig ist es, Wale zu sichten. Seit einigen Jahren bleiben sie im Nordmeer, dabei würden sie eigentlich in die Karibik schwimmen. Warum tun sie das nicht mehr? Was bedeuten ihre Wintergesänge? Sind das nur Jungtiere? Sind das biologische Ausrutscher? All so was erforscht Fabian May.«

Irmi war froh, dass Andrea so detailliert berichtete. Das gab ihr Zeit zum Nachdenken. Vor zwanzig Jahren war die familiäre Situation des Hasen zerbrochen. Der Sohn war tot und die Frau hochdepressiv. Deshalb war er allein an einen Ort gereist, der alles hatte, was er brauchte. Stille, Weite, Berge und kaum Menschen. Fridtjof war manchmal so weit weg von ihrer eigenen bodenständigen Schwere. Viel weiter als die Vesterålen.

»Und da ist er immer noch?«, fragte Kathi.

»Ja, das Projekt scheint noch zu laufen.«

»Dieser Fabian könnte aber hergeflogen sein und von Ebersheim entführt haben.«

»Puh, das ist aber schon weit hergeholt!«, meinte Andrea.

»Sehr weit sogar, von den Vesterålen nämlich.« Irmi lächelte, wurde aber gleich wieder ernst. »Er hat einen Prozess gegen den Eierbaron verloren und ist sicher nicht sein größter Fan. Und Bianca Sieber mag ihren Stiefvater auch nicht so wirklich. Sie hält ihn für einen Geldsack.«

»Du meinst, die beiden haben ihn aufs Graseck geschleppt?«, fragte Kathi. »Warum gerade jetzt?«

Irmi wiegte den Kopf hin und her. »Zumindest wäre das eine Spur. Wir werden Bianca Sieber befragen. Andrea, du versuchst rauszufinden, ob Fabian May irgendwelche Flüge von Norwegen aus gebucht hat.«

»Na dann«, trompetete Kathi. »Auf geht's. Aber wir sollten Bianca nicht zu früh warnen. Sie wohnt in München, hat sie gesagt.«

»Ich check das für euch. Wenn ihr mir einen gscheiten Kaffee holt«, sagte Andrea. »Und ihr könnt ins Krankenhaus fahren. Silvana Sieber ist wieder ansprechbar, und sie will mit euch reden.«

Kathi sah sie verblüfft an. »Das sagst du jetzt erst?«

Andrea grinste. »Das Beste zum Schluss!«

»Echt! Aber das ist ja mal eine Wendung!«, rief Kathi.

Wenig später waren sie im Klinikum. Silvana Sieber sah blass aus. Sie war ungeschminkt, doch Irmi fand, dass ihr das gut stand, und sie sah dadurch jünger aus. Eine Infusion tropfte vor sich hin. Infusion statt Prosecco.

»Geht's wieder?«, fragte Kathi.

Silvana Sieber nickte.

»Schön, und was können wir für Sie tun?«, erkundigte sich Kathi.

»Ich habe Sie angelogen.«

»Ja, den Eindruck hatten wir von Anfang an«, meinte Irmi. »Sie hätten uns sagen müssen, dass Ihr Freund entführt worden ist.«

»Das weiß ich jetzt. Würden Sie mir das Wasser …?«

Irmi reichte ihr das Glas.

»Ich habe noch mal gelogen.«

»Inwiefern?«

»Na ja, also, ich habe es Bianca erzählt.«

»Was?«

»Dass Hubsi entführt worden ist.«

»Sie wusste es? Und hat auch nicht reagiert?«, stieß Kathi aus.

»Sie war total durch den Wind, meinte aber, wir könnten nichts tun, er komme bestimmt wieder. Wenn es keine Lösegeldforderung gebe, dann sei das keine echte Entführung. Sie meinte, es könne eher irgendein Streit sein, in den er verwickelt war. Wie so oft.« Silvana Sieber schluckte.

»Sie wollten uns weismachen, dass Sie weder etwas über seine Termine noch von seinen Kontroversen mit Umwelt- und Tierschützern wüssten. Aber das stimmt nicht, oder?«

»Ich dachte, wenn Hubsi wieder da ist, dann klären wir das alles.«

»Was? Dass Ihre Tochter bei einer Tierschutzorganisation war? Dass sie Antonia Bauernfeind schon viel länger kannte? Frau Sieber, wenn Sie jetzt nicht endlich mal alles erzählen anstatt nur Bruchstücke, können wir Ihnen nicht helfen!«

Silvana Sieber nippte am Wasser, sah auf die Bettdecke und sprach auch zur Bettdecke, ohne die Kommissarinnen anzusehen.

»Als ich Hubsi 2006 kennenlernte, war Bianca zehn. Er war sehr nett zu ihr, hat ihr Geschenke gemacht, und sie mochte ihn auch. Das ging gut, bis Bianca vierzehn war. Sie wurde Vegetarierin, und ich dachte, das ist eine Phase. Aber sie wurde immer extremer, wurde Veganerin, ist bei Animal Patrol eingetreten und lag im Dauerclinch mit Hubertus. Mit achtzehn ist sie ausgezogen.«

»Wie hat sie das finanziert?«

»Es gibt für Bianca einen Fonds von der Familie meines Ex-Manns. Und ich habe ihr auch Geld gegeben.«

»Weiter.«

»Sie hat mit neunzehn ein sehr gutes Abitur gemacht, wusste aber nicht, was sie tun sollte. Sie ist nach Afrika gegangen und hat auf afrikanischen Viehmärkten Tierschutzarbeit für Animal Patrol geleistet. Ich habe mich zu Tode gesorgt. So ein junges Mädchen in Afrika!«

»Das war wann?«

»2016. Sie kam unversehrt zurück, sehr nachdenklich, sehr viel reifer. Sie spürte, dass man sehr viel Kraft braucht für den Tierschutz, sie hat das auch so formuliert. ›Mami‹, hat sie gesagt, ›das tut so oft so weh. Und du bist so macht-los.‹ Sie hat sich für ein FSJ in Franken entschieden, auf ei-nem Biohof, der auch pädagogische Arbeit mit behinderten Kindern macht.«

»Das klingt doch gut!«

»Ja, aber nach einigen Monaten ging das mit Animal Patrol wieder los. Ihr Engagement für Animal Patrol wurde immer extremer, und 2018 …«

»… stand sie dann vor der Firma in der Lausitz, mit den Plakaten, oder?«

»Ja.« Sie zog das Wort merkwürdig in die Länge,

»Was? Kommt da noch was? Ihr Lebensgefährte hat Fa-bian May verklagt. Das wissen wir. Und er hat Ihnen zu-liebe Bianca rausgehalten? Ist es das?«

»Ja, im Prinzip schon.«

»Frau Sieber!«

»Hubsi hat versucht, mit Bianca zu reden. Er hat sie zusammen mit Antonia und Fabian zu uns eingeladen. Er wollte den jungen Leuten nicht schaden. Er wollte wirklich reden. Er war fast ein wenig amüsiert. Ich glaube, er hat sie auch nicht so ganz ernst genommen.«

Das glaubte ihr Irmi sofort. »Und dann?«

Noch immer sprach sie mit der Bettdecke. »Ja, sie saßen in seinem Büro, fast zwei Stunden lang. Es wurde immer wieder laut. Türen knallten. Bianca ist mal zu mir gekom-men und hat gesagt, Hubsi sei unerträglich selbstgefällig. Irgendwann sind sie gegangen. Hubsi war sauer und meinte, dass diese Antonia eine gefährliche kleine Hexe sei. Er wollte noch etwas arbeiten, doch nach ein paar Stunden, als sie längst weg waren, ging es ihm sehr schlecht. Übelkeit und Erbrechen, Durchfall und richtige Koliken. Er war nie wehleidig, aber da war er richtig krank.«

Worauf wollte sie hinaus? Irmi Herz klopfte heftig.

»Ich hab ihn gezwungen, am Morgen zum Arzt zu gehen. Es ging ihm wirklich elend.«

»Und?«, fragte Kathi.

»Na ja, man dachte an eine Lebensmittelvergiftung, an Salmonellen oder so, aber wir hatten beide dasselbe gegessen. Es wurde nicht besser. Dann kamen auch noch ganz grauenhafte Muskelschmerzen dazu. Der Arzt war sehr gut und hatte schließlich eine genauere Diagnose.« Silvana Sieber sah endlich hoch und direkt in Irmis Augen. »Intoxikation.«

»Bitte? Womit denn?«

»Mit Rizin.«

»Rizin?«

»Ja, es gab in der Geschichte wohl öfter Rizinvergiftungen, die manchmal gar nicht erkannt wurden. Aber im Prinzip ist das Zeug leicht verfügbar, und wenn man weiß, wonach man sucht, ist es natürlich nachweisbar. Hubsi hatte insofern Glück, dass er ja ziemlich groß und schwer ist und generell von guter Gesundheit war.«

»Sie sagen uns gerade, Ihr Freund war Opfer eines Giftanschlags?« Kathis Stimme bebte.

»Davon sind wir ausgegangen, denn zufällig nimmt man ja kaum Rizin ein.«

»In irgendwelchen Futtermitteln? Irgendwas Verunreinigtes?«

»Das hätten sie dann wohl so aussehen lassen«, sagte Silvana Sieber leise.

Irmi begriff. Die Sache war einfach haarsträubend. »Sie hätten es so aussehen lassen? Sie haben geglaubt, dass Antonia, Fabian und Bianca ihn vergiftet haben?«

»Ja, und bevor Sie weiterfragen: Ich wollte zur Polizei, denn ich war mir sicher, dass Bianca nichts davon gewusst hat. Womöglich haben sie es ihm ins Bier gekippt, als Bianca draußen war.« Sie hustete, trank wieder Wasser. »Ich wollte zur Polizei, aber Hubsi wollte das anders regeln. Er hat Fabian verklagt, eben wegen dieser Nazivergleiche, aber die Vergiftung hat er nie öffentlich zum Thema gemacht. Aber ich glaube, er hat sich Fabian und Antonia anderweitig zur Brust genommen. Bitte glauben Sie mir: Was da genau gelaufen ist, weiß ich nicht! Wenig später gab es Animal Patrol nicht mehr, und die Akteure waren dann auch weg.«

Irmi war sprachlos, und selbst Kathi sah starr aus dem Fenster.

»Fabian May bekam eine Strafe auf Bewährung«, sagte Kathi mehr zu sich selbst. »Für die Parolen.«

»Er hat Deutschland verlassen. Und Bianca begann zu studieren, kam in ein neues Umfeld. Sie ist sehr sensibel und beeinflussbar. Ich war heilfroh, dass sie aus dem alten Umfeld herauskam. Und es hat funktioniert. Bianca ist eine sehr gute Studentin. Sie schreibt gerade ihre Magisterarbeit und will den Doktor dranhängen. Aber …«

»Aber?«

»Anfang letzten Jahres ist Antonia wieder aufgetaucht. Ich war geschockt.«

»Moment! Und Sie haben uns erzählt, Bianca kannte Antonia nur flüchtig von einer Vernissage? Und dieses

Märchen erzählen Sie uns bei so einer Vorgeschichte? Was stimmt bei Ihnen nicht?« Kathi war außer sich.

»Ja, ich weiß. Ich wollte … ich wollte, dass endlich alles gut wird.«

Das war naiv, aber irgendwie auch menschlich.

»Frau Sieber, Ihre Tochter und Antonia kannten sich also von früher. Es stand im Raum, dass Antonia Ihren Lebensgefährten mit Rizin vergiftet hatte. Trotzdem war sie auf einer Grillfete bei Ihnen. Ihr Lebensgefährte muss doch ausgerastet sein!«, rief Kathi.

»Bianca hat sie mitgebracht. Als Provokation. Sie und Hubsi hatten gerade mal wieder Diskussionen wegen des Betriebs. Ich hab schon gar nicht mehr zugehört. Aber Hubsi lässt sich nicht so leicht provozieren. Er hat den Ball zurückgespielt und Antonia einen Job in Cannobio angeboten. Damit hätte sie nie gerechnet. Am nächsten Tag hat sie zugesagt und ihren Freund Hannes in Spiel gebracht.«

Auch Irmi war erschüttert. Was für ein Spiel hatte von Ebersheim da eigentlich gespielt? War er einfach ein Zocker, der nie die Fäden aus der Hand gegeben hatte?

»Das alles wussten Sie? Als wir das erste Mal die Namen von Antonia und Hannes ins Spiel gebracht und Ihnen berichtet haben, dass sie tot sind, da haben Sie uns Desinteresse vorgespielt! Geht's noch?« Kathis Stimme bebte.

Silvana Sieber schwieg.

»Antonia und Hannes sind ebenfalls vergiftet worden! Nicht mit Rizin, das wäre ja zu banal gewesen, sondern mit Glasfasern. Ihr Freund hat sich an den beiden gerächt! Ist Ihnen klar, was alles in Gang gesetzt wurde, weil Sie so be-

harrlich geschwiegen haben? Schon damals bei der Rizin-
geschichte?«

»Haben Sie Kinder?«, fragte Silvana Sieber und sah nun
Kathi direkt an.

»Ja, eine Tochter wie Sie.«

»Würden Sie nicht auch alles tun, um Ihr Kind zu schützen?«

Das würde Kathi ganz sicher tun – aber nicht so. Und sie
würde sich niemals einem Mann und dessen Allmachts-
ideen beugen.

»Darum geht es hier nicht!«, antwortete Irmi an Kathis
Stelle. »Es ging um Ihren Lebensgefährten. Sie haben doch
vermutet, dass er die beiden ermordet hat, oder? Frau Sieber!«

»Geben Sie mir mal mein Handy. Es liegt in der Schublade«, sagte Silvana Sieber nur.

Irmi reichte ihr das Handy. Silvana Sieber wischte ein
wenig darauf herum und gab es Irmi.

»Starten Sie das Video«, sagte sie.

Ein Titel flackerte in blutroten Buchstaben über eine
staubige Ebene:

»Brüderlein, komm, stirb mit mir!«

Das Video zeigte einen heruntergekommenen Stall in einer trostlosen Gegend. Ein paar Büsche, starre Grasbüschel,
marode Zäune. Dann wurde näher gezoomt. Man sah rostige Fässer und ein paar Holzkisten mit kaum mehr lesbaren
polnischen Aufschriften. Eine Tür ging auf, eine Lampe
leuchtete den Raum aus. Unendlich viele Hähne, Dreck,
Staub, Paletten, aufgerissene Futtersäcke. Eine verzerrte
Stimme, die wie ein Roboter klang, war darübergelegt:

»*Hier leben die Bruderhähne. Oder ist das gar kein Leben? Ist es nur Betrug am Verbraucher, der glaubt, er würde den Brüdern ihr Leben schenken?*«

Die Kamera zoomte noch näher. Einige Tiere waren angepickt, hatten blutige Wunden. Zerrissene Kämme. Ein paar tote Hähne lagen herum. Es war nur schwer erträglich. Wieder die Stimme:

»*Zurzeit werden über fünfundvierzig Millionen Hühner zum Zweck der Eierproduktion gehalten. Die reizarme Haltung und die hohen Besatzdichten und Gruppengrößen sind für die Hennen aller Haltungsformen schädlich, es kommt zu Verhaltensstörungen wie Federpicken und Kannibalismus. Mehr noch in solchen Großgruppen von männlichen Tieren. Das ist das Leben als Bruderhahn.*«

Dann eine neue Einstellung: Hubertus von Ebersheim. Gefesselt. Mit einem Knebel im Mund. Dann eine Hand mit OP-Handschuh, die den Knebel löste und von Ebersheim Hühnerkot, Körner und Eierschalen in den Mund stopfte. Wieder die Stimme:

»*Er soll es auch spüren. Soll an der Gier ersticken. Dies ist einer der Verursacher des Bruderleids. Hubertus von Ebersheim, Inhaber von MyEi, der die ahnungslosen Konsumenten täuscht.*«

Ein letztes Bild eines toten Hahns. Dann die Label von Bruderhahn-Eiern, die es in den Regalen der Supermärkte zu kaufen gab.

»*Ihr macht euch zu Mittätern! Jeden Tag!*«

Irmi reichte das Telefon an Kathi weiter, die sich den Film auch noch einmal ansah.

»Woher haben Sie das?«, fragte Irmi schließlich.

Silvana Sieber begann zu husten, und Irmi reichte ihr wieder das Wasser. »Frau Sieber?«

»Ich habe es auf Biancas Handy gefunden. Nachdem Sie mir die Nachricht von Hubsis Tod überbracht hatten, habe ich Bianca angerufen. Sie kam und war völlig verstört. Sie sagte immer wieder, dass sie nie gewollt habe, dass Hubsi stirbt. Dass sie unterschiedlicher Meinung gewesen seien, aber er dürfe nicht tot sein. Das könne nicht sein. Sie hat sich dann in ihrem alten Kinderzimmer eingeschlossen.«

»Und?«

»Nach endlosen Stunden ist sie im Bad verschwunden. Ich hab ihr Handy genommen. Das Video gefunden. Es kopiert.«

»Haben Sie Ihre Tochter nicht konfrontiert?«

»Nein.«

»Frau Sieber, was, wenn Ihre Tochter ihn entführt hat? Oder zumindest daran beteiligt war? Genau das befürchten Sie doch!«

Silvana Sieber schwieg.

»Als wir zum ersten Mal bei Ihnen waren, sind wir vor dem Haus auf Bianca gestoßen, die gerade auf dem Weg zu Ihnen war. Sie werden doch darüber geredet haben, dass die Polizei gerade im Haus gewesen war!«, rief Kathi.

»Ich habe ihr erzählt, dass Sie Hubsi suchen. Und Bianca meinte nur, sie hätte draußen auch kurz mit Ihnen gesprochen. Sie hat abgewiegelt und gesagt, dass der Hubsi mir doch sonst auch nicht alles erzählen würde. Ich wollte nicht mit ihr darüber streiten. Wir sind wegen Hubsi oft aneinandergeraten. Außerdem war es mit Sicherheit nicht Bianca.«

»Frau Sieber, Sie sind Mutter, Sie schützen Ihr Kind, und das ehrt Sie«, entgegnete Irmi. »Aber warum hatte Bianca das Video?«

»Ich glaube, das hat ihr wer geschickt«, flüsterte Silvana Sieber.

»Wer soll das gewesen sein? Und sagen Sie jetzt nicht, es sei Antonia gewesen«, meinte Kathi. »Die ist nämlich tot. Wahrscheinlich, weil es eine perverse Fehde zwischen ihr und Ihrem Freund gab. Auge um Auge. Das ist doch Irrsinn!«

»Hubsi verliert nicht«, sagte Silvana Sieber mit brüchiger Stimme.

»Jetzt hat er aber verloren, und zwar sein Leben. Antonia kann es nicht gewesen sein. Wer bleibt dann noch?«, fragte Kathi.

»Fabian?«, schlug Silvana Sieber vor.

»Der soll in Nordnorwegen sein. Wissen Sie irgendwas davon, dass er gerade in Deutschland ist?«

Silvana Sieber schüttelte den Kopf.

»Wie kommen Sie dann auf ihn?«

»Ich glaube, dass Antonia und er Animal Patrol wiederauferstehen lassen wollten. Und zwar mit einem Paukenschlag. Antonia war die Toxischere von den beiden. Fabian war auch extrem, aber er kam mir irgendwie vernünftiger vor.«

»Glauben Sie, es war Fabian, zusammen mit Ihrer Tochter?« Plötzlich hatte Irmi eine Idee. »War sie in ihn verliebt? War Bianca mit ihm zusammen?«

»Nein.« Silvana Siebers Tränen wurden mehr.

»Frau Sieber, bitte!«

»Es war Antonia. Sie hat Antonia geliebt. War ihr verfallen. Und Bianca hat es nie verwunden, dass Antonia sie verlassen hat.«

»Aber Hannes? Angeblich war das doch ihr Freund?«, hakte Kathi nach.

»Ich glaube, sie waren nur eine WG. Und selbst wenn das etwas anders war, war es sicher keine Liebe. Antonia war manipulativ und böse. Sehr, sehr böse.«

Die zarte Frau in den Sonnenblumen, von der die Kollegin nur erzählt hatte, dass sie sehr zurückhaltend gewesen wäre. Und deren eigene Mutter sie zu hassen schien. Wer war Antonia Bauernfeind gewesen?

»Frau Sieber! Wo steckt Ihre Tochter? Wir müssen mit ihr reden!«

»Bianca schreibt an ihrer Magisterarbeit.«

»Ja, das sagten Sie bereits.«

»Und sie ist wissenschaftliche Mitarbeiterin an der LWF.«

»Wo?«

»An der Bayerischen Landesanstalt für Wald und Forstwirtschaft. Dort schreibt sie eine Magisterarbeit über das Verhalten von Rehgeißen. Sie haben besendert, jetzt beobachten sie.«

»Wer besendert was? Frau Sieber, bitte reden Sie!«

»Bianca besendert Rehe. Die Mitarbeiter der Forschungsgruppe fangen die Geißen ein. Dann bekommen sie eine Ohrmarke und ein Telemetrie-Halsband mit dem Sender und werden wieder freigelassen. Die Wissenschaftler hoffen dann, dass die Geiß trächtig ist, denn nur dann ist sie für das Projekt auch interessant.«

»Und was ist daran interessant?«

»Wenn man weiß, wo sich die Geiß befindet, weiß man auch, wo das Kitz liegt. Und wenn man die Orte kennt, wo ein Kitz liegen könnte, kann man den Landwirt entsprechend vorwarnen. Also das hat mir Bianca jedenfalls so erklärt.«

»Klingt logisch. Und wo finden wir nun Bianca?«, fragte Irmi.

»In einem der drei Projektgebiete.«

»Sagen Sie jetzt nicht in Franken!«

»Eines befindet sich in der Tat im Donau-Ries, eines am Bodensee und eines bei Großweil.«

»Ja, und?«

»Sie wohnt momentan in einer kleinen Ferienwohnung in Großweil, die sie sich mit zwei Doktoranden teilt.«

»Wo genau?«

Silvana Sieber nannte eine Adresse. »Aber Bianca war das nicht! Niemals.«

»Wenn sie sich bei Ihnen meldet, dann rufen Sie uns an. Wenn Sie sonst noch was zu sagen haben, bitte auch«, sagte Irmi eindringlich.

»Aber ich habe nichts mehr zu sagen, wirklich«, flüsterte Silvana Sieber.

»Bitte schicken Sie mir das Video.« Kathi nannte ihr die Nummer.

Silvana Sieber leitete mit zittrigen Fingern den Film weiter.

Wortlos verließen sie das Krankenhaus und ließen sich in die Autositze sinken.

»Wahnsinn«, flüsterte Kathi, viel leiser als sonst.

»Rekapitulieren wir mal«, meinte Irmi. »Hubertus von Ebersheim scheffelt sein Leben lang am Rande der Legalität und auch illegal jede Menge Geld. Widerstände walzt oder klagt er nieder. Dann kommen ein paar rotzlöffelige Youngster, darunter auch die Tochter der Freundin, und vergiften ihn. Oder wollen ihm zumindest in ihrer sehr verqueren Logik einen Warnschuss verpassen. Er greift nicht zu Rechtsmitteln, sondern erpresst die jungen Leute und bringt sie dazu, Deutschland zu verlassen. Antonia kommt zurück und taucht bei ihm zu Hause auf. Sein Schachzug ist der Gegenangriff. Er bietet ihr einen Job an und vergiftet sie als Rache. Ein Elefant vergisst nämlich nicht.«

Kathi sah sie ernst an. »Und Hannes? Welche Rolle hatte der?«

»Zwischen die Fronten geraten? Bauernopfer, wie wir sie ja schon öfter beklagen mussten? Ich glaube, von Ebersheim hat Bianca wirklich gemocht.«

»Aber sie ihn nicht! Ihr Stiefvater hat ihre Geliebte getötet und steht außerdem für die Ausbeutung von Tieren. Und sie rächt sich ihrerseits. Entführt ihn. Sie muss uns sagen, was am Graseck passiert ist!«, rief Kathi.

»Aber wie soll so ein dünnes Wesen diesen großen Kerl aufhängen?«

»Da käme wieder dieser Fabian ins Spiel. Ich rufe Andrea an«, sagte Irmi.

Die Kollegin war tatsächlich weitergekommen.

»Ich habe in Norwegen den Projektleiter erwischt«, erzählte sie. »Fabian May hat sich am 21. relativ überraschend aus dem Projekt zurückgezogen. Er hätte eigentlich noch vier Wochen bleiben sollen. Dem Projektleiter gegenüber hat er von einer Familienangelegenheit gesprochen. Er ist von Narvik nach München geflogen. Ohne einen Rückflug zu buchen. Und dann habe ich noch etwas Interessantes herausgefunden.«

»Ja, und was?«

Andrea machte es wirklich spannend.

»Seine Eltern leben auch nicht mehr in Deutschland, sondern in Kanada.«

»Weiter?«

»Er hat aber eine Tante in München.«

»Andrea, echt jetzt!«, rief Kathi.

»Diese Tante hat ein Auto.«

»Ach was!«

»Einen Subaru Forester.«

»Hast du mit dieser Tante gesprochen?«, fragte Irmi.

»Ja, ich hab sogar mit ihr telefoniert. Tantchen ist ihrerseits in Kanada zu Besuch, aber der liebe Neffe Fabi weiß, wo der Schlüssel für ihr Häuschen in Aubing liegt.«

»Weißt du, wo er gerade ist?«

»Nein, ich arbeite dran. Ich weiß aber, dass Bianca auf Feldstudien für ihre Magisterarbeit ist, sie hat eine …«

»… Ferienwohnung in Großweil«, ergänzte Irmi. »Das wissen wir von ihrer Mutter. Klasse, Andrea. Toll gemacht. Wir haben auch Neuigkeiten, warte, ich versuche das mal zusammenzufassen.« Sie brachte Andrea auf den neuesten Stand.

»Puh! Das ist ja wie im schlechten Film«, sagte Andrea schließlich. »Für mich klingt das aber auch so, als hätte von Ebersheim Bianca geliebt wie eine Tochter. Sie war anders, als er sie gerne gehabt hätte, aber das ist ja auch bei leib-

lichen Kindern so. Ach, das Ganze ist irgendwie so traurig.«

Andrea war so empathisch, das war einer der Gründe,
warum Irmi sie so mochte.

»Das reicht für einen Durchsuchungsbeschluss von der
Staatsanwaltschaft, oder?«, wollte Andrea wissen.

»Ich denke, ja«, erwiderte Irmi. »Andrea, suchst du weiter nach Fabian May?«

»Klar, viel Glück euch.«

13

Den Durchsuchungsbeschluss bekamen sie problemlos und fuhren nach Großweil, um Bianca abzupassen, bevor die sich womöglich überlegte, ebenfalls abzutauchen. Wenn sie überhaupt noch da war.

In dem besagten Haus in Großweil öffnete niemand.

»Hier ist sie anscheinend nicht«, meinte Kathi.

Da fuhr ein Auto vor. Eine Frau lud einen Kasten Bier und einen Wasserkasten aus. Sie sah Irmi und Kathi fragend an.

»Gute Wahl, das Tegernseer«, bemerkte Irmi. »Wir suchen Bianca Sieber. Wegen eines Interviews zu den Rehen.« Das war ja nicht direkt gelogen.

»Ach, des Madel ist immer so fleißig. Hockt nur im Filz.«

»Aha.«

»Fahren S' mal zum See, da irgendwo is sie bestimmt.«

»Was für einen See meinen Sie?«

»Eichsee«, sagte die Frau.

Sie ließen sich den Weg zum See beschreiben und fuhren wenig später über einen Feldweg, der eigentlich gesperrt war.

»Wie die Touristen, die auf gesperrten Landwirtschaftsstraßen rumfahren, weil Komoot ihnen das so gesagt hat«, meinte Irmi.

»Ich wär auch grad lieber Touristin«, entgegnete Kathi.

Die Loisach führte wenig Wasser, und die extreme Märztrockenheit brachte nichts zum Wachsen. Die Wiesen waren ganz braun. Sie überquerten eine Brücke und parkten schließlich am See, neben einem Stadl, an dem ein Fahrrad lehnte. Kathi und Irmi stiegen aus und sahen sich um. Über das Feld rechts von ihnen näherte sich eine Gestalt, die schon von ferne zu schimpfen begann.

»Müssen Sie hier rumtrampeln? Haben Sie schon mal was vom Betretungsverbot in der Aufwuchszeit gehört? Im Frühling ist Setzzeit bei den Wildtieren, da bewegt sich der Mensch in deren Kinderstube.«

»Hallo, Frau Sieber, ich diskutiere ständig mit Radfahrern und Wanderern über dieses Thema«, entgegnete Irmi, während die junge Frau näher kam. »Mir ist auch bewusst, dass wir hier auf Feldwegen herumfahren, die uns nicht gehören. Aber wir sind von der Polizei, und wir haben uns neulich ja bereits getroffen.«

Bianca Siebers Blick flackerte. »Ups, hallo. Ich hab Sie erst gar nicht erkannt. Sorry. Ich war grad so mit meinen Rehgeißen beschäftigt.«

»Die Sie besendert haben?«

»Ja, weil ich mehr über die Bewegungsmuster wissen will. Wir hatten im letzten Jahr Geißen mit einem Streifgebiet von zwanzig Hektar, aber auch eine besonders reiselustige, die in einem Gebiet von bis zu dreihundert Hektar unterwegs war. In der Setzzeit wird der Bewegungsradius der Geiß natürlich sehr klein. Und ich will wissen, ob es bevorzugte Liegeplätze für Jungtiere gibt.«

Sie war ziemlich abgebrüht, dafür, dass sie vermutlich den Freund ihrer Mutter entführt hatte.

»Und gibt es die?«

»Geißen legen die Kitze gerne in mittleres bis hohes Gras, wo der Fuchs sie nicht sehen kann. Sie bevorzugen Standorte, die der Geiß die Möglichkeit geben, sich selber schnell zu verstecken, dabei aber Sicht auf das Kitz zu haben.«

»Und je mehr Sie wissen, desto eher kann man Kitze retten?«

»Ja, nur wer das Verhalten der Rehgeiß kennt, kann den Mähtod von Kitzen im Frühjahr minimieren. Und wer viele Daten hat, kann am Ende eine Gefährdungskulisse ausarbeiten. Das Besendern ist nur ein Baustein im Projekt, um möglichst viele Daten zu sammeln, braucht es auch fleißige Datenmelderinnen und -melder und natürlich Drohnen. Wenn Sie mitmachen wollen – gerne.«

»Mach ich«, sagte Irmi. »Wir sind früher immer durch die Wiesen gegangen, aber die letzten zwei Jahre haben wir mit einer Drohne des Jägers gearbeitet.«

Seit Bernhard nach Ungarn gezogen war, hatten Alfred, Felix und Lissi die Wiesen gepachtet, und es war an ihnen, die Kitze zu retten. Die erste Mahd war immer so ein Meilenstein im Landwirtsjahr gewesen, doch damit hatte Irmi jetzt nichts mehr zu tun. Bernhard fehlte ihr wirklich sehr.

»Schön«, sagte Bianca. »Sie glauben gar nicht, was wir alles erleben. Immer wieder orten Kitzretter ein Tier per Drohne, tragen es mit einem Wäschekorb aus der Wiese und setzen es für die Zeit des Mähens am Feldrand in einen Karton. Und dann kommen übereifrige Spaziergänger, die das Kitz dann wieder in die Wiese setzen, von der der Landwirt eigentlich glaubt, sie sei nun kitzfrei. Und so kommt es dann unter Umständen zur Tragödie!«

»Ja, manche Menschen sind Idioten. So wie Hubsi, oder? Wir waren gerade bei Ihrer Mutter im Krankenhaus«, brach es aus Kathi hervor, der es wohl nun mit dem Small Talk reichte.

Es war Bianca Sieber anzusehen, dass sie kurz erwog zu flüchten und in Sekundenbruchteilen ihre Möglichkeiten durchdachte.

»Frau Sieber, wir müssen Sie bitten, uns aufs Revier zu folgen. Ich würde uns allen gerne Handschellen oder ähnlich Dramatisches ersparen.«

»Sie wollen mich festnehmen? Warum?«

»Wir haben das Video gesehen, reicht das?«

»Welches Video?«

»Das von Hubertus von Ebersheim, der Hühnerscheiße frisst«, sagte Kathi eiskalt.

»Kenn ich nicht!«

»Stammt aber von Ihrem Handy. Packen Sie bitte Ihre Sachen zusammen«, sagte Kathi, weiterhin mit eiserner Stimme.

Über den Feldweg kam gerade ein Polizeifahrzeug angeschaukelt. Sailer und Sepp stiegen aus. »Mir dachten, die Damen könnten Hilfe brauchen«, sagte Sailer.

»Danke«, meinte Kathi. »Ja, die Frau Sieber würde gerne Ihr Taxi nach Garmisch nehmen. Wir befördern das Rad zurück zur Ferienwohnung.«

Bianca Sieber nahm ihren Rucksack, stieg zu Sailer und Sepp ins Auto und warf Irmi einen Blick zu, den diese nicht deuten konnte. Dann schwankte der Streifenwagen davon.

Irmi lud das Rad ein. Sie musste den Kofferraum bis zur Ferienwohnung offen lassen. Nachdem sie das Rad am Haus abgestellt hatten, machten sie sich ebenfalls auf den Weg nach Garmisch.

»Da kriecht die seelenruhig durchs Filz nach so einer Aktion. Ist sie so cool oder so dumm?«, fragte Kathi.

»Oder unschuldig?«

Kathi gab einen unwirschen Ton von sich. Dann fuhren die beiden schweigend bis zur Dienststelle.

Irmi brachte Andrea auf den aktuellen Stand. »Schon was Neues von Fabian May?«, wollte sie wissen.

»Nein, aber ich bleib dran.«

Bianca Sieber saß inzwischen im Vernehmungsraum vor einem Glas Wasser.

»Wir müssen Sie über Ihr Recht aufklären, einen Anwalt anzurufen«, begann Irmi.

Bianca Sieber sagte nichts.

»Auf Ihrem Handy befindet sich ein Video, das den gefesselten Hubertus von Ebersheim zeigt. Vorausgesetzt, Sie haben den Film nicht inzwischen gelöscht. Wenig später hing Hubertus von Ebersheim tot an der Brücke über der Partnachklamm«, fuhr Irmi fort. »Wer hat das Video gemacht? Wer hat ihn entführt? Hat er seine gerechte Strafe erhalten?«

Bianca Sieber starrte auf den Tisch.

»Sie wussten, dass er entführt worden ist, Frau Sieber! Sie waren dabei!«

Das würde eine zähe Partie werden, wenn sie gar nichts sagte.

»Der Lebensgefährte Ihrer Mutter ist tot. Er ist auf üble und unwürdige Weise zu Tode gekommen! Sie waren Mitglied bei Animal Patrol. Sie kennen Fabian May und Antonia Bauernfeind aus dieser Zeit. Sie waren selbst eine der Aktivistinnen.«

Bei den Namen blickte Bianca Sieber auf.

»Animal Patrol gibt es nicht mehr«, sagte sie.

»Stimmt, aber Sie haben 2018 vor einem Betriebsstandort von MyEi demonstriert. Und die Firma gehört zufällig dem Lebensgefährten Ihrer Mutter, der nun tot ist. Was ist passiert?«

»Das Video hat mir wer geschickt.«

»Wer? Fabian May?«

»Der ist in Norwegen.«

»Nein, er war in München. Noch mal: Was ist passiert?«

»Kann ich telefonieren?«

»Sicher.«

»Allein.«

Sie kamen ihrem Wunsch nach. Bianca Sieber erklärte wenig später, ein Freund habe eine Anwältin verständigt, die zeitnah kommen werde.

»Das Anwesenheits- und Informationsrecht des Verteidigers bei polizeilichen Vernehmungen als Rechtsanspruch ist doch der letzte Scheiß«, maulte Kathi.

»Lieber Mittelalter mit Daumenschrauben?«, konterte Irmi.

Kathi knurrte vor sich hin. Im Moment konnten sie nur warten. Nach fünfunddreißig Minuten wurden sie erlöst. Die Anwältin war sicher in Irmis Alter. Sie tauschte sich noch unter vier Augen mit Bianca Sieber aus, dann konnte die Befragung beginnen.

»Darf ich Ihr Interesse auf ein Video lenken?«, fragte Kathi.

Sie hatte es an die Wand projiziert. Mit der Größe der Bilder stieg auch das Grauen.

»Das geschah am Graseck. Waren Sie dabei?«, fragte Irmi.

»Meine Mandantin würde Ihnen gerne mehr zu dem Video erzählen«, sagte die Anwältin.

»Na, dann mal los!«

Die Blicke waren auf Bianca Sieber gerichtet. Sie wirkte zerbrechlich, aber es ging auch eine große Kraft von ihr aus, fand Irmi.

»Ja, es stimmt, ich war bei Animal Patrol aktiv, doch dann wurde der Verein aufgelöst, und die Mitglieder des Vorstands waren in alle Winde zerstreut. Antonia kam letztes Jahr im Januar plötzlich bei mir in München vorbei. Sie hat mir erzählt, dass sie gerade über Bruderhähne recherchiert. Dass das eine extreme Sauerei ist und dass Hubertus mal wieder mittendrin steckt. Ich wollte da eigentlich gar nicht reingezogen werden, es ist immer so belastend, wenn man im Tierschutz recherchiert. Ich wollte das nicht mehr, aber Antonia kann sehr überzeugend sein.« Sie atmete schwer. »Antonia hatte schon vorgearbeitet und in Erfahrung gebracht, dass Hubertus auch an einer großen Brüterei Anteile hielt und an ein paar Höfen in Polen beteiligt war. Alles sehr undurchsichtig. Wir waren ein paarmal nachts bei der Brüterei und haben gesehen, wie die Brüderhähne verladen wurden. Immer auf polnische Lkw.«

»Soweit wir wissen, ist das eine gängige Praxis, nicht schlupfgleich aufzuziehen, sondern extern zu mästen«, sagte Irmi.

Bianca Sieber wirkte überrascht. »Dann wissen Sie mehr als die meisten anderen Verbraucher.«

»Und weiter?«, fragte Kathi.

»Wir sind so einem Lkw nach Polen gefolgt, kamen aber an diese Stallungen nicht näher ran, weil da im Vorfeld schon Zäune waren und Kontrollen, angeblich wegen der Hygiene. Wir haben eine Woche lang beobachtet, und Antonia hat sich dann an einen der beiden Fahrer rangemacht. Sie hat gesagt, sie wäre Journalistin und recherchiere über Arbeitsbedingungen von LKW-Fahrern. Sie rannte da offene Türen ein, denn dieser Honsa, so hieß der Fahrer, war ziemlich sauer, weil er sehr schlecht bezahlt wurde und keine Überstunden vergütet wurden. Sie konnte ihn überreden, uns mitzunehmen. Ich war die Fotografin.«

»Aber es ging Ihnen doch um die Tiere?«

»Er hat uns mitgenommen und hat ziemlich vom Leder gezogen, auch über Hubertus. Und er fand die Idee, dass wir ihn gleich noch wegen seiner Tierhaltung drankriegen, völlig okay. Ihm waren die Tiere zwar egal, aber er wollte dem System Ausbeutung gerne eins auswischen. Auch wenn es ihm um seine eigene Ausbeutung ging und nicht um die der Tiere. Während er ausgeladen hat, sind wir durch eine Tür in den Bereich, wo das Futter gelagert wurde. Wir haben uns versteckt. Es war dort schon eine Luft zum Schneiden, das Futter war schimmelig, nicht gut gelagert, aber das war ja nichts gegen die Hallen.«

Ihr traten Tränen in die Augen.

»Wir haben bei unserem Besuch in der Nacht Rotlichtlampen verwendet, das stresst die Tiere nicht so sehr. Seriöse Betriebe fangen Tiere auch in der Nacht ein. Die Tiere schlafen dann, sind ganz ruhig, und man kann sie leicht in eine Kiste stecken. Wir sind durch die Hallen gegangen.

Der Geruch nach Ammoniak war so stechend, dass ich Tage danach noch husten musste. Alles war verkotet, Milben, Parasiten, tote Tiere. Fehlende Rückzugsorte verschlimmern den Stress. Die Hähne kämpfen, werden von Artgenossen bepickt, es kommt auch zu Kannibalismus. Tiere sterben durch den Blutverlust. Oder sie werden bei lebendigem Leib regelrecht ausgehöhlt und verenden.«

Sie alle schwiegen.

»Sie kennen das Problem der Mast von Bruderhähnen?«, fragte Bianca Sieber weiter.

»Wir haben erfahren, dass die genetische Veranlagung von Legehühnern dazu führt, dass auch die Männchen nur wenig Fleisch ansetzen, aber trotzdem viel hochwertiges Futter brauchen«, erwiderte Irmi. »Ihre Mast geht mit einem hohen Ressourcenverbrauch einher, wenn man das seriös macht.«

»Genau, wenn man es aber unseriös oder kriminell macht, dann geht da viel innerhalb der europäischen Grenzen. Lassen Sie mich einen kleinen Ausflug in die Mathematik machen. Woche null bis acht verursacht so ein Bruderhahn dieselben Kosten wie in Woche acht bis vierzehn. Je größer das Tier, desto mehr Futterkosten. Nun zahlt also einer dem polnischen Mäster Kopfgeld pro Hahn bis Woche vierzehn. Wenn der aber die Tiere nur bis Woche acht aufzieht und dann schon tötet, ist das eine extrem hohe Gewinnspanne. Sagen wir, er bekommt vier Euro pro Hahn, der bei ihm aber nur Kosten von zwei Euro verursacht. Bei zweihunderttausend Tieren sind das schon vierhunderttausend Euro Gewinn! Und wir reden von weit mehr Tieren. Inzwischen sprechen wir von Gewinnen in Millionenhöhe.

Die Tiere, die wir gesehen haben, führten ein erbärmliches Leben. Sie wurden schlecht gefüttert, was für die Mäster ja egal war, weil die Tiere sowieso alle nur im Tierfutter landen. Wie das Schlachten läuft, möchte ich mir gar nicht ausmalen. Das ist der Betrug. An den Tieren und am Verbraucher – und das wollten wir zeigen.«

»Den ersten Teil des Videos haben Sie also in Polen gedreht?«

»Ja.«

»Und den zweiten? Waren Sie dabei?«

Bianca sah die Anwältin an, die nickte. »Antonia hatte vor, Hubertus erst einmal ein bisschen zu nerven, ihn zu provozieren. Außerdem war sie auf der Suche nach mehr belastendem Material. Sie ist in der Lausitz in sein Büro eingebrochen, hat aber nichts Verwertbares gefunden. Sie hat einen Vorwand gesucht, in Garmisch nachzusehen, und kam auf ein Grillfest bei uns. Ich fand das zuerst eine ziemlich irrsinnige Idee, aber Antonia war so. Nicht aufzuhalten.«

»Die beiden kannten sich doch schon von früher.« Irmi suchte den Blick der jungen Frau. »Antonia Bauernfeind hat Hubertus von Ebersheim mit Rizin vergiftet.«

»Das hat Ihnen meine Mutter erzählt?«

»Ja, hat sie.«

»Bitte glauben Sie mir. Ich kann das nicht bestätigen.«

»Können Sie es entkräften?«, fragte Irmi.

Bianca Sieber sah sie an. Sie hatte wunderschöne Augen, sie war eine bezaubernde junge Frau, und Irmi wünschte ihr in diesem Moment so sehr, dass ihr Leben noch die Kurve kriegen würde.

»Nein, das kann ich nicht. Aber ich wusste nichts davon. Antonia hat das mir gegenüber auch nie zugegeben.«

»Haben Sie sie gefragt?«

»Ja, nachdem klar war, dass Hubertus vergiftet worden war.«

»Ja, und?«, fragte Kathi.

»Sie hat abgewiegelt.«

»War das Antonias Art? War sie so radikal?«

Die junge Frau sagte nichts, was Antwort genug war.

»Das ist also zumindest vorstellbar?«, versuchte Irmi es erneut.

»Das war die Zeit, als Animal Patrol unter anderem Betrug bei Futtermitteln aufgedeckt hatte«, meinte Bianca Sieber. »Nicht nur bei Hubertus, auch bei anderen. Es ist nicht zu fassen, wie leichtfertig da irgendwelche Stoffe verfüttert werden, die damit ja auch in die Nahrungskette gelangen. Also nicht nur anorganische Stoffe wie Arsen, Blei, Cadmium oder Quecksilber, sondern auch Acrylamid, Mutterkornpilze, Blausäure, Senföl oder Rizin. Letzteres ist übrigens ziemlich leicht zugänglich, das gibt's ja sogar als Deko an Adventskränzen.«

»Wollte Antonia Bauernfeind mit dieser Aktion Hubertus von Ebersheim ihre Macht demonstrieren und ihm zeigen, wie leicht Menschen sich vergiften können?«, fragte Kathi.

»Antonia war immer der Meinung, dass nur der unmittelbare eigene Schmerz wirklich zum Umdenken führt. Etwas, was man nicht wegschieben kann oder wegzappen. Was man wirklich am eigenen Leib spürt.«

»Na, merci!«, kam es von Kathi.

»Was ist dann passiert?«, fragte Irmi.

»Hubertus hat da irgendwas gedreht. Antonia war plötzlich weg. Und es gab einen Prozess gegen Fabian – wegen der Beleidigung durch Nazivergleiche. Fabian bekam Bewährung. Es ging nie mehr um das Rizin.« Bianca Sieber strich sich die Haare aus dem Gesicht.

Ist dir nie der Gedanke gekommen, dass er dich damit schützen wollte?, dachte Irmi.

»Und dann kam Antonia zurück und war anscheinend immer noch nicht geläutert?«, fuhr Kathi fort.

»Es muss so mutige Menschen wie Antonia geben«, sagte Bianca Sieber. »Sonst ändert sich nichts auf der Welt.«

»Mut ja, Mord nein. Was passierte auf der Grillfete?«, wollte Kathi wissen.

»Hubertus war gar nicht so überrascht, oder er konnte es zumindest gut verbergen. Er hat Antonia tatsächlich aus dem Konzept gebracht, indem er ihr den Job in Cannobio angeboten hat.«

»Wie ging es dann weiter?«

»Ich stand mit Antonia in Kontakt, als sie in Italien war. Sie haben wohl in einer ziemlichen Absteige gehaust, aber die Villa hat ihr gefallen, auch wenn es eine Bonzenvilla war. Die Bibliothek fand sie total faszinierend. Sie hat natürlich weiter nach Munition gegen Hubertus gesucht, nach einem Safe oder so. Was sie allerdings entdeckt hat …«

»… war ein Fresko?«, ergänzte Irmi.

Bianca Sieber sah sie überrascht an. »Nicht direkt. Antonia hat ein Buch gefunden und hatte die Idee, dass irgendwo in der Villa ein Fresko existiert. Versteckt oder übermalt.

Offenbar einen verschollenen Luini. Wie Atlantis oder das Bernsteinzimmer. Verstehen Sie?«

»Ja, aber das heißt, dieses ominöse Fresko war mehr ein Nebeneffekt, wenn ich Sie richtig verstehe?«, schaltete sich Irmi ein.

»Ja, so kann man das nennen.«

»Hat sie Hubertus von Ebersheim auf das Fresko angesprochen?«

»Das weiß ich nicht, kann aber sein, dass Hannes es getan hat.«

»Welche Rolle hat Hannes Vogl eigentlich gespielt? War er bei Animal Patrol auch schon dabei?«

Bianca Sieber sah wehmütig aus. »Nein, Antonia hat ihn erst vor zwei Jahren kennengelernt. Irgendwo an einem Bahnhof. So genau weiß ich das nicht.«

»Waren die beiden ein Paar?«

»Antonia dachte nicht in solchen Kategorien.«

»Was heißt das? War das eine WG? Freundschaft plus oder so?«, fragte Kathi.

»Antonia hatte einen anderen Beziehungsbegriff, sie wollte niemandem gehören.«

Sich in jemanden wie Antonia zu verlieben tat bestimmt weh, dachte Irmi. Womöglich war Antonia damals sogar Biancas erste große Liebe gewesen. Wie schwer musste es für sie gewesen sein. Dabei sollte eine erste Liebe doch groß sein, wahr und euphorisch …

»Aber Hannes kam mit nach Italien?«

»Ja, weil Hubertus ja wirklich einen Restaurator brauchte.«

»Irgendwo müssen die beiden mit Glasfasern in Berührung gekommen sein, an denen sie verstorben sind. Oder zumindest Antonia«, meinte Irmi.

»Meine Mutter hat mir das mit den Glasfasern erzählt. Aber das klang für mich wie in einem schlechten Film«, sagte Bianca Sieber.

»Antonia muss bei dieser ganzen Vorgeschichte doch auch mal auf die Idee gekommen sein, dass ihre merkwürdigen Beschwerden auf eine Vergiftung zurückgehen könnten, oder?«

»Sie war nie ganz gesund, sie litt an Asthma und war total manisch. Sie hat immer nur ganz wenig geschlafen. Ihr Leben läuft schneller als das von anderen. Lief …« Sie schluckte, um die Tränen zu unterdrücken.

»Haben Sie denn nie daran gedacht, dass Hubertus sich gerächt haben könnte?«, hakte Irmi nach. »Damals Rizin, heute Glasfasern?«

»Ehrlich gesagt, zu Beginn nicht. Antonia hat am Telefon immer nur über das Fresko gesprochen. Sie war richtig euphorisiert. Außerdem hatten wir ja nicht dauernd Kontakt.«

»Apropos Kontakt, Antonia hatte nur ein sehr altes Handy, auf dem wir ganz wenige SMS und Anrufe gefunden haben.«

»Ja, ich weiß. Sie hatte ihr Smartphone in Italien verloren. Ein Student, der auf der Baustelle mitgearbeitet hat, ich glaube, der hieß Jan, hat ihr sein altes gegeben. Damit sie für den Notfall eines hat. Die anderen Karten und Handys hatte ich.«

»Was für andere Handys?«

»Wir hatten bei Animal Patrol immer Handys und Prepaidkarten von vor 2017. Also Karten, die ohne Identitätsnachweis gekauft worden sind.«

Kathi schüttelte nur noch den Kopf.

»Ich glaube, Hubertus hat Antonia das Handy irgendwie entwendet, weil er sie natürlich im Blick hatte«, fuhr Bianca Sieber fort. »Und inzwischen kann ich mir gut vorstellen, dass er sie vergiftet hat. Hubertus vergisst nicht. Er schlägt zurück, auch wenn Jahre dazwischen liegen.«

»Als Antonia aus Italien zurückkam, war sie krank. Haben Sie sie in der Zeit gesehen?«, fragte Kathi.

»Ja, und ich hab ihr auch gesagt, sie soll zum Arzt gehen.«

»Dem hat sie aber nicht erzählt, dass es womöglich um eine Vergiftung geht!«

»Antonia meinte, es könne ja nicht so schlimm sein. Schließlich lebe sie ja noch.« Ein paar Tränen kullerten. Die Anwältin reichte Bianca Sieber ein Taschentuch.

»Und Hannes?«, hakte Kathi nach.

»Ich weiß nicht, was passiert ist! Er hatte eigentlich gar nichts mit der Sache zu tun.«

»Wusste er von Antonias eigentlichen Beweggründen?«

»Ich glaube nicht. Wir wollten ja …«

»Ja, genau, was bitte wollten Sie eigentlich?«, rief Kathi, der allmählich die Geduld ausging.

Die Anwältin sah sie strafend an.

»Wir wollten mehr Munition gegen Hubertus finden. Ein Video ins Netz stellen, das seine Betrügereien rund um die Bruderhähne dokumentiert. Den ersten Teil hatten wir ja schon in Polen gedreht, aber Antonia wollte mehr, etwas Furioses.«

»Nun, den zweiten furiosen Teil gibt es ja nun. Nur kann Antonia den eierfressenden Hubsi ja nicht festgehalten oder gar gefilmt haben. Sie war da schon tot«, sagte Kathi, die den Lautstärkeregler wieder etwas heruntergedreht hatte. »Das waren Sie!«

Wieder sah Bianca Sieber zur Anwältin hinüber, die nickte.

»Irgendwann habe ich Antonia nicht mehr erreicht. Sie ging nicht mehr ans Handy. Also bin ich hingefahren. Am Sonntagnachmittag.« Jetzt begann sie richtig zu weinen. Es dauerte lange, bis sie sich wieder gefasst hatte. Irmi schob ihr das Wasserglas hin.

»Sie lag tot in ihrem Bett. Ich habe nach Material für unsere Recherchen Ausschau gehalten. Außerdem hab ich ihr Tablet mitgenommen und nach dem alten Handy gesucht.«

Denn das hatte unter der Decke gelegen, und so nah wollte Bianca ihrer ehemaligen Geliebten nicht kommen. Sie tat Irmi unendlich leid. Alles fügte sich nun zusammen, zu einem dunkelschwarzen Gemälde.

»Wo ist das Tablet? Und was war da drauf?«

Die Anwältin griff in ihre Tasche. »Bianca Sieber hat es mir vorhin gegeben. Hier ist es. Sie können es sicher auswerten.«

»Danke schön. Und dann?«, fragte Irmi.

»Ich war völlig fertig«, fuhr Bianca Sieber fort. »Am Dienstag habe ich Hubertus angerufen und gesagt, dass Antonia tot ist. Und dass ich ihn sehen will. Ich hab ihm gesagt, dass er zum Graseck kommen soll.«

Bianca Sieber starrte auf den Tisch.

»Und Sie hatten den irren Plan, das Video zu komplettieren?«

»Ja, weil Antonia doch nicht so sinnlos gestorben sein durfte! Sie hätte sich das gewünscht.«

Wahrscheinlich stimmte das sogar.

»Er hat Antonia umgebracht! Ich musste doch etwas tun!«

»Hat er das zugegeben?«

»Nein. Aber er war es. Wer sonst?«

Man hätte nun viel sagen können, vor allem, dass man diese ganze irrsinnige Spirale schon nach der Rizinvergiftung hätte anhalten müssen. Stattdessen legte sich eine schwere Stille über die Anwesenden.

»Und warum dieser Platz am Graseck?«, fragte Kathi schließlich.

»Wir waren öfter da oben, als ich noch kleiner war. Ich kannte den Baumstadl. Ich hab da früher immer gespielt, dass ich eine Prinzessin sei, die aus ihrem Schloss flüchten muss und dann Hirtin wird. Hubertus war auch sonst öfter auf der Alm. Mit Geschäftsfreunden. Er hat da Hof gehalten und eine Runde nach der anderen geschmissen.«

»Aber Sie konnten doch nicht sicher sein, dass er kommen würde?«

»Ich war mir ziemlich sicher.«

»Und was ist dann passiert?«

»Er war arrogant. Hat mich gefragt, ob ich zu viele schlechte Serien streamen würde. Er war so selbstgefällig! Wie immer. Er spielt mit Menschen und mit dem Leben. Menschen bedeuten ihm nichts. Tiere schon gar nicht.«

»Weiter!«

»Ich hab ihn gefesselt. Und ihm gesagt, dass ich ein Video ins Netz stellen werde.«

»Und das alles haben Sie allein bewerkstelligt?«, fragte Irmi und versuchte, ruhig zu bleiben. »Hubertus von Ebersheim war ein stattlicher Mann. Wie haben Sie das gemacht?«

»Er hat mich nicht ernst genommen.«

»Das ist doch lächerlich!«, rief Kathi. »Dazu hätten Sie nie die Kraft gehabt! Er hätte Sie überwältigt!«

»Er hat mich ausgelacht. Mir die Hände hingehalten, dass ich ihn fesseln soll. Für mein Video. Er fand sich richtig lustig.«

»Das glaube ich Ihnen nicht. Es muss Mittäter gegeben haben. Wir wissen, dass Fabian May in Deutschland war. Er hat Ihnen geholfen!«

»Davon weiß ich nichts.«

»Man sieht bei der Komposition des Videos, dass die eine Person gefilmt hat und die andere dem Mann den ganzen Hühnerdreck ins Maul gestopft hat. Verarschen Sie uns nicht!« Kathi drehte wieder auf.

»Ich hatte das Handy festgeklemmt. Ich war das, ganz allein.«

»Als wir Ihnen zum ersten Mal begegnet sind, war Hubertus von Ebersheim schon in Ihrer Gewalt«, fuhr Kathi fort. »Sie haben uns und Ihrer Mutter ins Gesicht gelogen. Sie haben eine gewaltige kriminelle Energie! Warum sollten wir Ihnen glauben?«

Bianca Sieber schwieg. Die Anwältin sah Kathi streng an.

»Nun gut, Sie haben also Ihr Video gedreht. Und dann?«, fragte Irmi.

»Bin ich gegangen.«

Wieder schaffte sie es, sie alle sprachlos zu machen.

»Wie kam von Ebersheim dann an die Brücke, Frau Sieber? Wer hat ihn erhängt?«

Bianca Sieber zitterte. »Ich nicht. Er hat gelebt, als ich ging. Er hätte nicht sterben sollen.«

»Wo war Fabian May? War er das?«

»Nein!«

Bianca Sieber war leichenblass und zitterte immer mehr. Sie klapperte regelrecht mit den Zähnen.

»Meine Mandantin braucht Ruhe. Morgen früh wird sich hier jemand bei Ihnen einfinden, der mehr Licht in die Geschichte bringen wird«, erklärte die Anwältin.

»Wir sind hier nicht bei einem Ratespiel. Was soll das?«, konterte Kathi wütend.

Bianca sah aus, als würde sie jeden Moment in Ohnmacht fallen.

»Wir rufen einen Arzt«, sagte Irmi. »Wir müssen Ihre Mandantin aber in Gewahrsam behalten.«

Wenig später traf der Notarzt ein. Eine Infusion brachte Bianca Sieber wieder auf die Füße. Sie hatte anscheinend zwei Tage fast nichts mehr gegessen und getrunken. Anschließend wurde sie abgeführt. Sie stand unter Mordverdacht, daran war nicht zu rütteln.

»Verzeihen Sie das Vorgehen, aber die Person, die sich bei Ihnen vorstellen will, muss noch einiges regeln«, sagte die Anwältin und verabschiedete sich.

Kathi hieb kurz und knackig gegen einen Stuhl. »Jetzt mach ich den Scheiß schon so lange, aber so etwas ist uns noch nicht untergekommen, oder?«

Irmi brachte nicht einmal ein »Nein« hervor. Diese ganze Geschichte von Rache und Manipulation, von Gefühlen, die gut und doch so falsch gewesen waren, das alles raubte ihr die Sprache.

»Wir müssen diesen Fabian finden«, sagte sie schließlich.

»Der wird ja wohl morgen hier auf der Matte stehen. Was immer der noch regeln muss. Er ist vorbestraft, der weiß, dass er in den Knast geht.«

»Und was ist mit Hannes? Wir wissen noch immer nichts über seinen Tod.«

»Hoffen wir auf morgen«, sagte Kathi.

Mittlerweile war es zehn Uhr abends, und Irmi fühlte sich völlig ausgelaugt. Als sie eine halbe Stunden später zu Hause auf dem Hof eintraf, wartete der Hase auf sie.

»Willst du noch eine Kleinigkeit essen?«

»Nein, danke.«

»Badewanne?«

»Das könnte mich retten.«

Wenig später lag Irmi mit einem Glas Bier in der Wanne. Der Hase hockte mit einem Wein in der Hand auf dem Rattanstuhl, den die Kater immer zum Krallenschärfen nutzten. Genutzt hatten. Jetzt gab es ja nur noch den einen. Irmi schluckte. Dann erzählte sie.

»Jetzt reimt es sich«, sagte der Hase hinterher sehr leise. »Aber ich mag das Gedicht nicht. Das Versmaß ist sehr ruppig.«

»Das ist alles schlüssig, Fridtjof. Wir waren völlig blind! Aber dieses alttestamentarische Auge um Auge, Zahn um Zahn, das ist ja grauenhaft!«

»Das ist nur die eine Sicht der Dinge. Unter Umständen

bedeutet es: Nur ein Auge für ein Auge, nur einen Zahn für einen Zahn. Womöglich wollte man damit nur ein Ungleichgewicht von Vergehen und Strafe verhindern.«

»Aber man kann Feuer nicht mit Feuer bekämpfen!«

»Da gebe ich dir recht, aber das ist vermutlich eine antiquierte Ansicht der Friedensbewegung der Achtziger.«

»Damals habe ich in Wackersdorf und im Kemptner Wald auf der Seite der Polizei gestanden, dabei war ich genau genommen auf der Seite der Demonstranten.«

»Damals war Pazifismus ein gewichtiges Wort. Aber die Werte verschieben sich. Ausgerechnet die Grünen, die sich Gewaltfreiheit und Umweltschutz auf die Fahnen geschrieben hatten, betreiben jetzt Realpolitik, befürworten Waffenlieferungen in die Ukraine oder kaufen bei lupenreinen Demokraten in Katar ein! Es gibt das schöne Wort vom Teufel, den man mit dem Beelzebub austreibt. Die Länder werden sich dabei überbieten, was sie den Ukrainern alles an Waffen liefern können. Und die vielen anderen Kriege wie im Jemen, wo die Menschen so bitter leiden, werden wir elegant vergessen. Jetzt gibt es ja Krieg in Europa. Wir werden noch sehr viele unwürdige Diskussionen erleben.«

»Mir macht das Angst«, sagte Irmi.

»Mir auch, denn dieser Krieg wird noch lange dauern. Und ich habe keine Idee, wer ihn wie zu Ende bringen soll. Ein Handtuch, die Dame?«

Irmi war froh, das Thema nicht mehr vertiefen zu müssen. Sie entstieg der Wanne und trocknete sich ab.

»Rückenmassage?«

Irmi lächelte. »Das ist ein verlockendes Angebot, das ich sehr gerne annehme.«

Wenn der Hase bei ihr übernachtete, war ein unschätzbarer Vorteil, dass er morgens schon Kaffee gemacht und Croissants und Brezn geholt hatte, wenn Irmi aufwachte. Und etwas sagte ihr, dass sie am nächsten Tag sehr viel Kraft brauchen würde.

14

Als Irmi am nächsten Morgen ins Büro kam, waren Andrea und Kathi schon im Büro, obwohl Wochenende war. Der aktuelle Fall hatte nun einmal oberste Priorität.

»Ich habe mir das Tablet angesehen«, erzählte Andrea. »Da sind noch viel mehr Videos aus Polen drauf. Und Filme aus Hühnerhöfen. Hat mir etwas auf den Magen geschlagen. Aber sonst ist nichts dabei, was wir nicht schon wüssten.«

»Danke. Ist unser Besucher schon da?«

»Ich glaube nicht, dass Fabian kommt«, meinte Andrea.

»Warum?«

»Er ist am 31. März von München nach Toronto geflogen.«

»Nein, oder?«

»Doch!«

»Ach, Scheiße!«, rief Kathi. »Und Bianca wird weiter behaupten, sie hat das ganz alleine getan. Was soll das werden? Ein Indizienprozess? Spinn i?«

»Jetzt wartet mal! Bianca Siebers Anwältin wartet auf euch«, sagte Andrea. »Ich hab sie ins Besprechungszimmer gesetzt.«

»Da dürfen wir gespannt sein«, meinte Irmi, während sie ins Besprechungszimmer gingen.

»Na, da haben Sie uns ja ein tolles Ei gelegt!«, sagte Kathi statt einer Begrüßung.

»Guten Morgen. Inwiefern?«

»Der von Ihnen angekündigte Fabian May ist abgehauen. Wir vermuten, dass er Ihrer Mandantin geholfen hat.«

»Fabian May? Ich kann mich nicht daran erinnern, ihn angekündigt zu haben. Meine Mandantin hat außerdem ganz eindeutig gesagt, dass er gar nicht vor Ort war.«

»Dann lügt sie!«, rief Kathi. »Es wäre klüger, Sie würden ihr klarmachen, dass ihr ein vollumfängliches Geständnis nur helfen kann!«

»Warten Sie doch bitte kurz. Ich denke, es wird sich dann einiges aufklären.«

In diesem Moment klopfte es an der Tür, und Andrea betrat den Raum. »Herr von Ebersheim ist eingetroffen«, erklärte sie. »Volker von Ebersheim.«

»Genau den habe ich Ihnen gestern angekündigt«, sagte die Anwältin. »Volker ist ein Bekannter von mir und hat mich gebeten, Bianca zu vertreten. Heute ist er gekommen, um eine Aussage zu machen.«

Selbst Kathi war sprachlos.

Wenig später saßen sie ihm gegenüber. Volker von Ebersheim war ein attraktiver Mann, braun gebrannt, mit grauem Kurzhaarschnitt, schlank und muskulös. Man hätte ihn gut bei einem Fotoshooting für Outdoor- oder Jagdmode einsetzen können. Auch seine Stimme war angenehm, das hatten sie am Telefon ja schon feststellen dürfen.

»Herr von Ebersheim? Wir sind ein wenig überrascht«, gestand Irmi.

»Könnten Sie den Titel weglassen? Ich hasse dieses von. Ich bin Landwirt.«

»Also doch kein alter Landadel?«, bemerkte Kathi mit provozierendem Unterton.

»Keine Domestiken, keine Vasallen«, entgegnete er. »Das hatten wir nie. Ich kann ihnen aber gerne die Chronik unserer Familie zukommen lassen.«

»Danke, uns reicht die Gegenwart«, sagte Irmi und trat Kathi auf den Fuß. »Ich nehme an, Sie sind wegen des Todes Ihres Bruders am Graseck gekommen?«

Er nickte.

»Bianca Sieber hat Ihren Bruder entführt«, sagte Kathi, die sich offenbar wieder etwas beruhigt hatte. »Sie hat ihn fast eine Woche lang festgehalten und gefilmt. Ihr Plan war, ein großes Fass aufzumachen und das Video online zu stellen. Sie wollte der Welt zeigen, was für eine Augenwischerei diese ganze Bruderhahnthematik ist. Das hat sie auch alles zugegeben, sie behauptet aber, keine Helfer gehabt zu haben. Und sie will auch nicht wissen, wie Ihr Bruder an die Brücke gekommen ist. Sie wollen uns jetzt erzählen, dass Sie ihr geholfen haben, oder?«

»Nicht direkt, aber Bianca ist ein gutes Mädchen.«

»Das unter Mordverdacht steht! Was ist am Graseck passiert? Warum sind Sie hier?«, fragte Irmi.

»Es ist ein verfluchter Platz.«

»Geht es etwas weniger kryptisch?«, fragte Kathi.

»Garmisch-Partenkirchen hat uns kein Glück gebracht.«

Er wich aus, und Irmi spürte, dass sie ihn nur zum Reden bringen würden, wenn sie ihm Zeit gaben. Das hatte auch Kathi gemerkt und überließ Irmi die Gesprächsführung.

»Wie kommt es eigentlich, dass Sie so einen intensiven

Bezug zu Garmisch haben?«, fragte Irmi. »Ihr Familienanwesen liegt doch in Hessen.«

»Unser Vater hat die Berge geliebt. Deshalb kaufte er in den Fünfzigerjahren das Haus. Bevor wir Jungen in die Schule kamen, haben wir den ganzen Sommer in Garmisch verbracht. Später dann waren wir in allen Schulferien hier.«

»Im Haus, das Ihr Bruder bewohnt hat?«

»Damals war es ein sehr großzügiges Landhaus. Mein Vater hat es einem hohen Beamten abgekauft. Es war etwas abgewohnt und alt, aber gemütlich. Und unsere Mutter hatte viel Geschick beim Handarbeiten und Dekorieren. Für uns Kinder war das großartig. Wir kamen aus dem Flachland, nichts als endlose Felder. Aber in Garmisch gab es so viel Natur! Die Partnach und die Klamm waren unser Abenteuerspielplatz. Und das Graseck. Die Buben da oben waren wilde Bergburschen. Wir waren nur die Preußen, wir mussten uns beweisen und uns hocharbeiten.«

»Aha, und weiter?«

Er lächelte wehmütig. »Wir müssen zurück ins Jahr 1972. Das war der Sommer, als wir uns Julian und Richard nannten.«

»Wieso das denn?«, fragte Kathi.

»Sie sind ein bisschen zu jung, denke ich. Wegen der *Fünf Freunde*. Hubertus war Julian, der Anführer und Wortführer. Ich war Richard, der in den Büchern auch Dick genannt wurde. Das hat gepasst, weil ich zu der Zeit wirklich viel gegessen habe und etwas moppelig war.«

Irmi wartete.

»Die Jungs da oben haben uns lange ignoriert und dann terrorisiert. Sie haben unsere Fahrradreifen aufgestochen, uns mit Steinschleudern beschossen. Aber wir kamen immer wieder, und irgendwann durften wir mitmachen. Die vollautomatische Seilbahn aufs Graseck gab es ja damals schon. Wenn jemand einsteigt, dann fährt sie automatisch los. Also haben wir schwere Steine reingehievt und fanden es großartig, wenn die Bahn dann losfuhr. Bubenstreiche halt.« Er atmete durch. »Und Mutproben. Natürlich war es uns strengstens verboten, in der Klamm herumzuklettern, aber wir haben uns nicht daran gehalten. Wir haben uns in den kleinen Höhlen in den Klammwänden versteckt. Mal musste man eine Kerze anzünden, dann wieder etwas auf durchwandernde Touristen werfen. Stöckchen, Kieselsteine. Das gab immer wieder Ärger. Oft kamen wir durch, manchmal wurden wir erwischt. Es gab auch mal Hausarrest, aber wir sind entwischt oder unsere Mutter hat den Arrest aufgehoben. Immer mit der Mahnung, nicht so wild zu sein.«

Kathi lächelte ihn an. »So einen Schwachsinn kenne ich von meiner Tochter auch. Die Kinder hatten einfach viel Glück, dass nie etwas passiert ist.«

Ebersheim nickte. »Bei uns war auch immer ein Mädchen dabei. Erna oder Erni. Die stand den Buben in nichts nach. Bei uns war sie Georgina oder George wie im Buch. Ein Mädchen, das lieber ein Junge geworden wäre. Sie konnte besser mit der Steinschleuder umgehen als wir. Und sie kletterte wie eine Gams.« Es war kurz still. »Die Königsdisziplin war es, auf dem Geländer zu balancieren«, sagte er dann.

»Auf dem Geländer der Eisernen Brücke?«, fragte Irmi ungläubig.

»Ja, der völlige Wahnsinn aus heutiger Sicht. Aber das Glück ist mit den Kindern.«

Er schwieg.

»Herr Ebersheim, wir werden Spuren finden«, sagte Irmi nach einer Weile. »Von Bianca und von Ihnen. Was ist passiert?«

»Damals oder heute?«

»Beides.«

»Der Sommer des Jahres 1972 war heiß. Hubertus und ich waren inzwischen anerkannt. ›Die Preißn-Buam san wieder do‹, hieß es, wenn wir kamen. Auf der Alm da oben am Graseck, da brodelte die Hütte, das haben wir Jungs aber nur am Rande mitbekommen. Ich glaube, das war noch, bevor der Bartl-Toni so krank wurde und sein ganzes Leben umkrempelte. Wir Kinder haben viel Blödsinn gemacht. Steine auf die Straße geworfen, dass die Autos nicht weiterfahren konnten. Einigen, die oben parkten, haben wir die Luft rausgelassen. Aber ich war in diesem Sommer auch anderweitig beschäftigt. Als wir in Garmisch ankamen, war grad ein Zicklein geboren worden. Es war erst ein paar Tage alt, die Mutter wollte es nicht annehmen. Ein Knecht hatte es mit der Flasche versucht, doch es trank nicht. Und dann kam ich. Ich taufte es Maxl, es war ein Bock. Vorher hieß er nur ›das Verreckerle‹. Und ich schaffte, was dem Knecht nicht gelungen war: Der Maxl trank und wuchs und gedieh. Er war ziemlich klug, und ich fing an, ihm Kunststücke beizubringen. Wir hatten die Idee, dass wir Vorführungen vor der Alm machen und damit Geld verdienen. Den angeheiterten Gästen saß die Mark sehr locker.« Er sah in die Ferne, verlor sich in seinen Erinnerungen.

Irmi spürte, wie seine starke Wehmut sie mitriss. Von ihm ging eine solche Trauer aus.

»Eines Tages hatte Hubertus den Einfall, Maxl das Balancieren auf dem Brückengeländer beizubringen.«

Irmi ahnte etwas.

»Maxl hat brav mitgemacht. Ziegen klettern ja sehr gut und erst recht, wenn sie mit Futter gelockt werden. Ich habe es zu spät mitbekommen, und als ich kam, ließ sich Hubertus nicht von seiner Idee abbringen. Vielleicht habe ich auch nicht vehement genug widersprochen.« Wieder eine lange Pause. »Jedenfalls gab es plötzlich einen höllischen Knall. Maxl hat einen Schreck bekommen und ist abgestürzt, und wir waren zu langsam. Der Strick verfing sich, der kleine Ziegenbock hatte sich stranguliert.«

»Und fünfzig Jahre später rächen Sie sich und strangulieren Ihren Bruder an derselben Stelle?«, stieß Kathi hervor.

»Nein, so war das nicht.«

»Wie dann?«

Als er fortfuhr, sprach er ins Leere, in die Unterwelt hinein, an deren Abgrund er sich befand.

»Ich hatte den toten Maxl auf den Armen. Ich hatte Angst vor Strafe. Aber der Knecht hat nur gesagt: ›Hat er sich wo aufgehängt, der Depp, der.‹ Er hat ihn mir weggenommen. Ich konnte ihn nicht mal begraben.« Er schluckte. »Ja, ich weiß, Sie werden sagen: Ich übertreibe. Wir stammten ja selber aus einer Landwirtschaft, wir wussten, dass Tiere sterben.«

»Aber nicht so«, sagte Irmi leise.

»Ich war zehn und Hubertus zwölf. Die anderen hatten sich sowieso schon lustig gemacht, dass ich ein Baby aufziehe. Sie haben mich ein Mädchen genannt. Ein Weichei. Erni hätte das machen sollen, aber die hatte keine Lust. Und dann war Maxl tot. Hubertus hat nur gesagt: ›Er hatte seine Chance. Er hat sie vertan.‹ Den Satz vergesse ich nie.«

»Idiot«, sagte Kathi. »Und dann?«

»Ich habe geschwiegen. Und nichts mehr gesagt. Doch in mir tobte alles.« Er sah die Kommissarinnen an. »Kennen Sie das? Eine Erinnerung, die sich so sehr eingebrannt hat, dass man alles noch immer so spürt, als wäre es gestern gewesen? Ich kann sogar noch den Geruch dieses Tages abrufen. An diesem Tag begann ich, Hubertus zu hassen. Am Abend im Haus habe ich zu meiner Mutter gesagt, ich würde nach Hause fahren. Eineinhalb Wochen vor der geplanten Abreise. Meine Mutter wollte wissen, warum, aber ich habe immer nur ›darum‹ gesagt.«

»Und Ihr Bruder?«

»Der hat mich nicht ernst genommen, war längst schon in neuen Abenteuern gefangen. Julian wollte mit Georgina besonders hohe Stelzen bauen, für ihn war das nicht mehr als eine Episode.«

»Und dann?«

»Ich weiß das nicht mehr so genau, aber ich habe wohl so getobt, dass ich am Ende fahren durfte, aber nur weil meine Tante sowieso abreisen wollte und sich die verbleibenden Ferientage zu Hause um mich kümmern konnte. Ich war seitdem nie mehr auf dem Graseck. Nie mehr in meinem Leben. Aber ich habe das Bild von Maxl nie aus dem Kopf bekommen. Es springt mich an bis heute.«

»Sie waren ein Junge. Ein liebenswertes Tier ist gestorben. Natürlich war das ein traumatisches Erlebnis«, sagte Irmi.

»Ich hatte immer das Gefühl, als hätte ich Maxl verraten. Ich hätte Hubertus schlagen müssen, verprügeln. Aber ich bin einfach verschwunden. Ich habe mich durchgesetzt, dass ich in ein Internat gehe. Nach dem Abitur habe ich Agrarwissenschaften studiert. Hubertus habe ich nur noch selten gesehen. Während der Schulzeit lediglich in den Ferien und nach dem Abitur nur noch auf Beerdigungen. Unsere Mutter starb 1982.«

»Ihre Mutter ist …?«

»Sie ist nicht alt geworden? Nein, sie hat Selbstmord begangen. Tabletten. Sie war depressiv, immer schon gewesen. Aber man hat das in den Siebzigerjahren nicht verstanden. Sie galt als traurig. Oder schwach. Oder sie war schon immer bei schlechter Gesundheit gewesen. Dabei war doch das Klima in Garmisch so gut, da hätte sie sich erholen müssen. Aber sie ist in Garmisch gestorben. Im Sommer 1982. An der Partnach. Der Hund eines Spaziergängers hat sie gefunden. Es ist ein verfluchter Platz. Und ich habe mir natürlich auch Vorwürfe gemacht, dass ich ins Internat gegangen bin. Ich habe Maxl und auch meine Mutter im Stich gelassen.«

»Aber das ist Unsinn! Ihr Vater hätte es merken müssen, andere Verwandte. Doch nicht ein Junge!«

»Zu dem Zeitpunkt war ich kein kleiner Junge mehr«, sagte er. Ein kurzer Satz voller Selbstvernichtung.

»Sie haben alles richtig gemacht. Für sich«, sagte Kathi.

»Das sagt mir die Logik auch, aber da sind Gedanken in mir, die kann ich nicht aufhalten.«

»Das heißt aber auch, dass Sie wenig über Ihren Bruder wussten, oder?«

»Natürlich habe ich etwas von seinem Aufstieg mitbekommen, aber ich wusste nicht so genau, was er für Deals und Schiebereien eingefädelt hat. Ab und zu bin ich in den Branchenmedien über ihn gestolpert. Es waren kritische Artikel, aber er schien ja immer alles von sich abwenden zu können. Ich wollte mich nicht damit konfrontieren. Nach der Beerdigung unserer Mutter sah ich ihn erst 2002 bei der Beerdigung unseres Vaters wieder. Einige Jahre später starb unsere Tante. Bei diesem Begräbnis 2007 hatte mein Bruder Silvana dabei. Und deren Tochter, die damals zehn, elf Jahre alt war. Ein liebes Mädchen. Ich fand Silvanas Erscheinungsbild etwas gewöhnungsbedürftig, wobei sie als Person eigentlich sympathisch wirkte. Eher bodenständig, was im Kontrast zu ihrem Bekleidungsstil stand.«

»Bianca kannten Sie also?«

»Ja, ich habe ihr bei solchen Anlässen immer mal ein Eis oder ein Stück Kuchen besorgt. War ja auch langweilig für sie. Ich habe ihr immer eine Weihnachtskarte geschrieben und sie mir. Bianca nahm 2019 mit mir Kontakt auf. Sie wollte Agrarwissenschaften studieren und brauchte einen Rat, wo sie studieren sollte und wie ich die Idee fände.«

»Sie hatten also die letzten Jahre Kontakt?«

»Ja, ab und zu. Sie hat auch mal ein Praktikum bei mir gemacht. Ich impfe Hölzer mit Shiitakepilzen, und ich baue Soja an. Deutsches Soja! Die EU importiert rund fünfunddreißig Millionen Tonnen Soja pro Jahr – über die Hälfte davon aus Brasilien. In den letzten fünfzig Jahren wurde die Produktion um das Zehnfache gesteigert. Das ist Wahnsinn! Vor allem natürlich, um Tierfutter zu gewinnen. Achtzig Prozent der Sojabohnen weltweit kommen aus den USA, Brasilien oder Argentinien. Für die Ausweitung des Anbaus werden riesige Wald- und Savannenflächen umgewandelt. So gehen einzigartige Lebensräume für Pflanzen und Tiere verloren, fruchtbarer Boden wird zerstört und Wasser verseucht. Brasilien geht voran mit der Umweltzerstörung. Die Hälfte des Savannenwalds ist schon vernichtet. Er ist einer der wichtigsten Süßwasserlieferanten Südamerikas und bindet enorme Mengen an Kohlenstoff. Wir müssen andere Wege gehen. Bianca ist Veganerin, das ist ihr Thema.«

»Wussten Sie von ihrem Engagement bei Animal Patrol?«

»Anfangs nicht. Dann hat sie mir davon erzählt. Ich fand den Ansatz gut, denn Animal Patrol fokussierte sich auf Nutztiere und ging dabei weniger drastisch vor als PETA. Bianca hat bei einem Projekt in Afrika mitgearbeitet, was ich ziemlich mutig fand. Es ging darum, schon Schulkinder für Tierrechte zu sensibilisieren. Sie und ein paar Mitstreiter lieferten Materialien an Agraruniversitäten in Schwellenländern und Entwicklungsländern. Tierschutz an der Basis eben.«

»Sie haben mitbekommen, dass Animal Patrol auch Ihren Bruder im Fokus hatte?«

»Ja, aber nur am Rande. Allerdings war Bianca einmal mit einer Antonia da, und das hat mir Sorgen gemacht.«

»Warum?«

»Die junge Frau vertrat sehr radikale Positionen, es ging

etwas Ungutes von ihr aus. Ich hatte den Eindruck, dass sie Bianca nicht guttat.«

»Animal Patrol löste sich auf, und Ihr Bruder hat einen gewissen Fabian May verklagt. Haben Sie etwas dazu zu sagen?«

»Nein, aber wer sich mit meinem Bruder anlegte, hatte früher schon schlechte Karten.«

»Sie sagten, Sie seien nie mehr am Graseck gewesen. Was aber nicht stimmt, oder? Sie waren ja doch oben«, sagte Irmi.

Ebersheim seufzte. »Bianca hat angerufen und mir gestanden, was sie getan hat.«

»Was?«

»Sie hätte Hubertus entführt und gefesselt. Ich wollte das erst gar nicht glauben und habe mehrfach nachgefragt. Es blieb aber dabei: Bianca war in echter Panik. Das Ganze war aus dem Ruder gelaufen. Hubertus hatte wohl eine Art Kreislaufattacke. Sie war völlig durch den Wind, nicht mehr ansprechbar. Ich bin sofort losgefahren.«

»Wir haben am Montag mit Ihnen telefoniert!«

»Da wusste ich noch nichts. Wirklich! Bianca hat mich am Dienstagmittag angerufen. Ich bin gleich los, habe unter fünf Stunden gebraucht. Übrigens bin ich auf der A7 geblitzt worden. Das können Sie überprüfen.«

»Von mir aus! Und Sie sind auch nicht auf die Idee gekommen, die Polizei zu rufen?«

»Ich wusste nicht, was da los ist. Ich hatte keine Vorstellung. Ich musste mir ein Bild machen, konnte das wirklich nicht glauben.«

»War ja nur ein Mann mit Hühnerdreck vollgestopft!«, rief Kathi empört.

»Ja, aber ich wusste, dass Bianca jung ist und sensibel. Ich habe mir gedacht, dass sie womöglich übertreibt. Ein bisschen hysterisch ist. Können Sie alle Verzweiflung immer ganz korrekt kanalisieren?«

»Gerade die Kollegin tut sich da manchmal etwas schwer«, sagte Irmi leise.

»Stimmt, aber ich hab noch keinen Toten auf meinem cholerischen Gewissen«, sagte Kathi.

»Lassen wir das kurz weg. Was passierte dann?«, fragte Irmi.

»Ich bin losgefahren und habe, wie gesagt, alle Geschwindigkeitslimits überschritten. Schließlich kam ich seit fünfzig Jahren zum ersten Mal wieder in Garmisch an. Der Ort hat sich ziemlich verändert. Ich habe mein Auto am Skistadion geparkt, ich hatte ein Mountainbike dabei. Dann bin ich losgeradelt. Die Straße ist viel besser geworden, ist aber immer noch steil. Ich hatte so viele Déjà-vus. So viele Flashbacks in die Vergangenheit.« Er atmete und rang dabei richtiggehend nach Luft. »Ich hoffte bis zuletzt, dass er … ja, was eigentlich? Dass er geflohen wäre, dass er einfach weg oder gestorben wäre. Ja, ich hoffte sekundenlang, er wäre tot. Damit ich nicht mit ihm sprechen musste.«

Eine lange Pause folgte.

»Aber da war Bianca vor dem Stadl. Völlig fertig. Sie zeigte mir das Video. Ich war fassungslos. Ich habe sie weggeschickt und ihr gesagt, sie solle sich einfach normal verhalten. Nach München fahren. An ihrem Projekt weiterarbeiten, was auch immer. Und dann bin ich rein.«

Es herrschte eine ungute Stille.

»Er lag da. Mitten im Dreck und Kot. Hob den Kopf.

Erkannte mich. Ich nahm den Knebel raus, und er brauchte eine Weile, um Luft zu schöpfen. Doch dann beschimpfte er mich. Er dachte wohl, ich hätte etwas damit zu tun. Er war wahnsinnig wütend, hustete immer wieder. Ich konnte ihn so weit beruhigen, dass er mich anhörte. Ich habe die Kabelbinder zerschnitten, habe ihm Wasser gegeben, einen Müsliriegel. Es war eine bizarre Situation. Plötzlich lachte er. Und sagte: ›Was für ein Wiedersehen, Brüderlein!‹ Ich erklärte ihm, dass Bianca mich angerufen habe, und da …«

Er schüttelte den Kopf.

»Was?«

»Da spürte ich etwas, was mich wirklich erschüttert hat. Ich weiß nicht, ob mein Bruder lieben kann, aber er kann respektieren. Und er hatte Respekt vor Bianca. Respekt vor ihrem Mumm. Und dann fragte er nach dem Video.«

»Und?«

»Ich habe ihm gesagt, dass ich es gesehen hätte. Dass Bianca es dem Verband der Geflügelhalter, den Medien und der Polizei übergeben wolle, weil solche Praktiken nicht tolerabel seien. Ich habe ihm gesagt, dass ich da Bianca nur zustimmen könne, auch wenn ihre Methoden indiskutabel seien. Er hat gelacht und mich als Agrarromantiker beschimpft, als Ökofanatiker, als grünen Lauch. Als Biotrottel.«

»Das klingt aber so, als hatte er keine Angst vor dem Video?«

»Sie müssen sich in seine Denke hineinversetzen. Er hatte Bianca in der Hand. Sie hatte ihn entführt, und er hätte sie leicht erpressen können. Er war sich mehr als sicher, dass sie das Video vernichten würde. Und selbst wenn es an die Öffentlichkeit gekommen wäre, dann hätte er es eben als Fake News bezeichnet. Er hätte Mittel und Wege gefunden, die Ställe in Polen umgehend zu räumen. Sie sind Polizisten, Sie wissen doch besser als ich, dass man an die ganz Großen nie herankommt. Wir haben überlastete Veterinärämter, und die größten Verbrecher der industriellen Tierhaltung sitzen im Bundestag oder sogar in Gremien für Tierwohllabel. Wenn es nicht so traurig wäre, würde ich lachen.«

Ein tonnenschwerer Satz.

Er trank einen Schluck Wasser, dann fuhr er fort: »Mein Bruder hätte das unter der Hand geregelt, das war sein Rechtsempfinden.«

»Herr Ebersheim, apropos unter der Hand: Antonia Bauernfeind ist verstorben, ihr Freund Hannes Vogl auch. Beide hatten Glasfasern im Körper. Wissen Sie etwas davon? Wissen Sie, ob Ihr Bruder die beiden vergiftet hat? Biancas Wut und Verzweiflung wurden vor allem dadurch genährt, dass Antonia tot war.« Irmi wollte nicht das Wort Rache ins Spiel bringen. Dabei ging es hier um Rache auf allen Ebenen, es ging darum, Gleiches mit Gleichem zu vergelten.

»Es ist, es ist ...« Er stockte. »Es ist eine bizarre Geschichte. Angeblich hat Antonia meinen Bruder vor einigen Jahren mit Rizin vergiftet. Und er hat es ihr vergolten. Was für ein alttestamentarischer Irrsinn!«

Er verwendete Irmis Formulierungen. Offenbar hatten sich ihm dieselben Gedanken aufgedrängt.

»Hat er Ihnen gegenüber erwähnt, dass er den beiden Glasfasern verabreicht hat?«, wollte Irmi wissen.

»Ja, er hat mir die ganze Geschichte erzählt. Eigentlich

wollte er damit nur Antonia treffen. Er hat die beiden Handwerker wohl auf einen Cocktail eingeladen, um das weitere Vorgehen zu besprechen. Dabei hat er in Antonias Getränk seine Glasfasern gemischt. Ich glaube, er hat gesagt, es sei Bellini gewesen, weil da sowieso Pfirsichfasern drin sind. Er wollte ein Exempel statuieren, er wollte es genauso machen wie Antonia bei ihm damals. Ich glaube gar nicht, dass er sie töten wollte. Das war mehr ein Machtspiel. Sieh her, ich hab dich, wenn ich will. Oder wie ein Rüde, der markiert. Widerlich.«

»Aber Hannes war auch betroffen!«

»Ja, er hat Antonias zweiten Bellini getrunken, weil sie ihn nicht mehr haben wollte. Das hat mein Bruder allerdings erst später erfahren. Und wissen Sie, was er dann getan hat?«

»Nein.«

»Er hat Hannes auf irgendeine Brücke bestellt. Spätabends. Dort hat er ihm erklärt, warum es ihm so schlecht geht. Er hat ihm fünfzigtausend Euro gegeben, für gute Ärzte, Medikamente, eine Kur. Unglaublich, oder? Laut Aussage meines Bruders ist Hannes ausgerastet, es gab ein Handgemenge, und der junge Mann ist in die Schlucht gestürzt.«

»Haben Sie ihm das alles geglaubt?«

»Ja, ich habe es ihm geglaubt. Denn er hätte es mir auch erzählt, wenn er ihn absichtlich gestoßen hätte. Er hat keine Strafe befürchtet. So war er.«

»Größenwahnsinnig?«

»Oder einfach siegessicher. Wer immer siegt, kalkuliert das Scheitern nicht mehr ein.«

Selbst wenn Hannes das Geld genommen hätte, nach Hause gefahren wäre und Antonia gleich gewarnt hätte, wäre es für sie wahrscheinlich trotzdem zu spät gewesen. Was für eine grauenvolle Verkettung von Geschehnissen, die in Wahrnehmungsverzerrung und Allmachtsfantasien begründet waren.

»Wer hat dieses Video denn nun gedreht, Herr Ebersheim?«

»Antonia den ersten Teil in Polen. Bianca den zweiten.«

»Aber sie war nicht allein! Wir haben uns gefragt, wie ein schmales Mädchen wie Bianca überhaupt einen großen Mann wie Ihren Bruder überwältigen konnte«, sagte Irmi. »Sie hat uns erzählt, er habe sie ausgelacht und ihr die Hände hingehalten, damit sie ihn fesseln konnte.«

»Das glaube ich sofort. So war Hubertus. Das Ganze hat ihn zu Anfang sicher amüsiert.«

»Wir glauben aber dennoch, sie hatte Hilfe. Und zwar von Fabian May, der zu dem Zeitpunkt in Bayern war.«

»Ich habe Fabian nie kennengelernt. Aber ich glaube auch, sie war nicht allein. Doch sie hat es mir gegenüber nicht zugegeben. Und ich bezweifle, dass sie es jemals erzählen wird. Bianca ist schmal und sensibel, aber auch sehr stur. Und loyal. Wenn man in einer Umgebung voller Verrat aufwächst, dann wird man entweder selber zum Verräter oder versucht, es anders zu machen«, sagte er leise.

Irmi sah zur Wand. Wieder so ein gewichtiger Satz.

»Hatten Sie anhand des Videos nicht auch den Eindruck, dass da jemand Zweites war?«, fragte sie schließlich.

»Ja, aber als ich ankam, war da nur Bianca.«

»Aber Ihr Bruder müsste doch gewusst haben, dass noch jemand da war!«

»Er hat das vermutet, aber seine Augen waren verbunden. Drum hat er ja auch mich verdächtigt, Teil dieses Irrsinns zu sein.«

»Aber Sie konnten ihm glaubhaft vermitteln, nicht dabei gewesen zu sein?«

»Ich denke, schon. Er fand die ganze Sache sogar lustig. Auch Hannes' Sturz in die Schlucht hatte für ihn einen gewissen Unterhaltungswert. Als er mir davon erzählte, fühlte ich mich zurückversetzt in die Situation mit Maxl damals. Ich war plötzlich wieder zehn.«

»Und was haben Sie dann getan? Sie waren doch nun am längeren Hebel«, sagte Irmi leise.

»Ich bin ein völlig anderer Typ. Hubertus war schon immer machtbesessen. Er hatte nie Selbstzweifel.«

»Ist das die Huhn-Ei-Frage? Wird ein Machtmensch nur deshalb immer unangenehmer, weil ihn die Macht korrumpiert? Oder war er vorher schon ein Arschloch?«, warf Kathi ein.

Ebersheim lächelte ein wenig. »Dazu gibt es Studien. Sie kennen den Film *Das Experiment*? Er ist im Nachgang des Stanford-Prison-Experiments entstanden. Ein Psychologe teilte junge Männer in zwei Gruppen auf: Wärter und Gefangene. Dann ließ er sie aufeinander los. Mit dem Resultat, dass das Experiment nach sechs Tagen abgebrochen werden musste – die Wärter hatten die Gefangenen körperlich und psychisch so gequält, dass einige Insassen zusammengebrochen waren. ›Willst du den Charakter eines Menschen erkennen, so gib ihm Macht‹, hat Abraham Lincoln gesagt – und er hatte recht. Mein Bruder konnte nicht die Perspektive von anderen einnehmen oder gar empathisch sein. Bei einem Würfelspiel im Rahmen eines Experiments mogelten Spieler mit einem höheren sozialen Status viermal mehr als andere, obwohl es nur fünfzig Dollar zu gewinnen gab. Macht fördert Selbstbezogenheit und unethisches Verhalten.«

»Das heißt, für Ihren Bruder war der Tod zweier Menschen nicht so wichtig?«

»Nun ja, er war immer der Meinung, jeder ist für seinen Erfolg oder Misserfolg selbst verantwortlich. In seiner Logik war Hannes selber schuld, er hatte seine Chance gehabt und sie vertan. Hubertus war erfolgreich, ohne viel dafür tun zu müssen. Und sein Weg ging immer nur steil hinauf. Was ihn störte, vernichtete er. Mit Geld, mit Betrug, mit Erpressung. Er kam immer durch: Macht stabilisiert sich durch Legitimation. Er war unverwundbar. Antonia hatte sich definitiv den falschen Gegner ausgesucht!«

»Bianca aber auch!«

»Ich kann mir vorstellen, dass er damit nicht gerechnet hat. Denn, wie gesagt, er mochte das Mädchen. Und ich glaube, er mochte auch Silvana. Sie war wahrscheinlich zuerst ein Spielzeug, später auch eine bürgerliche Fassade, aber ich glaube, die beiden hatten einen Draht zueinander, den man als Außenstehender nicht unbedingt versteht. Und Bianca gegenüber scheint er sogar so etwas wie Vatergefühle entwickelt zu haben. Womöglich hat ihr auch das bei ihrem Vorhaben geholfen. Ihr hat er das nicht zugetraut.«

»Wollte er Bianca denn anzeigen?«

»Nein, aber er wollte das Video haben. Und er hat mir ins

Gesicht gesagt, dass man ihm bezüglich Antonia und Hannes nie etwas nachweisen könne.«

»Er hat Ihnen doch erzählt, dass er mit Glasfasern operiert hat!«, rief Kathi.

»Ja, aber wem hätte ich das erzählen sollen? Und er verfügte über sehr gute Anwälte, falls Aussage gegen Aussage gestanden hätte. Und sagen Sie jetzt nicht, ich hätte das Gespräch ja mit meinem Handy aufnehmen können. An so etwas denkt man doch erst später. Und selbst wenn: Auch das hätte ein Anwalt zerpflückt. Ich wiederhole mich: Für Hubertus waren die meisten Menschen nicht mehr als lästige Schmeißfliegen.«

»Das hat Sie doch sehr wütend gemacht, oder?«, meinte Kathi.

»Ich war gar nicht wütend. Eher gelähmt. Ich meine, mental gelähmt. Plötzlich sah er mich an. Sagte: ›Brüderlein, wie lange warst du nicht mehr hier?‹ Ich sagte: ›Seit damals.‹ Er stutzte. Brauchte eine Weile, bis er sich erinnerte. Dann lachte er. ›Was, du redest von dem Ziegenbock? Das ist doch hundert Jahre her.‹ Er war plötzlich wie euphorisiert. Er klopfte ein wenig von dem Dreck ab und kam mir plötzlich so vor wie der Junge damals, der Mutproben machte.«

Ebersheim trank wieder einen Schluck Wasser.

»Es war ja dunkel«, sagte er dann. »Und er musste erst einmal seine Knochen sortieren. Er war so lange gefesselt gewesen. Doch dann nahm er sich einen langen Strick, der auf dem Boden lag, so ein Kälberstrick. Und er rief: ›Komm, Brüderlein! Was damals galt, gilt heute auch noch. Komm, ich beweise es dir.‹ Ich hatte keine Ahnung, was er vorhatte, und wollte ihn zurückhalten. Ich habe ihm gesagt, er solle erst mal langsam tun. Aber er war wie high.«

»Wo wollte er hin?«

»Er lief den Hang hinunter, querte die Wege, eilte zur Brücke, ich hinterher. Ich habe ihm gesagt, er solle den Scheiß lassen. Es war dunkel und kalt. Aber er hat gesagt, er wolle das endlich zu Ende bringen. Er wolle mir beweisen, dass die Siegreichen immer siegten. Das hat er wirklich so gesagt.«

Irmi und Kathi tauschten vorsichtige Blicke.

»Er hat sich den Strick um den Hals gewunden, das andere Ende um das Geländer und hat wie irre gelacht«, sagte Ebersheim.

»Niemals! Sie haben ihn gezwungen!«, rief Kathi. »Sie haben einen Jagdschein. Sie besitzen Waffen.«

»Nein, es war genau wie damals. Er ist auf das Geländer geklettert. Er hat balanciert. Er hat gelacht. ›Sieh mal, wie gut ich bin! Ein Leben in Balance!‹ Er hat gelacht. Und ich wollte nur, dass er endlich wieder herunterkommt.«

»Aber er ist abgestürzt?«

»Ja, er ist auf dem Geländer ausgeglitten und ins Seil gestürzt. Er hat sich sofort das Genick gebrochen. Ich habe versucht, ihn hochzuziehen. Aber er ist eine so fette Sau geworden.«

In Irmis Innerem zogen Bilder vorbei, böse Bilder. Und irgendwann hörte sie sich leise sagen: »Selbst wenn das stimmen sollte, ist das unterlassene Hilfeleistung. Sie sind einfach gegangen.« Sie wusste gar nicht, woher sie diese Ruhe nahm.

»Ich weiß. Ich bin gegangen. Genau wie damals. Nur waren jetzt die Rollen vertauscht: Er hatte seine Chance. Er hat sie vertan. Sie können mich jetzt verhaften, aber lassen Sie Bianca gehen. Sie ist ein gutes Mädchen.«

»Sie haben Ihre Aussage mit Ihrer Anwältin abgestimmt?«, fragte Irmi.

Die Anwältin nickte.

»Natürlich«, sagte er. »Es ist die Wahrheit. Bianca war längst weg. Sie war nicht mehr vor Ort, ebenso wenig wie dieser Fabian.«

Kathi hieb auf den Tisch. »Was für ein Schmarrn! Und nach der ganzen Aktion sind Sie einfach zur Tagesordnung übergegangen?«

»Ich war nur Zuschauer, kein Täter.«

»Das pack ich nicht!«, rief Kathi und stürmte aus dem Raum.

»Über Ihren Verbleib wird die Staatsanwaltschaft entscheiden«, sagte Irmi.

»Mein Mandant ist freiwillig gekommen und hat eine vollumfängliche Aussage gemacht«, sagte die Anwältin, die die ganze Zeit geschwiegen hatte.

Irmi nickte nur und ging schließlich in ihr Büro. Ihr Kopf war leer wie ein ausgeblasenes Osterei.

Später kam Kathi mit zwei Tassen Kaffee. Sie wirkte erschöpft, was bei Kathi selten war.

»Glaubst du ihm das?«, wollte sie wissen.

Irmi schwieg. »Eigentlich ja«, sagte sie schließlich.

»Weil er sympathisch ist? Weil er gut aussieht?«

»Nein, weil die Geschichte für mich schlüssig klingt. Natürlich kann er auch eine Waffe gezogen und seinen Bruder gezwungen haben, zur Brücke zu gehen. Was für mich dagegen spricht: Kann man einen solchen Machtmenschen wie Hubertus von Ebersheim überhaupt zwingen? Hätte der es nicht eher darauf ankommen lassen, dass sein Bruder schießt? Und das wiederum traue ich Volker nicht zu.«

»Das wird dann aber ein interessanter Prozess. Ist das wirklich unterlassene Hilfeleistung? Oder doch nicht, weil die Eigengefährdung für den Helfer zu groß wäre? Das könnte ein Argument der Anwälte werden. Oder ist das eine Körperverletzung durch Unterlassen?«

»Das muss das Gericht entscheiden.«

»Und Bianca? Freiheitsberaubung gemäß § 239 StGB?«

»Ja, aber auch da ist der Spielraum groß. Womöglich kommt sie mit einer höheren Geldstrafe davon. Sie tut mir leid. Auch sie wird merken, dass sie Hubertus falsch eingeschätzt hat. Und dass er sie geliebt hat. Das kann umso bitterer werden.«

»Was ist das für eine Liebe? Er hat ihre Freundin auf dem Gewissen. Und einen unschuldigen jungen Mann. Das kann man nicht verzeihen!«

Wahrscheinlich war das so. Sie nippten beide am Kaffee. Auch Irmi fühlte diese ganz eigentümliche Müdigkeit, die sie ansprang, wenn es zu Ende war. Es war keine direkte Erleichterung. Dazu waren die Helden zu tragisch. Antonias Tod war kein geplanter Mord gewesen, Hannes' Tod war vermutlich ein Unfall und der von Hubertus von Ebersheim am Ende womöglich auch.

»Wir wissen immer noch nicht, wer denn nun erbt«, sagte Kathi plötzlich. »Ich bin gespannt, ob es ein Testament gibt.«

»Oder er hat keins gemacht. Er war doch unsterblich.«

An diesem Abend fuhr Irmi zum Hasen. Fridtjof hatte gekocht. Einen Hirschbraten mit Schupfnudeln, Preiselbeeren und einer ziemlich besoffenen Birne. Er hatte ihr ein Bier hingestellt, sich selber einen Brunello. Es waren diese kleinen Gesten, die Irmi immer wieder berührten.

Fridtjof fragte nicht, sondern wartete ab, bis sie selber zu erzählen begann.

»Ich glaube ihm«, sagte sie am Ende. »Vielleicht, weil die Geschichte zu bizarr ist, als dass man sie sich ausdenken könnte. Kathi zweifelt. Aber es gibt doch solche Machtmenschen, die sich wirklich für unverwundbar halten, oder nicht?«

»Natürlich. Nimm Elon Musk, privilegiert in Südafrika aufgewachsen. Der Vater erschießt drei Einbrecher und wird freigesprochen. Ein Machtmensch, ein schlechtes männliches Vorbild. Angeblich wurde der kleine Elon in der Schule gemobbt. Die einen lähmt so etwas, die anderen beflügelt es. Nach dem Motto: Jetzt erst recht. Natürlich ist er ein brillanter Kopf, aber auch einer, der gelernt hat, dass man Widerstände locker wegräumen kann. Umweltsünden in Brandenburg? Arbeitsplätze sind wichtiger. Kritische Journalisten? Die werden einfach ausgeladen von den Pressekonferenzen. Solche Männer steigen immer höher und kalkulieren das Scheitern nicht mehr ein.«

»Aber woher kommt das?«

»Irmi, das ist letztlich Biologie. Wenn rangniedere Männchen dem Alphamännchen zu nahe kommen, empfinden sie Stress. Das Hormon ACTH löst die Ausschüttung von Cortisol durch die Nebennierenrinde aus. Das ist die erste Abwehrmaßnahme des Körpers auf Stress. Cortisol regt die

Bildung von Blutzucker an, der dem Gehirn hilft, schneller auf die Situation zu reagieren. Aber es ist gemein: Gleichzeitig schränkt das Cortisol das Langzeitgedächtnis und die Leistung der Stirnlappen ein, die für die Selbstwahrnehmung wichtig sind. Das mit Cortisol geflutete Individuum ist nicht mehr ganz bei sich.«

»Ist es so einfach?«

»Letztlich ja. Menschen mit ausgeprägtem Machtbedürfnis wollen gewinnen. Sind sie siegreich, sinkt der Cortisolwert – der ja ein Indikator für Stress ist – drastisch. Verlieren sie, schießt er in die Höhe. Machtmenschen haben einen höheren Testosteronspiegel. Und Männer mit hohem Machtstreben haben laut einer Studie einen stärkeren Sexualtrieb als weniger Machthungrige. Das liegt daran, dass sowohl Macht als auch Sex einen Anstieg des Hormons Testosteron bedingen, das wiederum das Belohnungsnetzwerk des Gehirns aktiviert. Oder anders gesagt: Macht ist ein Aphrodisiakum.«

»Und macht blöd? Wie bei Clinton, der eine Affäre mit seiner Praktikantin anfing? Und nicht mehr einkalkulierte, dass das rauskommen könnte?«

»Der Volksmund hat schon recht: Wenn alles Blut im Schwanz ist, fehlt es für den Kopf. Es ist etwas komplexer, aber eben immer wieder Biochemie.«

»Und eine Silvana Sieber findet Macht sexy?«

»Tun das nicht alle Frauen? Es ist erwiesen, dass sich Frauen am liebsten mit einem Alphamännchen paaren. Am liebsten mit großen, kräftigen Glatzköpfen.« Der Hase grinste. Er hatte volles Haar und war schlank, beinahe überschlank.

»Du weißt ja, bei Frauen meines Alters sinkt der Hormonspiegel ab. Wahrscheinlich bin ich hormonell nicht auf Glatzen geprägt.«

»Und Bruce Willis?«

»Würde mir besser gefallen als Clooney, aber nur weil Willis nicht für Nespresso geworben hat«, konterte Irmi lachend.

Fridtjof hob das Glas. »Ich Glücklicher. Für dich würde ich mich aber auch kahl rasieren.«

15

Eine gute Woche später war das gesamte Team fast schon wieder zur Tagesordnung übergegangen. Sie saßen im Konferenzraum, Kathi hatte für alle Butterbrezn mitgebracht, und Andrea hatte ein Tablett mit Kaffeetassen dabei. Zwischen zwei Tassen steckte ein Umschlag.

»Da ist ein Brief für dich gekommen, Irmi«, sagte sie.

Wer schrieb denn heute noch Briefe, und das auf so feinem Briefpapier in Rosé? Irmi öffnete ihn. Die Handschrift war auffallend schön, und am Ende des Briefs stand ein Name, mit dem Irmi nicht gerechnet hätte.

»Liebesbrief?«, fragte Kathi. »Lass das den Hasen lieber nicht sehen. Oh, da sind Sie ja, Fridtjof. Ist der von Ihnen?«

»Ich würde ihn nicht ins Büro schicken«, erwiderte der Hase lächelnd. »Das Papier hingegen ist genau mein Stil, insbesondere dieses zarte Rosa.«

»Pfft«, machte Kathi. »Vom wem ist er, Irmi?«

»Von einer Frau.«

»Jetzt sag schon, von wem der ist!«

»Echt, Leute! Der ging an mich!«

»Du bist fies.«

Irmi lächelte den Hasen an und begann vorzulesen.

Liebe Frau Mangold,
es war mir ein Bedürfnis, Ihnen kurz zu schreiben. Unser
Start war ja nicht so toll. Ich war dumm, ich hätte viel

früher reden sollen. Und das verzeihe ich mir auch nie. Ich
hätte so vieles noch aufhalten können. Dazu ist es nun zu
spät. Aber ich kann an der Seite meiner Tochter sein. Sie
muss einen Weg finden, das alles zu verarbeiten. Ich weiß,
dass es nun nicht mehr in Ihrer Hand liegt, aber Sie sollen
eines wissen: Es war genau so, wie Bianca es Ihnen gesagt
hat, und auch Volker hat nicht gelogen. Hubertus war nun
mal der, der er war. Aber er war nicht immer so sieges-
gewiss. Auch er hatte schwache Momente. Außerdem
möchte ich Ihnen mitteilen, dass beim Notar der Firma
seit 22. März ein Testament liegt, von dem ich nichts
wusste. Ich erbe das Haus in Garmisch und Geldanlagen,
während Bianca die Firma und die Villa in Cannobio
erbt. Auch damit muss sie erst einmal klarkommen.
Wünschen Sie uns Glück für die Verhandlungen. Sie sind
eine Gute und Ihre Kollegin auch, auch wenn sie mich
nicht mochte. Ich wünsche ihr, dass ihre Tochter ihren Weg
macht und es leichter hat als meine Bianca.
Danke, auch wenn es so kam, wie es kam.
Ihre Silvana Sieber

Es war stiller denn je. Als Irmi den Brief auf den Tisch
legte, war das Rascheln wie eine Detonation. Es verging
viel Zeit, bis Kathi ungewohnt leise sagte: »Das ist der
Hammer! Bianca erbt die ganze Firma und die Villa in
Italien.«

»Es ist aber auch eine Bürde. Es geht um Arbeitsplätze,
all so was«, sagte Andrea.

»Und wie muss sie sich fühlen!«, meinte der Hase. »Hubertus von Ebersheim ist auch ihretwegen gestorben. We-

gen dieser aus dem Ruder gelaufenen Entführung. Und genau der Mann vererbt ihr nun alles.«

»Damit muss sie klarkommen, schreibt sie«, sagte Irmi. »Silvana hat viel Herz unter der Schminke. Und Mumm.«

»Das Ganze hätte Mutter und Tochter auch trennen können, aber es schweißt sie zusammen. Das ist gut. Sie werden sich brauchen«, bemerkte Andrea.

»Das wünsch ich ihr«, sagte Kathi. »Und so schlimm fand ich sie gar nicht.«

Irmi lächelte. »Womit der Liebesbrief geklärt wäre. Ich muss einiges aufarbeiten. Wir sehen uns.«

Dann ging sie in ihr Büro und sank auf den Bürostuhl. Eine kurze Zeitspanne war das gewesen, aber im Reigen der Fälle, die sie in ihrem inzwischen ja wirklich langen Berufsleben aufgeklärt hatte, der komplexeste. Eigentlich war es nun alles so logisch. Aber man konnte eben nie in die Menschen hineinsehen. Und irgendwie hatte Irmi das Gefühl, dass es auch immer schwieriger wurde. Weil diese Welt, in der man perfekt sein musste, noch mehr Lügen und Selbstbetrug hervorbrachte. Aber womöglich blickte sie auch anders auf die Menschen. Sie hätte gar nicht sagen können, was sie gerade fühlte. Sie war nicht richtig müde oder ausgelaugt, sie war melancholisch und nachdenklich.

Der Hase klopfte an und streckte den Kopf herein. »Darf ich?«

»Klar.«

Er zog sich einen Stuhl heran. »Was ich am eigenartigsten finde, ist die Tatsache, dass sie schreibt, er habe erst am 22. März das Testament hinterlegt. Also bevor er zu dieser so genannten Privatsache mit Bianca gereist ist.«

»Du meinst, er hat … er hat …? Aber Fridtjof!«

»Er hat das antizipiert. Er hat damit gerechnet, dass es zu einem Zwischenfall kommt.«

»Er konnte doch nicht vorhersehen, was passieren würde!«

Der Hase lächelte auf eine merkwürdige Art und Weise. »Ist da noch etwas?«

»Ich habe den Obduktionsbericht noch einmal gelesen. Es gibt da eine Veränderung an seinem Gehirn.«

»Bitte?«

»Ich glaube, er steuerte in eine Demenz. Seine Mutter war depressiv, der Vater war ebenfalls dement. Eine Prädisposition?«

»Du glaubst, er hat sich in den Strick fallen lassen?«, flüsterte Irmi ungläubig.

»Wer weiß das schon? Er muss eben doch geliebt haben. Silvana, Bianca. Womöglich war es Zeit für ihn.«

»Aber das würde seinen Bruder entlasten!«

»Juristisch schon. Emotional würde es ihn eher belasten. Denn bei dieser Inszenierung hätte Volker dann doch wieder verloren. Sein Bruder sprang vor seinen Augen in den Tod. Das wird Volker immer mitnehmen. Hubsi hätte in dem Fall dem kleinen Bruder noch ein hübsches Abschiedsgeschenk gemacht.«

»Das ist, glaube ich, für mein kleines Gehirn zu viel«, meinte Irmi, »und ich will mir eigentlich gar nicht ausmalen, wie das alles ausgeht.«

»Wir werden es erleben. Du wirst beim Prozess ja sicher als Zeugin aufgerufen werden. Volker Ebersheim hat eine gute Anwältin.«

»Geht das überhaupt, dass sie beide vertritt?«, fragte Irmi.

»Wenn sie gleich gerichtete Interessen haben, die in keinem Konkurrenzverhältnis zueinander stehen, geht das schon, glaube ich.«

»Was aber nicht der Fall ist.«

»Entspann dich. Das ist nicht unser Problem. Außerdem gibt es in der Kanzlei sicher Kollegen.«

Irmi sah aus dem Fenster.

»Ich kann mich nicht entspannen. Glaubst du Volker? Silvana tut es offenbar.«

»Irmi, du bist für die Intuition zuständig. Glaubst du ihm?«

Sie fühlte eine Weile in sich hinein.

»Ja«, sagte sie schließlich.

Es klopfte wieder. Diesmal war es Andrea.

»Irmi, sorry. Stör ich?«

»Nein, was ist?«

»Da geht gerade ein Video viral.«

Andrea hatte ein Tablet dabei und Kathi im Schlepptau.

Es war das Video von Bianca. Oder Antonia. Es war neu geschnitten und mit einer anderen Stimme unterlegt. Nur der Teil mit den armen Hähnchen war zu sehen, die Szene im Baumstadl fehlte. Nicht nur der Name MyEi fiel, auch ein paar andere Namen. Die Verbraucher wurden aufgerufen, das nicht weiter mitzutragen. Es war schwer zu sagen, wem die Stimme gehörte. Sie war nicht verzerrt wie in der vorigen Version, sondern klang jetzt männlich und weiblich zugleich.

»Wer hat es hochgeladen? Bianca doch sicher nicht«, sagte Irmi.

»Der dubiose Helfer Fabian May? Zumindest ist er nicht mehr in Norwegen«, schlug Kathi vor.

»Man muss doch feststellen können, woher es kommt!«, meinte Irmi.

»Ja, von einer Organisation, die sich Soko Tierleid nennt«, sagte Andrea. »Wenn wir genauer recherchieren, werden wir vermutlich entdecken, dass …«

»… dieselben Leute dahinterstecken wie bei Animal Patrol?«, fragte Irmi. Ohne Antonia, fügte sie bei sich hinzu.

»Hmm«, machte Andrea. »Und ich glaube, dass es aus Costa Rica kommt.«

»Du glaubst, Fabian ist dort?«, rief Kathi.

»Er ist nach Kanada geflogen, das wissen wir. Der amerikanische Kontinent ist groß. Wir werden kaum alle Leihwagenfirmen und Busunternehmen checken können.«

Sie betrachteten das Video erneut.

»Sie sind mutig«, sagte Kathi. »Es ist gut, dass es verbreitet wird.«

»Und das aus deinem Mund?«, fragte Irmi.

»Nur weil ich nicht mit jeder Menge Pelzdeppen zusammenwohne, heißt das ja nicht, dass mir Tiere egal sind. Oder die Art und Weise, wie wir essen.«

Sie schwiegen.

Der Hase sah Irmi an. »Und vielleicht hilft es den Brüdern«, sagte er.

EPILOG

Irmi und der Hase saßen Ende Mai in Fridtjofs Garten. Er war ziemlich naturbelassen, genau wie Irmis Bauernhofgarten. Seit Zsofias Wegzug war dort die Menge an Brennnesseln und Löwenzahn deutlich gestiegen. Das Handy des Hasen läutete. Er lauschte, sprach Italienisch. Legte schließlich auf.

»Das war Raffaele«, sagte er.

»Aha. Und wie geht es der Mama?«, fragte Irmi.

»Die offenen Füß sind zu. Jetzt sind es die Hämorrhoiden.«

»Bitte nicht! Keine weiteren Details!«

»Nein, im Ernst: Er hat interessante News.«

»Erzähl schon!«

»Sie haben den Garten der Villa Mimosa weiter freigelegt. Dieser Jan hat sich mit Feuereifer durch das Gestrüpp hindurchgesägt. Dabei ist in einer Ecke ein kleiner Monopteros zum Vorschein gekommen, den man unter all dem Efeu kaum gesehen oder zumindest nicht weiter beachtet hatte.«

»Ja, und?«

»Der hat ein Deckenfresko.«

»Du willst sagen …? Nicht wirklich, oder?«

»Das Fresko war übermalt, mit einer ziemlich minderwertigen Landschaft. Der Monte di Giove im Abendlicht. Darunter aber …«

»... ist der Luini?«

»Korrekt!«

»Das ist sicher?«

»Es gibt zwei unabhängige Expertisen. Wie sagt man so schön? Mit an Sicherheit grenzender Wahrscheinlichkeit ist das ein verschollener Luini.«

»Das gibt es doch nicht!«

Der Hase lächelte. »Offenbar doch.«

»Und was passiert jetzt damit?«

»Raffaele sagt, dass die junge Besitzerin das Gebäude verpachten wird. Es soll ein Boutique Art Hotel werden. Mit Restaurant und kleinem, feinem Spa. Und einem Luini-Museum. Und Führungen in der Bibliothek. Betrieben von vier jungen Leuten aus Somma Lombardo. Was Raffaele besonders freut, weil es Lombarden sind!«

»Dann wird Bianca ...«, begann Irmi.

»... Gutes tun. Sie wird das Geld in mehr Tierschutz bei Nutztieren investieren. Sie wird aus MyEi einen echten Vorzeigebetrieb machen. Verkleinern, das Tierwohl ins Zentrum stellen. Ich traue ihr das zu. In Volker Ebersheim hat sie sicher einen sehr guten Berater – wobei seine Beratertätigkeit ein bisschen davon abhängt, was vor Gericht herauskommt. Raffaele hat gesagt, sie wolle stärker in die Forschung investieren, wie man das Geschlecht von Küken schon im Ei bestimmen kann.«

»Das ist großartig!«

»Ja, wirklich.« Er grinste.

»Was noch?«

»Nur noch ein winziges und witziges Detail: Raffaele hat eine Frau kennengelernt.«

»Echt? Schön für ihn.«

»Sie wird im neuen Hotel arbeiten, im Spa.«

»Du schaust so komisch, kommt da noch was?«

»Sie heißt …«

»Ja, was jetzt?«

»Silvana.«

Irmi starrte ihn an. »Nein, oder?«

»Sie will nicht mehr an der Partnach wohnen, sagt er, sie hat da zu viele schlechte Erinnerungen.«

»Und sie datet Raffaele? Ich glaub das nicht! Der kleine Knubbel statt Hubsi?«

»Spricht für sie! Sie ist auf keinen Typ festgelegt und achtet auf innere Werte«, meinte der Hase grinsend. »Raffaele bringt ihr auf jeden Fall Italienisch bei. Man weiß ja nie, was alles passieren kann, wenn nur genug Wasser die Schluchten hinunterstürzt.«

Irmi war sprachlos.

Der Hase sah Irmi an. »Und Raffaele wollte uns noch etwas schicken. Er meinte, es müsste heute kommen.«

»Was?«

»Er meinte, eine kleine Anerkennung für uns.«

Am Nachmittag wurde ein Paket angeliefert. *Fragile* stand drauf. Mit vielen Ausrufezeichen. Im Karton war noch ein Karton, der mit Luftpolsterfolie geschützt war. Vorsichtig wickelte der Hase den Inhalt aus.

1989 Masseto, Tenuta dell'Ornellaia stand auf dem Etikett. Ein Kärtchen lag bei. Der Hase las es und lächelte.

»Was hat er geschrieben?«, fragte Irmi.

»In aller Freundschaft – auf einen kommt es nicht an.«

»Er hat den Wein aus dem Weinkeller der Villa geklaut?«

»Entnommen?«

»Als Polizist!«

»Na ja. Er steht in bester Verbindung zur Besitzerin und zur Spa-Managerin.«

»Und warum gerade den Wein?«

»Nun, ich denke, weil wir den noch trinken können. Beim 1945er war er sich bestimmt nicht so sicher.«

»Ich trinke doch keinen Wein für tausend Euro!«

»Warum nicht? Wie gewonnen, so getrunken. Ich hole Gläser. Und Oliven. Wir trinken auf Raffaele.« Er lächelte Irmi an. »Und auf die Brüder dieser Welt. Auf dass sie brüderlicher werden.«

NACHWORT

Was war zuerst da? Das Huhn oder das Ei? Eine alte Frage, die man natürlich aus der Evolution heraus klären kann. Dinosaurier haben Eier gelegt, vor ihnen die ersten Amphibien, sogar Fische legten Eier – also gab es Eier schon lange, bevor es Hühner gab. Und irgendwann ist das erste echte Huhn aus einem Ei geschlüpft, quasi das Urhuhn, dessen Mutter aus Sicht der Evolution gerade noch kein Huhn war. Also doch zuerst das Ei …

In diesem Buch beschäftigt Irmi die Frage: Wird der zum Arschloch, der die Anlagen immer schon in sich trug, oder wird auch der Nette zum Arschloch, wenn er nur lange genug an der Macht geschnuppert hat? Macht und Machtmissbrauch sind Themen, die mich schon lange bewegen, und natürlich hat der Krieg in der Ukraine einmal mehr gezeigt, dass der Machtanspruch eines Einzelnen die ganze Welt aus den Fugen hebt, die ohnehin marode und brüchig waren.

Meine Kommissarinnen wickeln Lebenslinien rückwirkend ab, sie erfahren von Beweggründen und Schicksalen erst Jahre später. Nicht zuletzt, weil die Menschen so viel in sich verschließen. Diese Strategie ist durchaus sinnvoll, denn sie hilft beim Überleben.

Aber Überleben ist zu wenig. Wie können wir überhaupt weitermachen? Ich bin manchmal ratlos, und je mehr ich weiß, desto weniger kann ich diese Frage beantworten. *The world has gone too far* … In Brasilien wird weiter abgeholzt, Russlands unendliche Permafrostböden tauen weiter auf, der Eisschild in Grönland schrumpft viel schneller als erwartet. In den USA, wo es mehr Waffen als Einwohner gibt, schießen Menschen weiter auf Menschen. Indien versinkt in der Hitze, China im Unrechtsregime. Wir hätten in den Achtzigerjahren umkehren müssen, damals hätten wir noch Weichen stellen können. Aber wie sollen wir wenigen kleinen Mitteleuropäer nun die Erde retten? Ich bin absolut der Meinung, dass jeder Einzelne ein winziges Rädchen sein und zum Umdenken beitragen kann, aber der momentane Krieg bombt nicht nur die Ukraine weit zurück. Wir alle machen riesige Rückschritte.

Gerade wuchsen erste zarte Pflänzchen, die zeigen, dass der Deutsche seinem Essen etwas mehr Sorgfalt widmen will. Dass weniger Fleisch konsumiert wird, weniger Hochverarbeitetes. Aber nun wird alles so viel teurer, und man »muss« wieder zu Billigprodukten greifen. Rein in den Discounter, raus mit den Superschnäppchen. Trotz einer Vielzahl von Tierwohllabeln und Lippenbekenntnissen der Verbraucher wird im Supermarkt jetzt wieder die Billigware gekauft. Profiteure sind Lidl und Co.

Eine ungute Anekdote am Rande: Beschiss mit Essen ist kein Phänomen der Lebensmittel-Neuzeit. Im Jahr 1919 kam es in Hamburg zu den sogenannten Sülze-Unruhen. Ein Fabrikant verarbeitete Abfälle und Ratten zu Sülze, propagierte das Produkt als lecker und nahrhaft und machte gewaltigen Gewinn. Das ging eine Weile gut, denn der Hunger in der Nachkriegszeit war groß, doch dann sahen ein paar Männer ein Fass vom Fuhrwerk rollen, das aufsprang, woraufhin sich Ekelpampe auf die Straße ergoss. Sie stürmten den Betrieb und fanden weitere Tierreste. Das sprach sich auch ohne Twitter herum, und der Fabrikant wurde in die Alster geworfen. Er ertrank nicht, wurde aber später verurteilt.

Wer beobachtet und denkt, der kann die Welt kaum mehr aushalten. Wer denkt, der hadert. Trotzdem sollten wir es weiter versuchen. Fleisch nur selten und von dort, wo Tiere bis zu ihrem Tod gut und artgerecht gelebt haben. Eier nur noch vom Nachbarhof. Oder gleich eine vegane Lebensweise, was ich in aller Konsequenz nur logisch und mutig finde. Meine guten Vorsätze torpediert immer wieder der Käse. Wir kaufen ihn zwar aus kleinen Allgäuer Sennereien, aber auch da sind Kühe Teil einer Milchwirtschaft, die grausam ist. Kälber dürfen nie bei ihrer Mutter leben! Die Fortpflanzung bei Sau, Kuh oder Huhn dient nicht dem Arterhalt, sondern nur der menschlichen Fressgier. Wir müssen raus aus der industriellen Tierhaltung! Für die Erde und für uns. Wie können wir sonst noch in den Spiegel sehen?

Meine Krimis sind immer auch ein Spiegel des Jahres, in dem sie geschrieben wurden. Das macht sie aktuell, womöglich aber auch schnell veraltet. Ich gehe das Risiko ein, weil sie – Jahre später erneut gelesen – eben auch ein bisschen zum Geschichtsbuch werden. Im Jahr 2022 begann der Ukraine-Krieg mit all seinen Auswirkungen. Fassungslosigkeit zu Beginn, Angst, Wut, viele ungeklärte Fragen, viele Emotionen und ein ambivalenter Blick auf den Konflikt. Ich fand das undiplomatische Gebaren des damaligen ukrainischen Botschafters Andrij Melnyk mehr als nur grenzwertig und spürte gleichzeitig den Kloß im Hals: Darf man überhaupt kritisch über die Ukraine denken? Wie Irmi war auch ich irritiert vom Deutschen-Bashing. Ich bin wahrhaft keine stolze Deutsche, maximal eine stolze Allgäuerin, aber mir gingen Melnyks Tiraden wirklich zu weit.

Auch diese Twitter-Welt macht mir Angst, in der jeder binnen Sekunden etwas rauskotzt, aber sofort wieder löscht, wenn Gegenwind kommt, weil mit Ausschluss aus Parteien oder Gremien oder Redaktionen gedroht wird. Wo sind diejenigen, die zu ihrer Meinung stehen? Alice Schwarzer und viele andere schrieben einen Brief an Kanzler Scholz und baten ihn, auf die Lieferung weiterer schwerer Waffen zu verzichten. Mich hat erschreckt, wie auf die Unterzeichner des Briefs eingehauen wurde! Man muss in Deutschland doch bitte fragen dürfen, ob immer mehr Waffen nicht immer mehr Menschenleben kosten. Was ist daran zynisch? Wir haben jede Diskussionskultur verloren. Früher gab es These, Antithese, eine faire Diskussion, in der man andere ausreden ließ. Womöglich gab es eine Synthese, und am Ende trank man ein Bier zusammen …

Neue Blickwinkel und kurze Auszeiten helfen dabei, nicht verrückt zu werden. Nicht im Sauf-Club-Urlaub oder in protzigen Emiraten. Dieser Krimi will eine Anregung sein, Irmi und dem Hasen hinterherzureisen. Fridtjofs Gastrotipps darf man getrost nachvollziehen. Irmi entdeckt den Zauber von Pässen und Passlandschaften. Und von dem, was bleibt. Es gibt all diese Orte im Hinterrheintal, die unverrückbar sind und ewig. Diese schweren Häuser, die so viele Menschen haben kommen und gehen sehen. Es gibt Pässe wie den Splügen, der schon in prähistorischer Zeit begangen wurde. Und den Bernardino, diese Welt aus blanken Felsen und Moosen, die ans Innerste rührt.

Und es gibt Schluchten. Dunkle Schluchten. Die Rofflaschlucht mit ihrer bezaubernden Geschichte von menschlicher Anstrengung. Die Partnachklamm. Den Orrido di Sant'Anna. Das Wasser hatte viel Zeit, sie zu formen. Dagegen ist ein Menschenleben nicht mal ein Wimpernschlag. Und auch wenn das zynisch klingt: Die Erde braucht uns nicht, sie wird den Menschen eines Tages loswerden – schade nur, dass der Homo sapiens so viele andere Lebewesen mit in den Tod gerissen hat.

Wie immer habe ich zu danken. Ohne die engagierten Menschen, die ihre kostbare Zeit eingesetzt haben, um mir zu helfen, gäbe es in diesem Roman nicht so viel Hintergrundwissen und kleine authentische Details. Hier möchte ich besonders Margit Schorm dankend erwähnen, die den Lago Maggiore sicher besser kennt als jeder Ureinwohner. Ich danke Hanna Schmidt von Braun für ihren Input zum Buchbinden und Gregor Lang für die Weinexpertise. Ein großer Dank geht an die Familie Fischer, denn deren Insiderwissen zur Hühnerhaltung war mehr als eine Initialzündung. Danke an Sophie Greger, die in ihrer Organisation Animals' Angels für das Wohlergehen von Nutztieren kämpft. Danke für den Input von Sophie Baur übers Besendern von Rehgeißen. Ich danke dem großartigen Hans Ruedi Luzi für seinen »Gastauftritt«, sein Weltwissen und das schönste Hotel der Alpen. Ein besonders herzlicher

Dank geht an Julia Schlegel für Erkundungstouren am Graseck und an Toni Bartl, der so viel über seine Ahnen dort oben zu erzählen weiß. Danke an Annika Krummacher, die beste Lektorin, die man nur haben kann.